P. Highsmith

The Talented Mr. Ripley
01

天才雷普利

Patricia Highsmith
派翠西亞・海史密斯——著　黎湛平——譯

目次

驚心推薦（依姓名筆劃排序）

冬陽（原生電子推理雜誌《PUZZLE》主編）

海史密斯的雷普利系列之所以成為時代浪潮沖蝕下益顯耀眼的經典，不僅僅在於她創造了一介迷人的反派角色、深入探究其黝黑的孤獨內心，我以為作者的巧筆書寫更近似工匠打造一面鏡子，映照讀者或多或少存在內心角落隱而未現、受禮教律法束縛的欲求渴望，既想壓抑又想掙脫，當誘因降臨時會奮力抵抗抑或遂行慾念？犯罪紅線是極輕易就能跨越的，只是我們可以作壁上觀看雷普利經歷這一切，寬心享受一系列挑戰禁忌、放飛自我的閱讀冒險。

既晴（犯罪作家）

人類對自我與身分認同的追尋，內在動機的根源究竟是什麼？

在海史密斯的筆下，永無止盡的追尋「更理想的自己」，絕非一個樂觀、積極的勵志故事，而是一場又一場冷血無情、精密計算的完全犯罪。

湯姆．雷普利是個靈巧、敏捷的年輕人，看似友善、無害，但他熟悉社會的運作機制，知道如何透過模稜兩可的言詞、曖昧的人際關係，打穿上流階級的水泥天花板，藉以攀上更高處——那些水泥還可以回收，用來沉屍呢。

在雷普利的內心，有一窟永遠無法填滿的「慾望黑洞」，不斷地吞噬他身邊的一切。到了二十一世紀的現代，這樣的人物我們依然熟悉，彷彿是我們的朋友，彷彿是我們自己。

張亦絢（小說家）

「不被愛就不坦率」——日本文學研究者曾提出過這樣的論點——更嚴重，就是像雷普利了。可以看「說謊」是「吐實」的對立面，也可看它如「長不出的真實」——用後者的連續體角度，問題就不是「為何說謊？」而是「為何真實不了？」小說除了寫出「沒犯罪感的『犯罪』心理」，它還很悲傷嚴肅。——因為，人能否獲得「真實」，並不全靠個人意志——它也是社會權力的分配結果。——《天才雷普利》帶來的，是政治分析與高度寫實的成就。

崔舜華（作家）

什麼是幸福？而為了獲得幸福，卻要付出多少代價？小說中逐步展開那步步算計也步步驚心的「幸福陰謀學」，在嫉羨與自卑交織的總總看似罪可滔天的犯行之餘，其實是至其天真的對於幸福的渴求——而人性、善惡、真實與虛假，由此變得模糊曖昧——若是為了追求幸福而不擇手段，那麼幸福本身究竟算不算得上一種罪行？

路那（推理評論家）

雷普利系列是此生必讀的心理驚悚經典，讓你重新思考階級與身分認同的焦慮，審視慾望與人性的深淵。

齊聲推薦（依姓名筆劃排序）

沐羽（作家）
李屏瑤（作家）
李信瑩（清華大學人社院學士班性別學程兼任講師）
臥斧
高翊峰（小說家）
郝譽翔（國立台北教育大學語創系教授）
張筱森（推理小說愛好者）
詹宏志（作家）
騷夏（詩人）

The Talented Mr. Ripley

01

天才雷普利

1

湯姆往後瞄一眼，看見那名男子出了綠籠酒吧，朝他的方向走來。湯姆加快腳步。對方擺明在跟蹤他。湯姆大概五分鐘前注意到這個坐桌位的男人：他看著湯姆，態度謹慎，一副**不完全**確定但八九不離十的表情——不過這已足以教湯姆匆匆把酒喝光，付錢走人。

來到街角，湯姆傾身小跑步穿過第五大道。勞爾酒吧就在前頭。他是否該利用這個機會進去再喝一杯，冒個不必要的險？或者儘早避入公園大道，藉幾處昏暗門廊藏身，擺脫那傢伙？他閃進酒吧。

湯姆慢慢晃向吧檯空位，本能地掃視全場，看看有沒有熟人——那個他老是記不住名字的紅髮大塊頭，和一名金髮妞同坐一桌。紅髮男子對他揮揮手，湯姆軟趴趴地舉手致意。他一腳滑過高腳椅，挑釁地面朝門口坐下；不過他給人的感覺倒是相當隨興。

＊譯註：故事中貨幣未註明幣別者，皆為美元。編註：對話中未註明語別的外文，則皆為義大利語。

「麻煩你，一杯琴通寧。」他對酒保說。

他們派來跟蹤他的人是不是就長這樣？是吧？是還是不是？或者就是這個人？這傢伙看起來一點也不像警察或私家偵探，看起來像商人，像某人的父親——吃得好、穿得好，兩鬢灰白，但氣質有些難以捉摸。一般派來做這種工作的都是這種型的？他也許在吧檯跟你攀談幾句，然後**啪！**一手搭上你肩膀，另一手亮出警徽。**湯姆・雷普利，你被逮捕了**。湯姆望向門口。

他出現了。男人左右張望，一瞧見湯姆便立刻移開視線。他摘下草帽，挑了吧檯彎角的位子。

老天，他到底想幹嘛？湯姆再度揣測，這傢伙應該不是**變態**——他左思右想，飽經折磨的大腦好不容易擠出這個明確字眼，彷彿這兩個字能保護他：他寧可對方是變態，而非警察；因為若是前者，他只需要簡單一句「我沒興趣，謝謝。」然後微笑走開即可。湯姆把屁股往後挪了挪，雙手抱胸，做好心理準備。

湯姆見那人向酒保打手勢，示意稍後再點單，接著便繞過吧檯朝他走來。逃不掉了！湯姆盯著男子。他渾身發軟，不知所措。刑期應該不會超過十年吧，湯姆心想，也有可能十五年，但因為他素行良好——就在這時候，男人開口了。湯姆心頭湧上一股絕望、痛苦與悔恨。

「請問您是湯姆．雷普利先生嗎？」

「我是。」

「我叫赫伯特．葛林里夫，理查．葛林里夫的父親。」就算這人拿槍對著他，也不會比對方此刻的表情更教湯姆感到困惑：男人微微笑，表情友善、充滿希望。「您是理查的朋友吧？」

湯姆對這個名字依稀有點印象。理查．葛林里夫，小名「狄奇」，個兒高、金髮。湯姆記得那傢伙滿有錢的。「噢，狄奇．葛林里夫嗎？是，我們是朋友。」

「那麼您想必也認識查爾斯和瑪塔．席佛？就是他倆跟我提到您的，說您——呃，您方便和我另外找張桌子坐下來聊聊嗎？」

「好。」湯姆愉快地同意，順手拿起自己的酒，隨狄奇的父親走向小酒吧深處的一張空桌。好險！他心想，暫時逃過一劫，眼下沒有人要逮捕他。這人應該是為了別的事找他，但不論是什麼事，大概都跟重竊盜罪或變造信件（反正就是那一類的）無關。也許是理查惹上麻煩，也許葛林里夫先生需要幫助或建議，而湯姆碰巧很懂得該如何應付葛林里夫先生這種類型的父親。

「我原本不太確定您是否就是湯姆．雷普利。」葛林里夫先生說。「我想我跟您僅有一面之緣。您是否跟小犬一起來過家裡？」

「大概吧。」

「席佛夫婦也跟我大致描述了您的長相。我們一直設法想聯絡上您，他們兄妹倆也希望大家能一起在他們家見一面。後來，有人跟他們說您偶爾會光顧綠籠酒吧，所以今晚是我第一次去酒吧碰碰運氣。我想我應該算是相當幸運吧。」他笑起來。「上週我寄了封信給您，但您可能沒收到。」

「的確，我沒收到。」馬克才不會把信轉給他呢，湯姆心想。該死的馬克。說不定那疊信裡還有朵媞姑媽寄來的支票。「我一個多禮拜前搬家了。」湯姆補了一句。

「哦，原來如此。其實我在信上也沒說太多，只提到我想見您一面，跟您聊一聊。查爾斯和瑪塔覺得您似乎跟理查很熟。」

「我確實記得狄奇。」

「但您現在沒跟他通信？」葛林里夫先生有些失望。

「沒有。我想我跟狄奇已經兩三年沒見面了。」

「這兩年他都待在歐洲。席佛夫婦對您頗為讚賞。他們認為，若您能寫信給理查，肯定能對他有些影響。我希望他回家，他在這裡有責任要擔，只是他現在把我或他母親的話當耳邊風，置之不理。」

湯姆不解。「席佛他們怎麼說？」

「他們說——顯然他們二位是誇大了——說您跟理查是非常要好的朋友。所以我猜他們想當然耳以為您跟理查一直有書信往來。您瞧瞧，我現在實在很不了解理查的人際圈哪。」他瞥向湯姆的酒杯，貌似想再請他喝一杯，但湯姆的酒幾乎一口沒碰。

湯姆想起他曾經和狄奇．葛林里夫一起參加過席佛家的雞尾酒派對。比起湯姆，葛林里夫和席佛家或許交情更深——所以才有了今天這場會面。畢竟他這輩子也才跟席佛夫婦見過三、四次面而已。印象中，上次是他去幫查理（就是查爾斯）計算所得稅那晚：查理是獨立接案的電視導播，但他的帳目簡直一團亂。查理認為湯姆是天才，不僅把帳理得清清楚楚，還透過完美、合法的節稅手段讓他省下不少稅金；查理之所以把湯姆推薦給葛林里夫先生，或許正是這個原因。從湯姆那晚的表現來看，查理很可能向葛林里夫先生描述湯姆是個聰明絕頂、冷靜沉穩、誠實正直又樂於助人的人——但這和事實多少有點出入。

「我想，您大概不認識任何一位與理查比較親近、能夠對他發揮一點影響力的朋友吧？」葛林里夫先生問得可憐兮兮的。

湯姆想到巴狄．朗克瑙，但湯姆不想拿這種擾人小事煩他。「恐怕我是真的一個也不認識。」湯姆搖搖頭。「但理查為何不回家？」

「他說他比較想在那邊過生活。只是現在他母親病得很重——呃，都是些家務事，抱歉拿這些無聊瑣事打擾您。」葛林里夫先生用手耙過梳理整齊的稀疏灰髮，動作略顯焦慮。「他說他想畫畫。他要畫畫沒問題，問題是他沒有當畫家的天份；不過他在設計船隻這方面倒是相當有天賦，如果他願意下定決心好好做就好了。」他抬頭看看上前詢問的服務生。「我要蘇格蘭威士忌——呃，帝王威士忌加蘇打水。您要不要再喝一杯？」

「我就不用了。謝謝。」湯姆說。

葛林里夫先生看著湯姆，滿臉歉意。「您是第一個願意聽我說話的人。理查的其他朋友都擺出一副『你這是在干涉他的人生』的態度。」

湯姆很能理解其他人的想法。「真希望我能幫上忙。」他禮貌回應。湯姆想起來了：狄奇的錢來自一家造船公司，專造小型帆船。他父親當然希望他回去繼承家業。湯姆不經意地對葛林里夫先生微笑，喝光杯裡的酒，然後稍稍改變姿勢，準備起身離開；但對面傳來的失望實在明顯，彷彿觸摸得到。「他在歐洲哪裡呢？」湯姆隨口問道，但他壓根不在意那傢伙在什麼地方。

「一個叫『蒙吉貝羅』的小鎮，在拿坡里的南邊。那地方甚至連座圖書館也沒有，理查是這麼說的。他在那兒不是駕船出海就是畫畫，還在那邊買了一棟房子。他自己有收入，數目不多，但顯然夠他在義大利生活。雖說人各有所好，但我敢說我肯定看不出來那地方有什麼好吸引人的。」葛林里夫先生鼓起勇氣，堆出笑臉：「雷普利先生，能讓我請您喝一杯嗎？」服務生送來威士忌蘇打，他趁機詢問。

湯姆想走，但他不忍心拋下這個人，讓他孤伶伶地喝著剛送上來的飲料。「好呀，謝謝。那我就不客氣了。」他把空杯遞給服務生。

「查爾斯．席佛跟我說，您目前從事保險業？」葛林里夫先生語氣輕快愉悅。

「不久之前是的。現在我——」湯姆不想透露他曾經替國稅局工作。那是以前，不是現在。「我在一家廣告代理公司做會計。」

「這樣啊。」

兩人好一會兒沒話說。葛林里夫先生的視線停在他身上，神情可憐又渴望。湯姆想不出他還能說什麼，突然有點後悔接受這杯酒。「對了，狄奇今年幾歲了呀？」他問。

「二十五了。」

跟我同年，湯姆心想。狄奇大概正在歐洲享受他人生最快樂的時光：有房、有船、有收入，他怎麼可能想回家？湯姆記憶中的狄奇逐漸清晰：大大的笑容，明顯帶波浪的金髮，無憂無慮的臉龐。狄奇確實沒什麼好憂慮的。反觀湯姆自己：同樣二十五歲的他是怎麼過日子的？沒有自己的戶頭，薪水有這週沒下週，而且這輩子還是頭一次躲警察。他有數學天份，但為什麼就是見鬼地找不到這方面的工作？湯姆察覺自己緊繃身體，指間的火柴盒也掐得變形，幾乎要扁了。心頭一陣煩躁。他媽的真煩。好煩！煩死了！他好想回吧檯去。就他一個人，沒人煩他。

湯姆拿起酒杯，灌了一大口。「如果您願意給我狄奇的地址，我非常樂意寫信給他。」他說得很快。「我想他應該還記得我。之前在長島的週末聚會上，狄奇還跟我一起去挖淡菜給大家當早餐吃呢。」湯姆笑起來。「有幾個人還因此鬧肚子。總之那場聚會相當失敗，但我記得狄奇提過他要去歐洲，他肯定是在那個週末之後不久就——」

「我記得！」葛林里夫先生打岔，「那是理查去歐洲前的最後一個週末。他好像也跟我提過淡菜的事。」他笑得略嫌誇張。

「我也去過府上幾次。」湯姆繼續，漸漸投入這場對話：「狄奇給我看過幾艘模型船，就在他房間桌上。」

「都是他小時候做著玩的！」葛林里夫先生整張臉亮了起來。「他有沒有給你看他做的船骨模型？或是他畫的素描？」

狄奇沒給湯姆看這些，但他熱情回應：「有！他當然給我看過那些鋼筆素描。有幾張確實厲害。」湯姆壓根沒看過狄奇的畫，但此時此刻，它們彷彿一張張歷歷在目，他也能看清每一筆線條、每個螺栓和螺絲都編上了號碼，看見狄奇滿臉笑容抱著整疊畫秀給他看。湯姆大可繼續描述細節，多討葛林里夫先生幾分鐘的歡心，但他要自己打住。

「確實，理查在掌握線條這方面的確頗有天賦。」葛林里夫先生相當滿意。

「我也這麼覺得！」湯姆附和，乏味的心情突然切換成另一種情緒。這種感覺湯姆再熟悉不過，偶爾會在聚會期間突然冒出來，但通常都是在和他原本就不想與之共進晚餐的人一起晚餐，而晚宴遲遲還不結束的時候發作。必要的話——也就是在他情緒爆炸、奪門而出以前，他還能以這種近乎瘋狂的有禮態度再撐一個鐘頭。「也許我有辦法說動狄奇，但是很抱歉，目前我實在抽不出時間，否則我很樂意親自跑一趟，看看能不能說服他。」湯姆之所以這麼說，純粹因為這全是葛林里夫先生想聽的話。

「若您當真這麼想——那麼，不曉得您是否計劃前往歐洲一遊？」

「目前暫時沒這個打算。」

「理查對朋友耳根子軟。如果您，或其他像您一樣了解他的人有辦法請假，我甚至希望能送你們去歐洲跟他聊聊，這應該會比我自己跑一趟更有用。您目前的工作是否不太可能讓您請假？」

湯姆心口倏地一震。他換了表情，佯裝考慮。其實不無可能。湯姆本能地嗅到某種機會，甚至比腦子更早一步撲上去：他目前的工作？無業遊民。橫豎他遲早都要離開這裡。他想離開紐約。「也不是完全不可能。」他口氣謹慎，臉上依然掛著斟酌沉思的表情，一副正在過濾各種可能阻撓他動身出發的大小瑣事似的。

「如果您願意走一趟，不用說，我非常樂意支付您的所有開銷。您認為您當真有可能騰出時間……好比說，今年秋天？」

現在都九月中了。湯姆凝視葛林里夫先生小指上那枚幾已磨損的紋章金戒指。「應該沒問題。我很樂意跟理查聚一聚——特別是如果您覺得我真能幫上忙的話。」

「那是當然！我認為他會聽你的。你可能不太了解他，但假如你堅定告訴他你為什麼認為他應該回家，他會明白你並非帶著私心才這麼做的。」葛林里夫先生倒向椅背，讚許地看著湯姆。「說來好笑。吉姆．柏克——吉姆是我的合夥人——去年跟他老婆剛好搭遊輪經過蒙吉貝羅，當時理查保證他冬天就回家。去年冬天！吉姆早就死心了。二十五歲的年輕人怎麼會聽六十好幾的老人家說話？我們其他人都失敗了，但你說不定會成功！」

「希望如此。」湯姆謙遜回應。

「再來一杯？這回來杯上好的白蘭地怎麼樣？」

2

湯姆起身告辭之際，時間已過午夜。坐上計程車的葛林里夫先生表示要送他一程，但湯姆可不想讓對方知道他住在什麼地方——夾在第二街與第三街之間，外頭掛著「雅房出租」招牌且髒兮兮的褐石老公寓。過去兩個多星期，湯姆和另一個年輕人巴布．迪蘭西同住在這裡。湯姆和巴布根本不熟，但是在一票紐約朋友與熟人中，巴布是唯一願意讓湯姆暫時借住自己家的人。湯姆不曾邀請任何朋友來過巴布的公寓，他甚至沒跟大家說他落腳何處。借住巴布家最大的好處是他可以用這裡的地址收到寄給他化名「喬治．麥卡爾賓」的信，被查到的風險微乎其微。但巴布家廁所遠在走廊另一頭，臭得要命又不能上鎖，而那間髒到不能再髒的單人房看起來像是有上千人住過，每位過客都留下某種個人專屬的汙漬，卻不曾有誰動手清理過；還有那一落落蜿蜒堆疊的《時尚》和《哈潑時尚》雜誌，以及四散屋內各處、附庸風雅的煙燻玻璃盆（盆子裡不是一綑綑吉他弦就是鉛筆或菸屁股，甚至還有爛掉的水果！）巴布以前自己接案做店鋪、百貨公司的櫥窗設計，現在有一搭沒一搭地接第三大道古董店的案子，其中幾家就給他這種玻璃盆抵設計費。起初，這屋子的骯髒程度令湯姆驚愕不已——竟然有人住在這種地方，而且還是他認識的人；但他早就知道自己不會借住太久。現在，葛林里夫先生出現了，人生處處有驚喜。這是湯姆的人生哲學。

登上公寓門梯之前，湯姆停步，謹慎地左右察看。沒事，路上只有一名遛狗的老婦人，還有一位老先生從第三大道轉角迂迴走來。要說湯姆最討厭哪種感覺，那肯定是被**跟蹤**，不管跟蹤他的是誰都一樣。最近他老覺得有人在跟蹤他。湯姆快步跑上樓梯。

眼前的骯髒汙穢對此刻的他來說的確礙眼，湯姆一進門便這麼想。等他一拿到護照，他就要馬上啟程去歐洲，說不定還能住頭等艙房——只需要按個鈕就有服務生把他要的東西送過來！他會換上晚宴服，悠悠晃進偌大的餐室吃晚餐，像紳士一樣與同桌賓客聊天閒談。湯姆心想：他理當好好慶賀自己今晚的表現。他的表現恰到好處，葛林里夫先生絕對想不到這次歐洲行的邀約是湯姆精心策劃促成的。他不會讓葛林里夫先生留下這種印象，更不會教葛林里夫先生失望：他要盡力說服狄奇。葛林里夫先生是個正派、體面的人，自然以為其他人也跟自己一樣高尚有教養。湯姆都快忘了世界上還有這種人了。

他慢慢脫掉外套，卸下領帶，像觀察別人一樣看著自己的每一個動作。此刻他竟然站得這麼挺、這麼直（湯姆很訝異），神情也完全不同——是那種一生中少數幾次「對自己滿意」的表情。他把手伸進巴布塞得滿滿的衣櫥，使勁左右撥開衣架，騰出空間掛他的西裝，然後走進浴室。老舊生鏽的蓮蓬頭噴出兩道水柱，一道射向浴簾，另一道則以不規則的螺旋路徑前進，令他很難打溼身體；不過這總比坐在髒兮兮的浴缸裡要好上太多。

隔天一早，湯姆醒來發現巴布不在；瞥瞥他的床，這才知道昨晚他根本沒回家。湯姆跳下床，走向雙口煤氣爐燒水煮咖啡。其實今早巴布不在也好，他不想跟巴布提歐洲行一事；那臭小子只會覺得這就是一次免費旅行。湯姆大概也不會跟艾德．馬汀說，柏特．維瑟和其他幾個傢伙他都不會說。他不打算告訴任何人，也不會讓任何人來給他送行。湯姆吹起口哨，今晚他受邀至葛林里夫先生在公園大道的公寓用餐。

一刻鐘後，湯姆沖了澡、刮過鬍子、換上西裝並打上條紋領帶（他認為穿這一身拍證件照很上相），拿著黑咖啡在房裡走過來、走過去，等待上午的郵件送達；等信送到，他就可以去無線電城辦護照了。那麼他今天下午要幹嘛？看幾場藝術展，晚上好跟葛林里夫夫婦聊一聊？或者做點功課、研究一下柏克－葛林船舶公司，好讓葛林里夫先生明白湯姆對他的事業感興趣？

信箱開闔的撞擊聲隱約從敞開的窗戶傳進來。湯姆慢慢下樓。他等郵差走下門廊階梯、看不見身影了，才從信箱邊緣把郵差剛塞進信箱口、署名給「喬治．麥卡爾賓」的信扯下來。湯姆撕開信封，裡頭掉出一張面額一百一十九塊五十四美分的支票，支票抬頭為美國國稅局。好你個伊迪絲．蘇普洛夫！這位老太太一聲不吭就把錢付了，連通電話也沒有。感覺是個好兆頭。湯姆轉身上樓，撕碎信封扔進垃圾袋。

湯姆把支票放進衣櫥裡某件外套內袋的一只牛皮信封。他算了一下，加上這一筆，他攢的支票總額已達一千八百六十三塊十四美分；可惜他無法兌現。就怕有些笨蛋就是不付現，也不會把支票直接開給喬治．麥卡爾賓（目前還沒人這麼做過）。湯姆手上有張過期的銀行票據遞送員工作證，那是他撿來的；然而就算日期可以改、就算他有辦法假造授權文件（數字任他填），他擔心支票一兌現就可能惹上麻煩。所以到頭來這全是笑話，徹頭徹尾做心酸的。他沒偷任何人的錢。啟程前往歐洲前，他想，他得銷毀這些支票。

湯姆手邊還有至少七名人選。離出發只剩不到十天，他是否該再幹一票？昨晚向葛林里夫先生告辭後，湯姆在回家路上邊走邊想：假如蘇普洛夫太太和卡洛斯．德賽維亞付錢的話，他便洗手不幹了。德賽維亞先生還沒付錢——他得打電話去嚇嚇對方才行，湯姆心想；蘇普洛夫太太是顆軟柿子，湯姆傾向再幹一票就好。

湯姆從他擱在衣櫃的行李箱取出一只淡紫色文件匣。匣裡有多張信紙，信封底下是一疊他利用職務之便（數週前他還是國稅局倉管），從辦公室摸來的各式表格。那份「名單」壓在最下頭——這幾位可是他從布朗克斯或布魯克林眾區民中精心挑選，並且可能不太願意親自走一趟國稅局紐約辦公室的藝術家、作家和自由工作者：他們並未辦理預扣或代扣所得稅，年收入都在七千至一萬兩千美元之間。湯姆從這兩項資訊研判，這類收入的人鮮少聘請專業人員協助計算稅額，而他們的收入也多到足以合理指控其計算有誤，少繳了兩三百塊稅金。這份名單上有威廉·斯雷特勒（記者），菲利浦·洛比拉（音樂家），芙烈妲·霍恩（插畫家），喬瑟夫·傑納利（攝影師），弗烈德里克·雷丁頓（畫家）和法蘭西絲·卡內基——湯姆直覺挑中雷丁頓。雷丁頓是漫畫家，他大概忙到根本搞不清楚狀況。

湯姆選了兩張印有「稅額計算錯誤通知書」的表格，夾入複寫紙，再將雷丁頓姓名下方的資訊謄寫在表單上。收入總額：一萬一千二百五十美元。減免類別：第一類。應稅所得減免額：六百美元。稅額減免額：零。境外匯入金額：零。利息收入（湯姆猶豫了一下）：二美元十六美分。應補繳金額：二百三十三美元七十六美分。接著，他又從炭黑色文件夾抽出一張印有國稅局在萊辛頓大道地址的空白文案紙，劃一道斜線槓掉地址，在底下打字：

敬啟者：

茲因萊辛頓大道辦公室業務過量，請將回件改寄以下地址：

國稅局稅務調整處
收件人：喬治・麥卡爾賓
東五十一街一八七號
紐約市22，紐約州

感謝配合。

拉夫・費舍
國稅局稅額調整處　處長

湯姆簽了一個潦草、字跡難辨的名字。他收妥其他表格，以免巴布突然回家，然後拿起電話，決定先嚇唬嚇唬這位雷丁頓。湯姆從查號臺問到電話號碼，立刻撥過去。雷丁頓先生在家。湯姆簡要說明情況，佯裝訝異得知雷丁頓先生竟然沒收到稅務調整處寄發的通知書。

「這批通知書好幾天前就寄出去囉，您肯定明天就會收到。」湯姆說。「抱歉，我們這邊情況有點趕。」

「可是我已經繳稅了，」電話另一頭的聲音頗為警覺，「不是都——」

「您也知道，如果是自由業又沒辦預繳或代扣稅額，算錯在所難免。雷丁頓先生，我們非常謹慎地重新算過您的稅額，結果就是通知書上的數字。我們實在不想對您的業主或委託人或其他對象行使稅務留置權，」湯姆輕笑——這種友好、無涉公務的笑聲大多能收得驚奇的效果，「但除非您在四十八小時內補繳稅款，否則我們只好行此下策了。很抱歉您還沒收到通知書。不過就像我剛才說的，調整處這邊一直非常——」

「我親自去一趟可以嗎？要找誰問？」雷丁頓語氣焦慮。「那可是天殺的一大筆錢欸！」

「哦，當然可以囉。」在這種時候，湯姆一定會好聲好氣，像耳順之年的溫和老者循循善誘，讓雷丁頓先生明白：如果他打算親自前來，調整處這邊一定會耐心協助；但就算他再怎麼說明解釋，最後仍舊不會要到半點好處。老兄，在這件事情上，喬治．麥卡爾賓就代表美國國稅局：「但您也可以跟**我**談……」湯姆拉長尾音。「當然，調整結果絕對正確無誤，我只是想替您省下寶貴時間。您要親自跑一趟也可以，只是我手邊已經有您完整的收支記錄了，雷丁頓先生。」

雷丁頓沉默不語。他應該不會問湯姆任何問題，因為他可能不知道該從何問起；但假如這位雷丁頓先生要他把整件事解釋清楚，湯姆也能用一些雜七雜八的資訊應付對方：譬如淨收入不等於應計收入，應繳稅額和計算方式，還有從繳稅到期日至申報書所列之應繳稅額繳清為止，每年會產生百分之六的利息等等，他可以慢條斯理，如「雪曼坦克」*持續進擊、叨叨陳述，不容對方打斷。目前還沒有人撐到仍堅持親自拜訪，繼續聽這長篇大論。雷丁頓先生同樣打了退堂鼓。湯姆從他的沉默聽出來了。

「好吧。」雷丁頓挫敗地說。「等明天收到通知書，我會仔細看的。」

「好的，謝謝您，雷丁頓先生。」湯姆掛上電話。

湯姆坐著，勁瘦的手掌夾在膝蓋間；他咯咯笑了一陣，接著一躍而起，推開巴布的打字機，站在鏡子前面仔仔細細梳理他的淡棕色頭髮，出發前往無線電城。

＊雪曼坦克（Shermann tank），二戰期間研發的美國坦克，路面適應力強，行進速度快。

3

「哈囉，湯姆！我的好孩子！」葛林里夫先生熱情的語氣彷彿應允他今晚將有好喝的馬丁尼、美味豐盛的餐點和一張舒適的床（萬一晚上太盡興，他累得回不了家）。「艾蜜莉，他就是湯姆．雷普利！」

「能見到你真是太開心了。」夫人熱忱迎接。

「您好，葛林里夫夫人。」

她跟湯姆想像的幾乎一模一樣：金髮，高䠷纖細，舉止端莊優雅，讓他不得不跟著維持良好的舉止，但仍保有和葛林里夫先生如出一轍、與人為善的天真氣質。葛林里夫先生帶頭走進客廳。沒錯。湯姆確實跟狄奇來過這裡。

「雷普利先生在保險業服務。」葛林里夫先生朗聲說道，湯姆推測他應該喝了不少，或是十分緊張，因為湯姆昨晚便已稍微描述過自己現在工作的廣告公司了。

「也不是什麼太有意思的工作就是了。」湯姆謙虛地對葛林里夫夫人說。

女傭端著一個放了馬丁尼和開胃點心的托盤走進來。

「雷普利先生來過我們家，」葛林里夫先生說，「跟理查一起來的。」

「哦？真的嗎？但我想我大概沒見到您。」夫人微笑。「您是紐約人嗎？」

「不是，我出身波士頓。」湯姆回答。這點倒是真的。

大約三十分鐘後，眾人走進離客廳不遠的餐廳（時間抓得剛剛好，湯姆心想，因為葛林里夫先生一杯又一杯地拱他喝馬丁尼）。桌上有燭臺、餐具、深藍色餐巾和一隻全雞肉凍冷盤——而且還有「蛋黃醬佐塊根芹」。湯姆大方表示他非常喜歡這道菜。

「理查也喜歡！」夫人驚喜。「他尤其喜歡我們家廚子做的。可惜您不能帶一份給他嚐嚐。」

「我可以用襪子裝一點去給他！」湯姆微笑，夫人亦笑出聲來。稍早她表示想讓湯姆帶幾雙布魯克兄弟牌的黑羊毛襪給理查。理查都穿這款羊毛襪。

晚餐對話沉悶，不過餐點一級棒。某次回答夫人提問時，湯姆趁機表明他目前在「羅森柏格－弗萊明－巴特」廣告公司服務。第二次提及公司名稱時，湯姆故意說成「雷丁頓－弗萊明－帕克」，但葛林里夫先生似乎並未察覺二者差異。晚餐後，湯姆和葛林里夫先生單獨在客廳聊天，他又提了一次這家公司的名字。

「你在波士頓完成學業？」葛林里夫先生問道。

「不是的，先生。我在普林斯頓待過一陣子，後來去跟丹佛的另一位姑媽同住，索性直接在那兒把大學唸完了。」湯姆期待葛林里夫先生會問一些普林斯頓的事，但他沒問。湯姆本來想跟他聊聊普林斯頓過往的教學系統、校規、週末舞會盛況和學生政治傾向，總之什麼都能聊。湯姆去年夏天結識了一名普林斯頓的新生，那人三句不離普林斯頓。於是湯姆展現善意，催促他再多講一些，預見這些資訊在將來說不定能派上用場。湯姆向葛林里夫夫婦提過，他先在波士頓由朵媞姑媽撫養長大，十六歲時把他送去丹佛；實情是湯姆在丹佛只讀完高中，但當時蓓亞姑媽家裡剛好住了一位科羅拉多大學的年輕房客唐・米澤，所以湯姆覺得自己彷彿也讀過科大。

「主修什麼科目？」葛林里夫先生又問。

「差不多就是會計、英文創作兩邊跑吧。」湯姆微笑，心知這是個模稜兩可、不會有人想繼續聊的答案。

葛林里夫夫人抱著一本相簿進來，湯姆坐在她旁邊，陪她翻看。理查踏出第一步，理查——在一張朦朧泛白的全彩照片上——仿照名畫《藍衣少年》穿著打扮擺姿勢，蓄著稍長的金色捲髮。湯姆對這些照片全都不感興趣——直到他瞧見十六歲左右的狄奇：長腿、纖瘦，波浪般的捲髮梳得整整齊齊。在湯姆看來，狄奇從十六到二十三、四歲（照片到這兒就沒了）這段期間幾乎沒怎麼變，笑容竟還是那麼天真燦爛，這令湯姆十分訝異，也讓他不由自主地認為狄奇可能不太聰明，再不然就是狄奇喜歡照相，並且認為自己咧嘴笑最好看——這個想法同樣不大聰明。

「我還沒時間把這些貼上去。」夫人遞給他一疊亂七八糟的照片。「都是從歐洲寄來的。」

這些照片有意思多了：狄奇坐在一處像是巴黎咖啡館的地方，狄奇在沙灘上。其中幾張照片的他皺著眉頭。

「這裡就是蒙吉貝羅。」夫人指著一張照片說。照片上的狄奇正把小船拖上沙灘，背景是乾巴巴的岩石山脈，一排白色小屋沿海點綴。「還有這個女孩。她和理查是唯二住在那裡的美國人。」

「瑪姬·雪伍德。」葛林里夫先生接著說。他坐在對面，但他傾過身來，認真欣賞這場相片秀。

女孩身著泳衣、雙手抱膝坐在沙灘上。她頗為健美，看起來涉世未深，一頭金色短髮稍嫌凌亂——應該是好女孩那一型的。狄奇有張照片特別好看：他穿短褲，坐在露臺大陽傘底下，雖然笑著卻不是先前那種天真的笑。這疊歐洲相片中的狄奇有些裝模作樣。

湯姆發現夫人垂眼盯著眼前的地毯。他想起稍早用餐的時候，夫人曾說：「真希望我這輩子不曾聽說過歐洲這個地方！」當時葛林里夫先生略略緊張地瞄了她一眼，再對他微笑，彷彿夫人以前也曾這麼爆發過。湯姆見她眼中噙著淚，葛林里夫先生起身走向她。

「葛林里夫夫人，」湯姆溫柔地說，「我希望您知道，我會盡一切努力把狄奇帶回來。」

「上帝保佑你，湯姆。上帝保佑你。」她按住湯姆擱在腿上的手。

「艾蜜莉，你這個時間是不是該上床休息了？」葛林里夫先生彎下腰，低聲詢問。

夫人起身，湯姆也起身致意。

「湯姆，我希望你出發前能再來看看我們。」她說。「理查不在，家裡也很少有年輕人來了。我很想念他們。」

「我非常樂意再來探望您。」湯姆說。

葛林里夫先生陪她走出客廳。湯姆繼續站著，雙手垂在身側，頭抬得高高的。他在牆上的大鏡子裡瞧見自己的模樣：他又是個姿態挺拔、自尊自重的年輕人了。湯姆迅速別開視線。他在做正確的事，行止得宜，卻仍不免有一絲罪惡感：剛才他向葛林里夫夫人保證他**會盡一切努力……**但他是認真的。他無意騙人。

湯姆感覺自己開始冒汗。他試著放輕鬆。他在擔心什麼？今晚感覺好極了！不過稍早提到朵媞姑媽的時候——

湯姆猛地扯直身體，瞄了一眼門口。門沒開。今晚，他只有在提到朵媞姑媽的時候覺得不自在、不踏實，跟他撒謊的感覺差不多，但那一段偏偏是他整晚唯一說過的**真話：爸媽在我很小的時候就去世了。後來波士頓的姑媽撫養我長大**。

葛林里夫先生隻身回到客廳，身形彷彿有規律地越拉越長、越來越大。湯姆眨眨眼睛，心中突然升起懼意，衝動地想在對方出手攻擊前先動手出擊。

「再嚐點白蘭地如何？」葛林里夫先生打開壁爐旁的一塊壁門嵌板。

他覺得好像在演電影，湯姆心想。再過一分鐘，現場會響起葛林里夫先生的聲音或某人喊：「好，**卡！**」然後他就能再次放鬆下來，發現自己面前擺著琴通寧，重回勞爾酒吧，獨坐吧檯。不對，是回到綠籠才對。

「喝夠啦？」葛林里夫先生問他。「如果你不想喝，這杯就別喝了。」

湯姆似是而非地點點頭，對方一時無法會意，還是倒了兩杯白蘭地。

湯姆全身漫過一股冰冷的恐懼。他想起上週在藥局的意外事件——所幸最後安全下莊，而他也並非**真的**多害怕，至少現在不怕了，他提醒自己。第二大道那邊有家藥局，湯姆把藥局電話給了幾個堅持要再打給他討論所得稅的人。他表示那是國稅局調整處的電話號碼，但只有星期三和星期五下午的三點半到四點之間能找到他；於是每到這兩個時段，湯姆就會在藥局的電話亭旁邊晃來晃去，等著電話響。湯姆第二次出現在藥局時，藥劑師懷疑地看著他，湯姆便說他在等女友電話。上週五，他接起電話就聽見一名男性的聲音：「你曉得我們在講什麼吧？我們知道你住在哪裡，我們可以直接過去……你要的我們弄到手了，把我們要的準備好。」此人語氣強硬卻閃爍其詞，湯姆認為對方可能在耍花樣，不知該怎麼回答；於是男人又說：「聽著，我們現在過去。去**你家**。」

湯姆離開電話亭的時候，腿軟得跟果凍一樣；這時他才發現藥劑師直盯著他瞧。藥劑師瞪大雙眼、表情驚惶——剛才那通電話突然說得通了：這傢伙販毒，他怕湯姆是來抓**他**、設計他人贓俱獲的警探。湯姆縱聲大笑、樂不可支地走出藥房，連路都走不好，因為兩條腿還沒從稍早的恐懼恢復過來。

「在想歐洲的事？」葛林里夫先生的聲音切進來。

湯姆接過葛林里夫先生遞來的酒。「是呀。」湯姆說。

「那我預祝你玩得開心，湯姆，也希望你勸勸理查。對了。艾蜜莉很喜歡你。我連問得了白血病，湯姆。」
都不用問，她就自己跟我說了。」葛林里夫先生雙手扣住酒杯，晃了晃白蘭地。「我妻子
「噢。非常嚴重的病，是不是？」
「對。也許活不過一年了。」
「很難過聽到這樣的事。」湯姆說。
葛林里夫先生從口袋裡抽出一張紙。「這是船班表。取道法國瑟堡應該是最快也最有意思的行程。你可以搭客輪聯運火車去巴黎，然後轉搭南下的臥鋪列車，越過阿爾卑斯山前往羅馬和拿坡里。」
「聽起來很不錯。」湯姆開始感興趣了。
「到了拿坡里，你得換公車才能到理查的小村落。我會寫信跟他提你的事——當然，我不會說破你是我的說客。」葛林里夫先生笑著補上這一句。「我會告訴他我倆認識，讓理查安排你住在他家；如果他藉故不留你，鎮上也有旅店。希望你跟理查合得來。至於費用——」葛林里夫先生漾起慈父的微笑，「除了來回車票和船票，我再給你六百塊旅行支票，你說這樣好嗎？這六百塊應該足以支付你兩個月的開銷。如果不夠用，孩子，你儘管發電報跟我說。橫豎你也不像是那種任意揮霍、花錢如流水的年輕人。」

「您太慷慨了，先生。」

白蘭地讓葛林里夫先生越講越放鬆、越來越開心，卻也令湯姆越來越安靜，心情越來越差。他好想離開這裡，但他也想去歐洲、想得到葛林里夫先生的肯定。湯姆如坐針氈，甚至比昨晚在酒吧極度煩悶時更難熬，因為他的情緒卡住了。有好幾次，湯姆拿著酒杯起身走向壁爐，再慢慢踱回來，他瞥瞥鏡中的自己：嘴角是下垂的。

葛林里夫先生正興高采烈、叨叨敘述他和理查在巴黎的日子。那年理查十歲。但那些往事無聊至極。湯姆想著：要是警察在未來十天內找上門，葛林里夫先生應該能暫時收留他吧？他可以跟葛林里夫先生說他太早把公寓退租，抑或找個其他類似理由，總之只要能讓他躲在這兒就行了。湯姆感覺好糟，糟糕到身體幾乎不適。

「葛林里夫先生，我想我該回去了。」

「這麼快？可是我還想讓你看看——算了，沒關係。下回吧。」

湯姆曉得他應該要接著問「您想讓我看什麼？」然後耐心欣賞葛林里夫先生拿給他看的任何東西，但他就是辦不到。

「我想讓你看看我們的造船廠！」葛林里夫先生依舊興致高昂。「你什麼時候能抽空過來？利用午餐時間就行了。你得跟理查說說現在家裡的造船廠是什麼樣子。」

「好的，我——我找一天中午過來。」

「你隨時都可以打電話給我，湯姆。你有我的名片，上頭有我的私人號碼。你提前半小時通知我，我差人去你辦公室接你。我們可以吃三明治，邊走邊聊，然後再送你回去。」

「我會打電話給您。」湯姆回話。要是他得在這個昏暗門廳再待上一分鐘，湯姆大概就要昏倒了；但葛林里夫先生又咯咯笑了起來。葛林里夫先生問他是否讀過亨利．詹姆斯的某本著作。

「抱歉，這本我還沒看過。」湯姆說。

「哦，那沒關係。」葛林里夫先生微笑。

於是兩人握手道別——葛林里夫先生緊緊地、彷彿要人窒息般長握湯姆雙手，這才放開。湯姆乘電梯下樓。他看見自己臉上仍掛著那副痛苦、驚恐的表情，筋疲力竭地靠著電梯角落。但他知道，等會兒電梯一到大廳他就要奪門而出，然後一直跑一直跑，一路跑回家。

4

日子一天天過去，紐約的氛圍也變得越來越詭異陌生，好像這座城市有什麼東西——像是真實感或重要性——被抽走了，上演一齣只演給他看的戲碼：這齣戲規模龐大，舉凡巴士、計程車、路上匆忙的行人、第三大道每一間酒吧播放的電視節目、在明燦燦大白天依然亮著的電影燈箱、無數汽車喇叭聲、模糊難辨亦不知所云的人聲交談等等等等，無不參與其中；彷彿只等他預定搭乘的那艘客輪在星期六離開碼頭，整座紐約城就會像重重疊起的空箱子，**噗**地一聲塌在舞臺上。

又或者他只是害怕。他怕水。他從來不曾走水路去過任何地方，唯一的例外是從紐約來回紐奧良；但那時他在香蕉運輸船上工作，幾乎不上甲板，所以很難意識到自己人在水上。少數上甲板那幾次，他一見到水就嚇壞了，然後開始不舒服，最後總是急著回到甲板下。大家都說底下不舒服，他倒覺得自在。湯姆的雙親是在波士頓港溺死的，他總覺得自己怕水可能跟這事有關，因為打從他有記憶以來就知道自己怕水，從來沒學過游泳。再過不到一週，湯姆就得踩著數哩深的海水遠渡重洋——而且他大多時候無疑都得盯著這片大海，因為旅客幾乎都待在甲板上。一想到這裡，他就渾身不舒服、胃裡一陣空，但若是暈船鐵定更難看。湯姆沒暈過船，不過臨近登船的最後那幾天，他倒是一想起要搭船去瑟堡就開始暈了。

湯姆告訴巴布．迪蘭西說他一週內會搬走，但沒說要去哪兒，反正巴布似乎也不感興趣。橫豎兩人鮮少在五十一街的公寓打照面。湯姆也抽空去馬克．普里明傑在東四十五街的住處（湯姆還沒還他鑰匙），拿他忘記帶走的幾樣東西。他特地挑他認為馬克應該不會在家的時候進屋，但馬克碰巧跟他的新室友「喬」——一個削瘦、沒什麼個性、在出版社工作的年輕人——一起回來。看在喬的份上，馬克刻意掛上世故老練的面具，擺出「**您**請自便」的姿態；要是喬不在那裡，馬克一定會用就連葡萄牙水手都不敢飆出口的難聽話轟湯姆出去。馬克（本名馬塞勒斯）是個長相醜陋、有固定收入、習慣幫助暫時有經濟困難的年輕人的傢伙：他讓這些人住進他的雙層三房大宅，扮演上帝，告訴他們在他家哪些事可以做、哪些不能做，給他們生活與工作方面的建議（通常很爛）。湯姆在馬克家住了三個月。雖然馬克將近一半的時間都不在家（他去佛羅里達，湯姆幾乎獨自擁有整個空間），但他一回來就為了幾件打破的玻璃器皿而臭罵湯姆，又開始扮上帝、扮嚴父。湯姆火大也受夠了，他頭一次挺身為自己辯護、反嗆回去，於是被馬克掃地出門。馬克趕他出去以前，還向他討了六十三元作為打破玻璃的賠償費用。老吝嗇鬼！簡直跟老女傭、愛計較的女校校長沒兩樣，湯姆苦澀地想。他後悔認識馬克．普里明傑。若能快點忘記這人愚蠢、豬一樣的眼睛，肥厚的下巴，醜陋的雙手和花俏的戒指——馬克總是揮來舞去、指東指西，對每個人命令這個命令那個的，他會更快開心起來。

在這一票朋友中，湯姆唯一想透露此次歐洲行的對象只有克蕾歐，於是他在出發前的那個星期四去找她。克蕾歐．多貝雷深髮、高䠷，年紀介於二十三到三十（湯姆看不出來），與爸媽同住在格瑞西廣場的公寓。她都畫一些小東西——坦白說是**非常**小——譬如不到一張郵票大、不用放大鏡看不出所以然的象牙畫，所以她得拿著放大鏡作畫。但克蕾歐說：「可是你想啊，其他人得張羅一間又一間的屋子來擺畫，我只要一個香菸盒就能帶著**所有**作品到處跑，你說是不是很方便！」克蕾歐住在她爸媽家後段的套房，有自己的衛浴和小廚房；她家總是很暗，唯一的對外窗戶雖向著後院，小小的院子卻長了好幾株茂密的樗樹，遮蔽陽光。克蕾歐家成天亮著燈，但燈光黯淡，故即使是白天也瀰漫著夜晚的氛圍。除了兩人初識那晚，克蕾歐只穿剪裁合身、顏色多變的天鵝絨褲搭配色彩明亮的條紋絲襯衫，湯姆不曾見過她作其他打扮。他倆從第一次見面就彼此投緣，克蕾歐甚至直接邀請湯姆隔天到她家吃晚餐。每一次都是克蕾歐找他去她家。不知為何，她從沒想過湯姆說不定會邀她外出晚餐、看劇或從事任何年輕男子期望跟女孩子共度時光的消遣。每次他來她家吃晚餐或喝雞尾酒，她也沒想過要他買花、帶書或送糖果什麼的；不過湯姆偶爾會帶點小禮物給她，因為這會讓她非常開心。克蕾歐是湯姆唯一願意透露這次歐洲行並述說緣由的人。而他也這麼做了。

克蕾歐聽得十分入迷，蒼白長型臉蛋上的紅唇不自覺微張，一如湯姆所料。她的雙手隔著天鵝絨褲往大腿一拍，高興喊道：「**湯——米！**這真是太太太太棒啦！簡直就是莎士比亞筆下的故事嘛！」

湯姆也是這樣想的。就是這一句。他就是需要聽到別人把這句話說出來。

克蕾歐興奮地纏了他整晚，問他缺不缺這、缺不缺那，問他有沒有帶上面紙、感冒膠囊和羊毛襪（因為歐洲此時已入秋，開始下雨了），問他疫苗是否都打好了。湯姆說，他覺得自己準備好了。

「只有一件事：別來送我，克蕾歐。我不喜歡送別。」

「我才不會去送你呢！」克蕾歐百分之百懂他。「噢，湯米，我覺得你這次去一定會非常好玩！你會寫信給我吧？把你跟狄奇經歷的每一件事都告訴我！你是我認識唯一一個去歐洲**辦正事**的人。」

湯姆告訴她，前些日子他去長島參觀葛林里夫先生的造船廠，廠裡的機臺彷彿綿延數哩，有些能做出閃亮的金屬零件、有些能給木頭上漆拋光，乾船塢裡則有各種尺寸的船隻骨架。湯姆還秀了好些葛林里夫先生用過的辭彙——圍板、加固條、輔龍骨和龍骨等等，加深她的印象。湯姆提起自己二度前往葛林里夫家吃晚餐那回，葛林里夫先生送了他一只腕錶；他把腕錶亮給克蕾歐看，不是貴得嚇人的精品，但是只好錶，款式也是湯姆會選的那種：純白錶面襯托黑色羅馬數字，細緻優雅，金質錶殼設計簡單，再配上鱷魚皮錶帶。「他送錶就只是因為我前幾天碰巧提到我沒有手錶。」湯姆說。「葛林里夫先生待我真的就像自己兒子一樣。」這些話湯姆也只能對克蕾歐說。

克蕾歐嘆息。「男人！你們就是天生運氣好。像這種好運從來都不會落在一個女孩身上。男人真**自由**！」

湯姆微笑。然而在他眼裡，事情大多相反。「羊排是不是焦了？」

克蕾歐尖叫一聲，跳了起來。

晚餐過後，克蕾歐拿她近期的五、六件作品給他看：幾幅風格浪漫的人物肖像（他倆都認識畫中這位穿開襟白襯衫的年輕人），三幅非實景的叢林風景畫（靈感大概來自窗外那幾株樗樹）；畫中猴子的毛髮驚人的細緻，湯姆心想。克蕾歐有好幾把僅一根毛的筆刷。但即便只有一根毛，依然有粗到極細之別。他倆喝掉近兩瓶梅多克紅酒（從她爸媽的酒櫃拿來的）。湯姆好想睡，此刻他只要一躺地上應該就能一覺到天明——他和克蕾歐常常肩靠肩睡在壁爐前那兩張熊皮地毯上，而這又是克蕾歐另一項很棒的特質：她從來不會期望或甚至想要他對她出手，湯姆亦不曾有過這種念頭。差一刻鐘十二點。湯姆使勁全力把自己從地上撐起來，準備告辭。

「我應該不會再見到你了，對不對？」克蕾歐失意地站在門口。

「噢，我應該六星期後就回來了啦。」但他心裡完全不是這麼想的。湯姆突然傾身，在她象牙白的臉龐留下一記結結實實、屬於兄長的吻。「我會想念你的，克蕾歐。」她捏捏他的肩膀。湯姆回想，這應該是克蕾歐跟他唯一的一次肢體接觸。「我也會想你。」她說。

翌日，湯姆前往布魯克兄弟商店採買葛林里夫夫人囑咐的好幾打黑羊毛襪和一件浴袍。夫人並未指定浴袍顏色，她讓湯姆自己選。湯姆選了一件深栗色法蘭絨面浴袍，搭配海軍藍繫帶及同色翻領。湯姆認為這浴袍並非店裡最好看的一件，但他覺得這想必是狄奇會選擇的樣式，狄奇一定會很高興得到它。他把浴袍和襪子的費用記在葛林里夫家的帳上。湯姆相中一件厚亞麻運動衫，鈕釦是他非常喜歡的木質款式；其實他大可再加上這件衣服，直接記在葛家的帳上就好，但他沒這麼做。湯姆用自己的錢買下它。

5

啟航那天早上——湯姆心心念念、興奮期待的那個早晨，打從一開始就非常不順利。湯姆隨乘務員來到艙房門口，正慶幸他向巴布表達不希望有人來送行的堅定態度收得成效，他一踏進房門，房裡立刻爆出恐怖的歡呼聲。

「香檳呢？湯姆！我們等著喝香檳哪！」

「老天，這房間好臭！你怎麼不跟他們要一間好一點的艙房？」

「湯米，你帶**我**去好不好？」這是艾德·馬汀女友的聲音。湯姆連看都不想看她。

這群人大多是巴布的爛朋友。他們有的大剌剌躺上床，有的躺地上，擠滿整間艙房。前些日子巴布發現湯姆要乘船遠行，但湯姆沒料到巴布會幹出這種事。湯姆想冷冷回嘴「這裡**沒有**香檳」，但他竭力控制語氣。雖然湯姆可能會像孩子一樣哭出來，但他仍擠出笑容，試著跟每個人打招呼。他死盯著巴布，狠狠瞪著對方，但巴布老早嗨起來了（不知嗑了什麼玩意兒），完全感覺不到他的目光。他極少被激怒——湯姆在心裡為自己辯解

——但眼前恰恰就是他的痛腳：吵吵鬧鬧的驚喜，俗不可耐的痞子，一群他以為在登船那一刻即已徹底劃清界線，此刻卻把他未來五天要住的艙房搞得亂七八糟的邋遢鬼！

湯姆走向嵌入式短沙發，在保羅．赫伯德（現場唯一值得尊重的傢伙）身旁坐下。

「哈囉，保羅，」湯姆輕聲說，「抱歉啊，這一團亂的。」

「噗！」保羅輕笑。「你要去多久——你怎麼了，湯姆？你不舒服嗎？」

他根本糟透了。此起彼落的吵鬧嘻笑，女孩們躺跳床墊、探看浴室……幸好葛林里夫先生沒來送行！葛林里夫先生要去紐奧良出差，至於夫人——早上湯姆致電道別時，夫人表示她身體不太舒服，就不來碼頭送他了。

後來，巴布（或某人）變出一瓶威士忌，這夥人直接拿浴室的兩個玻璃杯開懷暢飲；沒多久，乘務員端來一整托盤的酒杯，但湯姆拒絕旁人勸酒。他全身冒汗，只得脫掉外套以免弄髒。巴布晃過來，把酒杯往湯姆手裡一塞——這動作不完全是開玩笑，湯姆看出來了，也知道理由：巴布好心收留他一個月，他好歹也該給個笑臉吧？但湯姆的臉已經僵成一塊花崗岩了，哪還笑得出來？既然如此，湯姆心想，如果今天過後大家都不喜歡他了，他又有何損失？

「我擠得進去欸！湯米！」剛才那個打定主意要跟他走的女孩，這會兒已成功側身擠進如掃帚櫃的狹窄衣櫃裡。

「我等著看湯姆被人逮到跟女生躲房間！」艾德．馬汀大笑。湯姆怒瞪艾德一眼。「我們離開這裡吧。去外面呼吸點新鮮空氣。」他低聲對保羅說。其他人忙著吵鬧嘻笑，無暇顧及他倆離開。兩人站在靠近船尾的欄杆旁。這天是陰天，右方的紐約市宛如遙遠灰暗的大陸；湯姆覺得自己好似站在大海中央遠望——如果不去想他房裡那群混帳的話。

「這些日子你都躲哪兒去了？」保羅問他。「艾德打給我，跟我說你要走了。我似乎好幾個星期沒見到你了。」

湯姆身邊有幾個人以為他在美聯社工作，保羅是其中之一，於是湯姆精心杜撰他獲派的任務，「中東那邊吧，」他故作神祕，「還有這陣子我幾乎都在晚上工作，所以你才會很少看到我。你真好，特地來送我一程。」

「反正我早上也沒課。」保羅抽出嘴裡的菸斗，笑著說。「但這不表示我原本不想來喔！樂意之至！」

湯姆笑了。保羅在紐約的一所女校教音樂，但他更喜歡利用閒暇時間作曲。湯姆記不起來他跟保羅是怎麼認識的，不過他記得某個星期天，他曾經和幾個人一起去保羅位於河濱路的公寓吃早午餐。保羅彈了幾首自己寫的鋼琴曲，湯姆非常非常喜歡。「不如我請你喝一杯？我們去看看酒吧有什麼好喝的。」湯姆說。

然而就在這時候，乘務員現身，敲鑼大喊：「訪客離船！所有訪客請即刻下船離開！」

「他在說我。」保羅說。

兩人握手拍肩，允諾互寄明信片。然後保羅就走了。

巴布那幫人大概會拖到最後一分鐘吧，湯姆心想，說不定得轟他們走。湯姆一個轉身，快步衝上幾級狹窄如繩梯的階梯；梯頂有一面「特別二等艙以外禁入」的鐵鏈掛牌攔住去路。湯姆跨過鏈條，上至甲板。應該不會有人阻止頭等艙乘客進入二等艙區域吧，湯姆心想。他實在受不了再看見巴布那幫人，多一眼也不行。湯姆多給巴布半個月的房租，還送他不錯的襯衫和領帶作為告別禮物，他還想得到什麼？

湯姆一直等到客輪開動，這才有勇氣下樓回到艙房。他謹慎地打開房門：沒人。細緻的藍色床罩回復平整，菸灰缸乾乾淨淨，看不出一絲那幫人曾經造訪的痕跡。湯姆放心地笑了。這才叫服務！不愧是注重傳統和英式航海精神的冠達郵輪。他瞥見床邊地上有個大大的水果籃，迫不及待抽起夾在邊緣的小小白信封。卡片寫著：

旅途愉快，湯姆。祝你一路順風，事事如意。

艾蜜莉與赫伯特・葛林里夫

水果籃提把又長又高，整個籃子都用黃色玻璃紙包好；籃子裡有幾顆蘋果、梨子和幾串葡萄，還有兩三根巧克力棒和幾小瓶烈酒。湯姆不曾收過這類餞別禮。他始終覺得這種禮物籃就是擺在花店櫥窗、貼著昂貴標價供人取笑用的；然此時此刻，湯姆發現自己竟熱淚盈眶——他低頭掩面，啜泣起來。

6

湯姆心情平靜，舉止敦和優雅，但就是沒什麼與人交際的興致。他想把時間都拿來思考，不想看見船上其他旅客，一個都不想；不過，若在用餐時與同桌賓客對上眼，他仍親切微笑致意。湯姆開始扮演另一個角色，一個性格嚴肅，眼前有正經事要做的年輕人。他謙遜、沉穩、有教養，心事重重。

湯姆沒來由地有股衝動想買鴨舌帽，於是便在客輪男裝店購置一頂：藍灰色，軟羊毛料，款式是保守的英倫風格。如果他想窩在甲板椅上打盹兒（或者佯裝打盹兒），他可以拉下帽舌，遮住大半張臉。鴨舌帽實在萬用，湯姆心想，卻也納悶自己為何從沒想過要戴鴨舌帽？他可以扮作鄉紳、惡棍、英國人、法國人或擺明很古怪的美國人，全看他怎麼戴這頂帽子。湯姆在房裡對著鏡子自娛。他總覺得自己長了一張全世界最無趣的臉，過目即忘，誰都記不住；這張臉帶著某種他無法理解的溫順，還有一絲隱晦、抹也抹不掉的驚恐。一張循規蹈矩、唯唯諾諾的臉，他想。但鴨舌帽徹底改變了這張臉，賦予他一種鄉間氣質，彷彿他出身康乃狄克州格林威治鎮*那一類的地方。現在他是有收入的年輕男子，或許才剛從普林斯頓畢業。他又買了一支菸斗配這頂帽子。

他即將展開新生，告別這三年在紐約與二流之輩為伍，任他們在他身邊打轉的日子。他感覺此刻的他就像想像中的外國移民：拋下一切，遠離家園，揮別親朋好友與往日錯誤，航向美國——清清白白，重新開始！不管狄奇這人好不好應付，他都要力求表現，讓葛林里夫先生知道他盡了全力，並因此器重他。將來待葛林里夫先生的錢用完以後，湯姆說不定不回美國了——他或許會在飯店謀得一份有趣工作，對方正好需要性格開朗討喜、會講英語的人；他也可能成為歐洲某公司的代表，藉此環遊世界。又或者碰巧有人要找像他這樣會開車、對數字靈光、能逗老太太開心或負責陪千金小姐參加舞會的年輕人。他多才多藝，世界何等遼闊！湯姆對自己發誓，一旦找到工作，他定要緊抓不放。他要有耐心、有毅力，他要積極進取，努力往上爬！

「請問您這兒有亨利．詹姆斯的《奉使記》†這本書嗎？」湯姆詢問頭等艙圖書室

---

*靠近紐約市，是許多對沖基金和金融機構的所在地，為美國最富裕的小鎮之一。

†《奉使記》（*The Ambassadors*）是美國文壇巨匠亨利．詹姆斯（Henry James, 1843-1916）於一九〇三年出版的小說。故事主人公受喪偶的未婚妻之託，前往巴黎說服她的兒子回來接班家族企業。

職員。架上沒有。

「抱歉，先生。這裡沒有這本書。」該員回答。

湯姆有些失望。這是葛林里夫先生問他是否讀過的那本書。湯姆覺得他必須找來讀一讀。他來到二等艙圖書室，在架上找到《奉使記》，然而當他前往櫃檯，報上艙房號碼想外借時，卻被告知頭等艙客人不能借走二等艙圖書室的書籍。湯姆就怕會有這種規定。雖然從架上摸走這本書，藏進外套帶出去並不難，或說根本太簡單，他還是乖乖把書放回架上。

每天早晨，湯姆都會上甲板散步，走個幾圈，但他走得很慢很慢，所以還沒走完一圈，其他習慣晨間運動的旅客早已氣喘吁吁地繞過他兩三回。接下來，他會坐上躺椅，喝點清湯，深入思考自己的命運。午餐後，湯姆傾向窩在房裡無所事事，享受純粹的清靜與舒適。有時他會來到寫字間，用客輪信紙寫信給普里明傑、克蕾歐和葛林里夫夫婦。湯姆用字遣詞頗為深思熟慮：在寫給葛林里夫夫婦的信上，他先禮貌問候對方，為精美的禮物籃和舒適的艙房致謝，但下一段，他竟一時興起開始編故事——描述他找到狄奇、和狄奇同住蒙吉貝羅的房子，以及他如何慢慢但循序漸進說服狄奇回家，甚至述及兩人游泳、釣魚、泡咖啡館云云。湯姆實在太過投入，寫了少說十頁八頁，但他曉得自己永遠不會把這些內容寄出去，於是繼續寫道狄奇其實對瑪姬沒興趣（湯姆完整分析了瑪姬的性格脾氣），因此，雖然葛林里夫先生認為或許是瑪姬纏著狄奇、不讓狄奇回家，但實情並非如此等等等等。湯姆寫到信紙蓋滿整張桌子，寫到通知晚餐的第一聲鈴響才罷休。

另一天下午，湯姆寫了封措辭有禮的短箋給朵媞姑媽。

親愛的姑媽（湯姆鮮少在信上如此稱她，更不曾當面這樣叫過她）：

一如信紙信封的徽紋所示，此刻我正在公海上。我意外接下一份工作，只是目前尚無法向您清楚說明。因事出突然，倉促成行，行前無法親至波士頓向您辭別；此去預計數月或甚至數年才返，為此甚感遺憾。

寫信是想稟告並感謝您，往後不必再寄支票給我，也無須擔憂。謝謝您一個多月前寄來的支票，那想必是最後一次，料想您後來大概也未再寄出任何支票吧。現在的我很好，也非常非常開心。

愛您的湯姆　敬上

祝她身體健康這類好話就不必了。朵媞姑媽壯得像頭牛。湯姆又加上一句：

附註：目前我還無法確定接下來的通訊地址，請容我就此擱筆。

補這一句讓湯姆感覺好多了。因為這句話無疑將徹底切斷兩人的聯繫。往後他再也不需要向她報告行蹤，不會再收到冷嘲熱諷、挖苦奚落、不安好心且若有似無地拿他跟他父親比較的來信，或是面額只有零頭小數，且數目十分詭異的支票（譬如「六塊四十八美分」或「十二塊九十五美分」），彷彿那些都是她付完帳單剩下的零頭或退貨餘款，再如同撒麵包屑一樣扔給他。想想朵媞姑媽寄給他的金額，再想到她的收入，那些小額支票簡直是侮辱。朵媞姑媽堅稱撫養湯姆長大的費用已超過他父親身後留下的保險金數目。或許實情真是如此，但她為何非得一次次老調重彈，不看他尷尬不罷休？有哪個成年人會像她這樣羞辱小孩？很多人也都撫養親戚的孩子或甚至不認識的孩子長大，但他們不求回報，發自內心樂意做這件事。

寫完給朵媞姑媽的信，湯姆起身繞甲板散散步、消消氣。每次寫信給她，湯姆都會生氣。他恨自己總對她卑躬屈膝，卻又想讓她知道他身在何處——因為他需要那些零頭支票。他不得不寄出一封又一封信，通知姑媽他的最新地址；但現在湯姆不需要她的錢了。從今以後，他要完全靠自己。

湯姆突然想起十二歲那年夏天的某一天。當時他正陪著姑媽及姑媽的女性友人進行跨州公路旅行，那天（忘了在哪裡）路上塞車，天氣很熱，姑媽要他帶保溫瓶去加油站討冰水。回來的路上，車陣開始移動，湯姆記得自己跑在走走停停、緩慢前進的大小車之間。每每差一點就要摸到姑媽的車門把，卻怎麼搆也搆不著，因為她總是盡可能以最快速度前進，不願停下來等他，從頭到尾只會對窗外的他吆喝：「快！快呀！你這個慢郎中！」好不容易趕上並爬進車裡，湯姆挫折又憤怒地淚流滿面，這時姑媽竟還笑嘻嘻地對朋友說：「娘娘腔！他骨子裡就是個娘娘腔，跟他爸一樣！」在這種環境長大，而且還能長得像他這麼好，堪稱奇蹟。但湯姆不明白，他爸爸到底哪一點讓朵媞姑媽覺得他娘娘腔？話說回來，這位姑媽稱讚過任何人、說過任何一句好話嗎？沒有。

湯姆晾在躺椅上。客輪的奢華強化他的道德感，肚腹則填滿精緻豐盛的佳餚，他試著從客觀角度回顧此前的人生：不可否認，過去這四年他可以說浪擲虛度了。他不停換工作也不挑工作，期間甚至有好幾次一直找不到工作，導致經濟拮据、失意喪志，然後因為害怕孤單、因為有人短暫伸出援手（譬如馬克・普里明傑）故而和一群愚蠢俗人瞎磨廝混，打發時間。想當年，他可是懷著遠大志向來到紐約，如此境遇實在令他不勝唏噓：湯姆本來想當演員，但二十歲的他不知天高地厚，沒受過必要訓練也沒有天賦。但他自以為有演戲天份，以為只要找個製片人，演幾段他自創的單人短劇就行了——比方說：美國前第一夫人愛蓮娜．羅斯福某日去看了「未婚媽媽專門門診」，回來就開始寫〈我的生活〉（*My Day*）專欄連載。但湯姆出師不利，三度遭拒徹底扼殺他的希望和勇氣。湯姆身無分文，只好接下香蕉運輸船的工作，至少這個工作能讓他暫時遠離紐約。儘管他在波士頓沒幹過什麼壞事，儘管他只是跟其他數百萬年輕人做了一樣的事——逃家、追尋自己的一片天，但他還是好害怕朵媞姑媽會報警去紐約抓他。

湯姆認為自己最大的錯誤是沒有恆心。就拿百貨公司會計來說吧，要不是他實在受不了促銷期的龜速沒效率，他或許能做出點成績來。是說，他的缺乏毅力某種程度也得歸咎於朵媞姑媽：小時候，不管他熱衷做哪件事——譬如十三歲那年他認真送報，送到報社頒發象徵「有禮貌、服務好、值得信賴」的銀質獎章給他——姑媽始終沒給過一句讚美。湯姆彷彿在回顧別人的人生，想起當年那個瘦巴巴、愛哭、鼻水流不停，一心想拿到禮貌服務獎章的可憐蟲。朵媞姑媽最討厭他感冒。每次她拿手帕幫他抹鼻子，幾乎快把他的鼻子給擰掉。

思及往事，靠在躺椅上的湯姆不自覺抽動了一下。不過他動作優雅，順便拉整長褲上的皺褶。

他記得自己好幾次發誓要逃離姑媽家（最早在八歲那年），也記得他想像過的所有可怕景象：朵媞姑媽試著抓住他，他揮拳回擊將她撂倒在地並掐住她，一把扯下她洋裝上的大胸針，猛刺她喉嚨，刺了不知幾百萬回。十七歲那年，湯姆逃家失敗，被抓回去；二十歲他又試了一次，這回成功了。令湯姆驚訝的是，他發現自己天真得可憐，對這個世界的運作方式幾無所知，彷彿他把太多時間花在討厭、怨恨姑媽，策劃該如何逃出她手掌心，結果沒有足夠的時間學習長大。他到紐約第一個月的第一份工作是搬貨箱，做不到兩禮拜就被開除了——因為他沒辦法連續搬橘子搬八小時。當時湯姆拚死拚活都想保住這份工作，他還記得，在被開除的那一刻，他覺得老天實在太不公平，覺得這世上有太多像「賽門．雷格利」*那樣喜歡剝削別人的人：你只能像動物一樣，跟倉庫那些被他奴役的大猩猩一樣拚命工作，否則只有餓死一途。他還記得，後來他從食品店的熟食櫃摸走一條麵包帶回家，狼吞虎嚥吃個精光。他覺得這世界欠他一條麵包，而且不只如此。

「雷普利先生？」前幾日午茶時間，和他同坐休息廳沙發的一位英國女士傾身叫他。

---

* 賽門．雷格利（Simon Legrees），《湯姆叔叔的小屋》（*Uncle Tom's Cabin*）的主角，是將湯姆鞭打致死的奴隸主。

「稍後我們要去遊戲室打橋牌，大概十五分鐘後開始。不知您是否有興趣加入？」

湯姆立刻從躺椅坐起來，禮貌回應。「非常感謝您邀請，但我比較想待在外頭。況且我的橋牌也打得不怎麼好。」

「噢！我們也不太會玩呀。不過沒關係，下次吧。」她微笑致意，轉身走了。

湯姆再次沉入躺椅，拉下鴨舌帽蓋住眼睛，雙手交疊擱在肚子上。他知道，他的冷漠疏離在乘客之間引起不少閒言閒語，有幾個女孩每天晚上都在餐後舞會上滿臉期盼地盯著他瞧，咯咯傻笑，但他始終不曾上前邀舞。他想像其他乘客如何猜測臆想：他是美國人嗎？我**覺得**是，但他的言行舉止又不太像美國人，是吧？大部分的美國人都**很吵**，但他好嚴肅，而且他的年紀肯定不超過二十三歲。他心裡一定有什麼非常重要的事。

是呀，確實如此。他正在認真思考湯姆．雷普利的現在與未來。

7

湯姆對巴黎的印象頂多是火車站窗外的匆匆一瞥，猶如一張張觀光海報——亮著燈光的咖啡館門面、劃過條條水痕的遮雨棚、露天咖啡桌與樹籬方格；再不然就是他跟著拖行李的矮胖藍衣腳伕匆匆走過的一連串長長月臺，以及最後這輛即將載著他一路奔向羅馬的臥鋪列車。將來他隨時都能再找時間重返巴黎，湯姆心想，但此刻他只想趕快抵達蒙吉貝羅。

隔天一早醒來，火車已進入義大利。那天早上發生一件令湯姆非常開心的事：當時他正在欣賞窗外風景，有幾個義大利人站在包廂外的走道上聊天，言談間提及「比薩」二字，而走道對側的窗外正是快速飛掠的城市風景。湯姆踏出包廂，想好好看一看這座城市，下意識地開始尋找「斜塔」，雖然他不確定斜塔所在的城市是否就是比薩，以及從火車上能否看見那座塔，但——他看到了！在一片灰白低矮的城鎮屋舍間，一根略粗、**傾斜**的白色柱狀物擎立而起，湯姆幾乎不敢相信塔身竟能傾斜到這種程度！他始終以為，也理所當然認為比薩斜塔的「斜」只是誇大之詞。對湯姆來說，親眼見到比薩斜塔似乎是個好預兆，象徵義大利的一切都將符合他的期望，他和狄奇的事也會順利進行。

火車停靠拿坡里時已近傍晚，開往蒙吉貝羅的下一班公車要等到明天早上十一點。湯姆先在車站換錢。這時有個年約十六，襯衫、長褲、皮鞋都髒兮兮的少年上前搭話，提供他天知道是什麼的鬼服務（女孩？毒品？）。少年無視湯姆抗議，直接跟他上了計程車，告訴司機往哪兒開，喋喋不休的同時還豎起一根指頭制止湯姆說話，好似少年會把湯姆照顧得妥妥貼貼，而湯姆只需要等著看就好。湯姆無奈放棄，抱緊雙臂縮進座位角落。最後車子停在一座面對海灣的大飯店門口。若不是葛林里夫先生先給了他一筆錢，要湯姆住這種豪華大飯店他心裡肯定七上八下。

「聖塔露琪亞大飯店！」少年驕傲宣布，一手指向大海。

湯姆點點頭，這孩子畢竟是好意。湯姆付了車錢，再給少年一張一百里拉紙鈔，算算差不多等於十六、十七美分——湯姆在船上讀到一篇報導，這個數目在義大利算是合理的小費金額。少年看起來很生氣，湯姆又給他一百里拉；少年依舊一臉惱怒，這回湯姆擺擺手不理他，跟著已提起行李的門僮走進飯店大門。

那晚，湯姆前往飯店經理（對方會說英語）推薦的濱海水上餐館「特蕾莎姑媽」用餐。點餐過程不太順利，於是他發現端上來的第一道菜是「迷你章魚」，渾身紫得活像是用菜單上的紫墨水煮出來一樣。湯姆淺嚐觸手尖端，質地跟軟骨一樣難以下嚥。第二道菜同樣是個錯誤，簡單來說就是炸魚拼盤。至於第三道——湯姆原以為是甜點——則是兩三隻紅通通的小魚。噢！拿坡里！但是沒關係，食物不重要，這裡的紅酒讓他徹底放鬆下來。在他左手邊，月娘露出四分之三的臉龐低懸在崎嶇崢嶸的維蘇威火山上方。湯姆靜靜凝望美景，彷彿已看過千百回。就在前方綿延大地之外，理查所在的村落靜靜蟄伏於維蘇威背側的山腳下。

翌日上午十一點，湯姆搭上巴士。公路循著海岸蜿蜒而行，沿途通過並停靠希臘塔、安農齊亞塔、海堡、蘇連多等等小鎮。湯姆熱切地專心聆聽司機報站名。離開蘇連多之後，海岸公路漸漸變成一條沿岩壁開鑿的狹窄山路，另一邊即是懸崖，跟他在葛林里夫家看見的明信片風景一模一樣。湯姆不時瞥見崖底的濱海小村落，宛如麵包屑的點點白屋，還有在海邊游泳的人（他們的腦袋全化成粒粒黑點）。前方路中央有塊顯然是從崖上落下的巨石，司機優哉游哉繞過它。

「**蒙吉貝羅！**」

湯姆從座位彈起，一把拽下置物架上的行李箱。他另有一只箱子放在車頂，隨車的雜役男孩搬下來交給他。巴士絕塵而去，湯姆孤伶伶杵在路邊，腳邊靠著兩只行李箱。好些屋舍四散在他後方的山坡上，前下方也有不少；屋頂磚瓦襯著藍色大海，宛若片片剪影。湯姆走進馬路對面寫著「POSTA（郵局）」的小屋——兩眼不時緊盯行李箱——詢問櫃檯窗口的男子知不知道理查．葛林里夫先生住在哪兒。湯姆想都沒想便以英語發問，但對方似乎理解他的意思，立刻起身走出櫃檯，站在門口指著方才湯姆搭車前來的方向，一邊說義大利語，似乎正詳細地為他指路。

「直直往前走，一直走！」

湯姆謝過對方，詢問能否將他的兩個行李箱暫放在郵局；男人似乎也明白他的意思，便幫著湯姆將行李箱提進郵局。

後來，他在路上又問了兩個人才找到理查．葛林里夫的房子。大家似乎都知道那地方，最後第三個人甚至直接指給他看：一幢雙層大宅，鐵柵門緊鄰路邊，還有一座突出到懸崖邊的露臺。湯姆按了按鐵門旁的金屬門鈴。一名義大利女子從屋裡走出來，邊走邊用圍裙擦手。

「葛林里夫先生在嗎？」湯姆抱著希望一試。

女子笑著吐出一長串義語回應，指指下方大海。「猶太先生*。」她反覆說同一個字，「猶太先生。」

湯姆點點頭。「Grazie.（謝謝。）」

他到底該穿著這一身行頭，直接走下沙灘找狄奇，還是隨興一點，換條泳褲再去？又或者他該等到午茶或雞尾酒時間？還是設法先打電話聯絡？湯姆此行沒帶泳褲，他無疑得在這兒買。郵局附近有幾間小鋪子，小小的櫥窗展示著襯衫和泳褲；湯姆走進其中一家，試了幾條不太合身的泳褲（或根本不足以稱為泳褲），最後買下一條黑黃相間，布料只比丁字褲再多一點點的玩意兒。湯姆用雨衣包住換下的外衣，整齊綑好，赤腳走出小店鋪——他下一秒立刻跳回屋內：路面卵石燙得像木炭。

「鞋子？涼鞋？」湯姆問店家。

他們沒賣鞋。

湯姆只好套上自己的皮鞋，過馬路去郵局；他打算把衣服放進行李箱，卻發現郵局大門鎖住了。湯姆聽人說過，歐洲有些地方會從中午休息到下午四點。於是他轉身沿著卵石小路往下走，認為這條路應該能通往沙灘。湯姆連下十數級陡峭的石階，再走下另一條商

＊「葛林里夫」為美國猶太人姓氏，源自德國猶太姓氏 Grünblatt。

家與住宅比肩而立的礫石坡，接著繼續下階梯，這才好不容易來到平坦寬闊、微高於沙灘的人行步道。沙灘上有一兩家咖啡館和一間設有露天座的餐館。幾名古銅色肌膚的義大利少年坐在人行道邊的木長椅上。湯姆經過他們面前，他們細細地打量他；腳上的棕色大皮鞋和鬼一樣蒼白的膚色令湯姆尷尬極了。他整個夏天都沒去海邊。湯姆討厭海邊。前方有條木板道橫跨大半片沙灘，走在上頭肯定燙得像踩過地獄，因為大夥兒不是躺在海灘巾上，就是鋪著或墊著其他東西；湯姆把心一橫，脫掉皮鞋，站在滾燙的木板上適應片刻，冷靜掃視身旁人群。他們沒有一個看起來像理查，但蒸騰的熱浪讓他很難辨認更遠的面孔。湯姆把一隻腳放在沙地上，旋即抽回來；他深呼吸，然後一口氣跑過剩下的木板道，縱身躍過沙灘並降落在沙灘邊緣淺淺的、冰涼美好的海水中。湯姆邁步前進。

湯姆在一條街長的距離外看見他——雖然那人曬得一身巧克力色，金色捲髮也比湯姆印象中還要淡上許多，但他無疑就是狄奇。他跟瑪姬在一起。

「狄奇．葛林里夫？」湯姆堆起笑臉。

狄奇抬頭。「你是？」

「我是湯姆．雷普利，幾年前跟你在美國認識的。有印象嗎？」

狄奇一臉茫然。

「你父親說他會寫信跟你說我的事。」

「噢！對！」狄奇輕拍額頭，好像他竟然蠢得把這事忘了。他起身。「你說你叫湯姆……**什麼**來著？」

「雷普利。」

「這位是瑪姬·雪伍德。」狄奇介紹。「瑪姬，這是湯姆·雷普利。」

「您好。」湯姆說。

「你好！」

「你計劃要在這裡待多久？」狄奇問道。

「還沒確定。」湯姆說。「我才剛到，想好好看一看這個地方。」

狄奇瞄他一眼。湯姆覺得狄奇不太欣賞他。狄奇交叉雙臂，抱在胸前，瘦長的棕色腳丫埋在滾燙熱沙裡，但似乎不以為意。湯姆早把皮鞋穿回去了。

「打算租間房子？」狄奇問。

「還不確定。」湯姆說得猶豫，好像他真想過要租間房子似的。

「如果你在找冬天要住的房子，現在是出手的好時機。」女孩說。「夏季觀光客差不多都走了。如果冬天能多幾個美國人住在這裡，豈不更好。」

狄奇沒接腔。狄奇重新坐回女孩身旁的大海灘上，湯姆感覺狄奇在等他主動告別離開。湯姆杵在原地，覺得自己像出生那天一樣赤裸蒼白。他討厭泳褲，而且這件太暴露了。湯姆七手八腳地從雨衣裡掏出他放在外套口袋的一包菸，遞向狄奇和女孩。狄奇拿了一根，湯姆掏出打火機點菸。

「你好像不記得我們在紐約的事了？」湯姆問。

「確實想不太起來。」狄奇回答。「我們在哪兒認識的？」

「我想想——是不是在巴狄．朗克瑙他家？」其實不是。但湯姆知道狄奇認識巴狄．朗克瑙，而巴狄是個出身極好又相當體面的人。

「噢。」狄奇答得敷衍。「不過我得請你多多包涵。這陣子我對美國的印象越來越模糊了。」

「可不是嗎。」瑪姬出手拯救湯姆。「你的記憶力真是越來越糟耶。湯姆，你什麼時候到的？」

「差不多一小時以前吧。我把行李箱寄放在郵局那裡。」湯姆笑了。

「你要不要也坐下來？我這兒還有一條海灘巾。」瑪姬把一條小一點的白色海灘巾鋪在她身旁的沙地上。

湯姆感激地接受了。

「我要下去泡泡水，降降溫。」狄奇起身。

「我也要去！」瑪姬說。「來嗎？湯姆？」

湯姆隨兩人下水。狄奇和女孩游得相當遠，看來兩人都是游泳健將；湯姆留在近岸，沒多久就上岸了。他倆回到海灘巾鋪位時，狄奇似乎被女孩逼著開口：「我們要走了。你要不要來我家，一起午餐？」

「好啊！太謝謝兩位了。」湯姆幫忙收拾海灘巾、太陽眼鏡和義大利文報紙。

但湯姆還以為他們永遠到不了狄奇的房子了。狄奇和瑪姬走在前面，登上彷彿看不見盡頭的石階；他們一步跨兩級，緩慢而穩定。烈日當頭，湯姆被曬得渾身無力，力竭的兩條腿抖得快抽筋了；他的肩膀早已曬成粉紅色，即使套回襯衫設法抵擋陽光，卻仍感覺光熱穿透髮絲，令他頭昏眼花、噁心想吐。

「很累吧？」瑪姬問他，臉不紅氣不喘。「待久一點就習慣了。這地方七月熱浪的景況夠你瞧的了。」

湯姆喘得無法回應。

十五分鐘後，湯姆又活過來了。稍早他沖了個冷水澡，這會兒舒舒服服坐在狄奇家露臺的籐椅上，手端馬丁尼。湯姆聽從瑪姬的建議，穿回泳褲再罩上襯衫。方才他沖涼時，露臺餐桌已擺妥三個人的席位；此刻瑪姬正在廚房張羅，和女傭以義語交談。不知瑪姬是否住在這裡？這房子住兩個人鐵定沒問題。就湯姆眼見所及，屋裡僅布置了零星傢俱，風格則是宜人的義式古董混合了美式波西米亞風。剛才他還在大廳瞧見兩幅畢卡索原畫。

瑪姬也端著馬丁尼來到戶外露臺。「我家在那兒。」她伸手一指。「看見沒？白色方形那一棟。紅色屋頂比隔壁的要再深一點。」

要從這麼多房舍中找出瑪姬形容的那片屋頂，著實無望，但湯姆仍假裝他看見了。

「您在這兒住很久了？」

「一年。去年整個冬天都在這裡過。去年冬天可真難熬啊！整整下了三個月的雨，只有一天沒下。」

「真的嗎！」

「嗯哼！」瑪姬小啜馬丁尼，心滿意足地凝望她的小村莊。她也穿回她的茄紅色泳衣，外頭再罩上一件條紋襯衫。湯姆認為瑪姬長得不難看，以結實型的女孩來說，他甚至覺得她身材很好——但結實並非湯姆喜歡的類型。

「聽說狄奇有艘船？」湯姆說。

「是呀，『蝙蝠號』，但我們都叫它『小蝠』。你想看嗎？」

瑪姬再度指向下方某個難以辨認的物體，差不多就在露臺角落可望見的小碼頭邊。每艘船都長得差不多，但瑪姬說狄奇的船比其他大多數的船都要大，而且有兩根桅杆。

狄奇踏上露臺，拿起桌上的玻璃壺給自己倒了一杯雞尾酒。他穿著一件燙得亂七八糟的白色工裝褲，上身則是與膚色相近的赤陶色亞麻衫。「抱歉，沒準備冰塊。冰箱還沒買。」

湯姆微笑。「我帶了件浴袍給你。你母親說你跟她討浴袍，還有幾雙襪子。」

「你認識我母親？」

「我離開紐約前巧遇你父親。他邀請我去你家吃晚餐。」

「哦？我母親還好吧？」

「那天晚上她能下床走動。但我覺得她很容易累。」

狄奇點點頭。「這禮拜我收到信，信上說她稍微好一點了。至少目前沒有立即的危險，是吧？」

「好像也不能這麼說。早幾個禮拜以前，你父親看起來頗為擔憂。」湯姆略顯遲疑。「而且他也有些發愁，因為你不肯回家。」

「這老傢伙總是擔心東擔心西的。」狄奇打混過去。

瑪姬和女傭從廚房端著一盤熱騰騰的義大利麵出來，還有一大盆沙拉及一碟麵包。狄奇和瑪姬聊起某間濱海餐廳擴建的話題，說是店主人打算拓寬露臺，讓賓客有空間跳舞。他們談到許多細節，說話慢條斯理，就像對鄰里街坊一些細微變化極感興趣的小鎮居民。湯姆完全搭不上話。

湯姆仔細觀察狄奇手上的兩只戒指，藉此打發時間。兩只他都喜歡：右手中指戴的是嵌在金座上的方形綠寶石；左小指則是紋章戒指，比葛林里夫先生的那枚更大，也更花俏。狄奇雙手修長骨感，湯姆覺得自己的手跟他的有點像。

「對了。出發前，你父親帶我逛了一下柏克－葛林造船廠。」湯姆說。「他說從你上回去船廠看過之後，他又做了不少改變。我相當佩服。」

「我猜他大概也問過你要不要去他那裡工作吧。老傢伙總是在找一些有希望、有前途的年輕人。」狄奇拿著餐叉轉呀轉，然後戳起這團整齊漂亮的麵條，送進嘴裡。

「他倒是沒給我工作。」湯姆覺得這頓午餐的氣氛糟到不能再糟。難不成葛林里夫先生跟狄奇說，他此番前來是為了說教，告訴狄奇為什麼應該回家？又或者狄奇純粹只是心情不好？從上次見面到現在，狄奇肯定改變不少。

狄奇拿出一座高約六十公分、閃閃發亮的義式咖啡機。他把插頭送進露臺插座，不出幾分鐘就變出四小杯義式濃縮。瑪姬把其中一杯端進廚房給女傭。

「你住哪間飯店？」瑪姬問湯姆。

湯姆微笑。「還沒找。有推薦的嗎？」

「最棒的當然是『海景』，就在『喬吉歐』旁邊。另一家，也是唯一的其他選擇就是『喬吉歐』，不過——」

「有人說喬吉歐床上有pulci。」狄奇打岔。

「——他指的是跳蚤。喬吉歐比較便宜，」瑪姬說得誠懇，「不過服務就——」

「完全感受不到。」狄奇又插嘴。

「你今天心情很好哦？」瑪姬酸狄奇，捏起一小塊藍紋起司丟他。

「這樣的話，我會試試『海景』。」湯姆起身。「我得告辭了。」

狄奇和瑪姬皆未積極挽留他。狄奇送他到大門口，瑪姬繼續待在露臺上。湯姆懷疑狄奇和瑪姬有一腿，就是那種退而求其次、勉強送作堆，旁人看來並不明顯，雙方亦不特別熱衷的情人關係。湯姆認為瑪姬愛狄奇，至於狄奇——他對她的興趣應該不會比對旁邊那位五十歲的義大利女傭多多少。

「改天再來欣賞欣賞你的畫作。」湯姆對狄奇說。

「好。如果你還待在鎮上，我想我們會再見面的。」湯姆認為，狄奇之所以補上這一句是因為他還記得湯姆帶了浴袍和襪子來給他。

「午餐很棒。再見，狄奇。」

「再見。」

鐵柵門哐啷一聲關上。

8

湯姆在海景飯店要了一間房。他到下午四點才從郵局拿回行李，差點就沒力氣把最好的一套西裝取出來掛好，然後累得癱倒在床上。幾個義大利男孩在樓下聊天，聲音從窗戶飄進來，清晰得彷彿他們就在房裡一樣；其中一人的笑聲尤其粗礪刺耳，在連續不間斷的音節中時不時爆開，令湯姆痛苦地抽搐扭動。他想像他們在聊他長途跋涉，前來拜訪「葛林里夫先生」，並推測接下來會發生什麼事，不懷好意地貶損他。

他何苦來哉？他在這裡沒有朋友，也不會說義語。萬一他生病怎麼辦？誰來照顧他？湯姆起身坐直，心知自己快吐了，卻還是緩步移動，因為他很清楚自己何時會吐出來，也知道他絕對來得及抵達廁所。一進廁所，他立刻吐光了所有午餐，他想，可能還有那些在拿坡里吃的魚。湯姆重回床上，立刻睡著。

湯姆昏昏沉沉醒來，全身虛弱。新買的手錶顯示時間是傍晚五點半，但陽光依舊耀眼燦爛。他走至窗前遠望，不自覺開始在眼前這片邊坡上的點點乳白和粉紅的屋舍中，尋找狄奇的大宅與突出的露臺。他瞧見露臺堅固的紅欄杆了。瑪姬還在嗎？他們是不是在聊他的事？一陣笑聲蓋過街頭的嘈雜喧囂，傳入耳際，音質緊繃響亮，好似美國人在說美語。就在那個瞬間，湯姆恰巧瞄見狄奇與瑪姬穿過主街兩幢房屋之間的小巷，繞過轉角。湯姆奔向另一扇窗，想看得更清楚；海景飯店緊貼著一條小巷，就在湯姆窗外下方，而狄奇和瑪姬正好經過這條巷子——他依舊是白長褲配赤陶麻襯衫，她則換上襯衫與長裙。瑪姬應該是回過家一趟了，湯姆暗忖，又或者狄奇家有她的衣服。狄奇跟小木造碼頭的義大利人說了幾句話，拿錢給他，後者輕觸帽緣，接著解開小船繫在碼頭上的纜繩。湯姆看著狄奇扶瑪姬登船。白色船帆緩緩升起，兩人左後方的橘色太陽漸漸沉入大海。湯姆依稀聽見瑪姬的笑聲，聽見狄奇朝碼頭喊了一句義大利話。湯姆頓時明白，眼前所見的正是兩人的日常——午餐吃得晚，也許再睡個午覺，接著在日落時分駕船出海，最後回到沙灘上的咖啡館小酌一番。他們盡情享受完美的日常生活，彷彿湯姆不曾出現。狄奇為何要回到只有地鐵、計程車、漿過的襯衫領口和朝九晚五的日常，或甚至是禮車接送，不是去佛羅里達就是到緬因度假的奢華時光？這一切哪比得上一身舊衣、駕船出海的樂趣？肯定也比不過照自己的方式打發時間、無須對任何人負責的生活方式，更別提他還有自己的房子和一位脾氣好、極可能把他照顧得無微不至的好女傭。如果他想要的話，還有閒錢可以去旅行。湯姆好生羨慕。胸口突然湧上一股心碎的自憐和忌妒。

湯姆認為，狄奇的父親想必在信上寫了一些令狄奇對湯姆心生反感的話。如果湯姆只是窩在沙灘上的咖啡館，不經意地認出狄奇，結果肯定好得多；如果他倆以這種方式展開，湯姆最後說不定能成功勸狄奇回家。現在想這些都沒用了。湯姆詛咒自己今天的表現過於嚴厲且毫無幽默感。湯姆好多年前就發現了，每次他只要一認真起來，結局大多不會太好。

湯姆決定把事情放個幾天再說。無論如何，他得先讓狄奇喜歡他——這是他最大的願望，眼前任何事都比不上。

9

湯姆白白過了三天。到了第四天近午時分，湯姆走下海灘，發現狄奇獨自一人待在從陸地伸向海邊的灰色巨岩前，那裡也是他初次見到狄奇的地方。

「早呀！」湯姆喊道。「瑪姬呢？」

「早。她大概得工作到晚一點吧，等等就過來了。」

「工作？」

「她寫作。」

「噢。」

狄奇嘴角叼著義大利菸，吸了一口。「倒是你，這幾天躲哪兒去了？我還以為你走了。」

「身體不太舒服。」湯姆說得漫不經心，把捲好的海灘巾往沙地上拋，但小心地跟狄奇保持一點距離。

「哦？不嚴重吧？」

「除了睜眼閉眼過日子，就是去廁所報到囉。」湯姆微笑。「不過現在都好了。」其實他虛弱得連飯店都走不出去，但仍設法吃力地在房間地板上緩慢移動，追隨穿過窗櫺的光斑，好讓自己過幾天去沙灘時不至於太蒼白，最後再把殘存的氣力拿去研究他在飯店大廳買的義大利會話書。

湯姆踏入水中，自信滿滿地行至水深及腰處才停下來，掬水潑肩。他低下身子，讓下巴觸及水面，漂游一陣，然後再慢步上岸。

「等等你回家之前，我能請你去飯店喝一杯嗎？」湯姆問狄奇。「還有瑪姬，如果她也來了的話。我要拿浴袍和襪子給你。」

「噢，好呀，非常感謝，我正好也想喝一杯。」他低頭繼續看他的義文報紙。

湯姆躺在海灘巾上伸展筋骨，聽見村裡的時鐘敲響，下午一點。

「我看瑪姬應該不會來了。」狄奇說。「我一個人去吧。」

湯姆起身。兩人步行走向海景飯店，彼此並未刻意搭話；後來湯姆再邀狄奇共進午餐，狄奇婉拒，說是家裡的傭人已經備好午餐了。他倆上樓來到湯姆房間，狄奇先試浴袍，再拿襪子對著光腳丫比一比。浴袍和襪子的尺寸都剛好，而且狄奇非常喜歡這件浴袍，一如湯姆所料。

「還有這個。」湯姆從書桌抽屜拿出方形的紙包，外頭包著藥房的包裝紙。「夫人還幫你準備了幾瓶鼻藥水。」

狄奇笑了。「以前我鼻竇常出毛病，但現在我不需要這個了。不過我還是收下吧。」

所有該給狄奇的都交給他了，湯姆心想，接下來他應該會婉拒飲酒邀約，這點湯姆也明白。湯姆送狄奇到門口。「你父親非常掛心你不回家的事，他要我好好說你幾句——我當然不會這麼做，只是我仍得向他回報。我答應了要寫信給他。」

狄奇單手握住門把轉過身來。「我不知道我父親以為我在這裡做什麼——喝酒喝到掛之類的？總之今年冬天我也許會回家住幾天，但沒打算待下來。我在這邊開心多了。如果我回去，父親肯定會逼我去柏克-葛林里夫上班，那我大概就沒機會畫畫了。可我就愛畫畫。再說了，我要怎麼過日子是我自己的事。」

「這我明白。不過他也說了，如果你回去，他不會逼你去他公司上班，除非你想進設計部門做事。他說你喜歡設計。」

「這些我和我父親都討論過了。總之謝了。謝謝你送衣服和帶話給我。你人真好，湯姆。」狄奇伸出手。

湯姆實在沒辦法握住那隻手。他勸不動狄奇。眼下已非常接近葛林里夫先生擔心的失敗邊緣了。「我想我得再跟你坦白一件事。」湯姆微微一笑。「其實你父親是特地派我來勸你回家的。」

「你這話是什麼意思？」狄奇蹙眉，「他付旅費讓你來？」

「可不是嘛。」不論是逗狄奇開心或讓他更討厭湯姆，不論是讓狄奇大笑或令他掉頭離開，鄙夷地甩上門，湯姆都只剩這最後一次機會了。但狄奇笑了，嘴角緩緩上揚——這正是湯姆記憶中狄奇的笑臉。

「老頭幫你出旅費！真是太令我吃驚了！他急了，對不對？」狄奇把門關上。

「他在紐約某家酒吧找上我。」湯姆說。「我說我跟你不是特別熟，但他堅信如果我願意走這一趟，肯定能幫上忙。我說我會盡力試試看。」

「他是怎麼找到你的？」

「席佛夫婦介紹的。我幾乎不認識那對夫婦，不過事情就這麼成啦！既然我是你朋友，理當能對你有好的影響。」

兩人相視大笑。

「但我不希望你覺得我是那種會占你父親便宜的人。」湯姆說。「我希望能很快在歐洲找到工作，這樣就能還清他幫我墊付的旅費了。他替我買了一張來回票。」

「省省吧，別麻煩了。這筆開銷會算在柏克－葛林里夫帳上。我完全可以想像我爸在酒吧接近你的模樣。是哪間酒吧？」

「勞爾。其實他從綠籠就開始跟著我了。」綠籠酒吧頗有名氣，湯姆仔細觀察狄奇的表情，看看他是否認得這個名字；但他毫無反應。

兩人下樓至飯店酒吧喝酒，為赫伯特．葛林里夫先生乾一杯。

「我剛剛才想到今天是星期天。」狄奇說。「瑪姬去教堂了。你一定要上來跟我們一起吃午餐，我們每個禮拜天都吃雞肉——你也知道，美國習俗，星期天一定要吃雞肉。」

狄奇想先繞去瑪姬家，看看她在不在。兩人離開主街，沿著石牆登上石階，穿過某戶人家的花園再繼續往上爬。瑪姬的房子只有一層樓，看起來鮮少整理：屋子一端是雜草叢生的花園，幾只水桶和澆水軟管隨意散置在通往門口的小徑上；而窗臺晾掛的茄紅色泳衣與胸罩則為這地方添上些許女性氣息。湯姆從一扇敞開的窗瞥見屋裡凌亂的桌面，還有一臺打字機。

「嗨！」瑪姬開門相迎。「哈囉！湯姆！這幾天你跑哪兒去啦？」

瑪姬問他們要喝什麼，卻發現她的杰比斯琴酒快見底了，只剩下一公分左右。

「無所謂，去我家喝吧。」狄奇說。他在瑪姬的起居室兼臥室自在地走動，流露某種熟悉感，彷彿他泰半時間都住在這裡。狄奇彎腰湊近一只花盆，伸出食指碰碰那不知名迷你植株的精巧葉片。「湯姆有一件好笑的事要跟你說。」狄奇說。「快告訴她，湯姆。」

湯姆先吸一口氣，然後開始表演：他用最滑稽的方式陳述，把瑪姬逗得像個好些年沒聽過趣事、沒機會盡情大笑的人。「看見他跟著我走進勞爾酒吧，我差點就從後窗翻出去逃走！」湯姆滔滔不絕，舌頭幾乎脫離大腦控制，而他的腦子則忙著評估這場即興表演的投資報酬率有多高——狄奇和瑪姬的表情昭然若揭。

一行人再度爬上狄奇位於半山腰的房子，但這回感覺只用了不到上次一半的時間。令人垂涎欲滴的烤雞香氣從廚房飄向露臺。狄奇調了些馬丁尼。湯姆先去沖涼，然後換狄奇，狄奇一走出來便順手倒了一杯——整個過程跟上回一模一樣，但氣氛卻截然不同。

狄奇挑了張籐椅坐下，兩腿掛在扶手上。「回頭多說說你吧。」狄奇笑著說。「你做哪方面的工作？我記得你說你也許會在這裡找工作？」

「怎麼？你有工作給我？」

「說不定喔。」

「哦？我會做的事可不少，代駕、顧小孩、會計出納——不知道是幸或不幸，我對數字特別有天份：不論我在酒吧喝得有多醉，只要帳單被動手腳我總是一眼就能看出來。我還能偽造簽名、開直升機、控制骰子、模仿別人說話——幾乎是誰都可以唷；或者下廚做菜，萬一夜總會節目開天窗——譬如固定演出的班底掛病號，我還能臨時上場來段單人表演呢。還要我繼續嗎？」湯姆微微傾身，扳著指頭逐一列舉。他確實有辦法一直講下去。

「哪種單人表演？」狄奇問他。

「呃，」湯姆挺身站好，「這個嘛，譬如——」他一手支在臀上，一隻腳微微向前踏。「這位是初次搭乘美國地下鐵的『豐臀』女士。她在倫敦不曾搭過地鐵，但她想累積一些美國體驗。」湯姆以默劇方式搞笑演出：他摸出一枚硬幣，卻發現塞不進投幣孔，於是七手八腳買好代幣，接下來卻搞不清楚該走哪個樓梯下去月臺；歷經噪音驚嚇和畢生難忘的長途跋涉後，女士再度陷入該如何出站的混亂中（這時瑪姬現身，狄奇告訴她眼前這位是隻身闖蕩美國地下鐵的英國婦人；瑪姬看不明白，頻頻問「什麼？什麼？」）。豐臀女士一路心驚膽戰，最後直直推門走進男士洗手間——驚嚇指數飆至最高點，女士昏厥倒地。湯姆也優雅地仆倒在露臺扶手椅上。

「太精采啦！」狄奇鼓掌，大聲叫好。

瑪姬沒笑。她杵在原地，表情有些茫然，但湯姆或狄奇皆未多作說明。反正她看起來也不像是會理解這種幽默的人，湯姆心想。

湯姆大灌一口馬丁尼，對自己的表現相當滿意。「下次我再演別的給你看。」他對瑪姬說，但他主要是想暗示狄奇他的壓箱寶不只這一套。

「晚餐好了沒？」狄奇問瑪姬，「我餓死了。」

「還在等朝鮮薊。你知道前面那口爐有多難搞，什麼東西都燒不開也煮不熟。」她對湯姆微笑。「我跟你說，狄奇對某些事非常念舊，尤其是不需要**他**經手的事。他家爐子到現在還是那種燒柴的，而且他拒絕買冰箱，就連冰桶也不考慮。」

「這正是我逃離美國的原因之一。」狄奇說。「在這個不缺幫傭的國度裡，買那些東西根本浪費錢。如果艾梅琳達不用半小時就能煮好一頓飯，你要她怎麼打發多出來的時間？」狄奇起身。「來吧，湯姆。我帶你去看我的畫。」

狄奇帶頭走進一間大房間。先前湯姆進出淋浴間時曾偷偷瞄過這裡幾眼：一條長沙發靠牆擺在兩扇窗底下，地板正中央有一座大型畫架。「我畫了好幾幅瑪姬的肖像，現在正在畫這一幅。」狄奇比比架上的畫。

「哦？」湯姆饒富興味地應道。在他看來——不管誰看大概都一樣——這幅畫不甚高明：女子熱情狂野的微笑有些過了頭，膚色也紅得像印第安人似的。若不是因為瑪姬是鎮上唯一的金髮女郎，湯姆大概看不出她和畫中人有何相似之處。

「而這些呢——大多是風景畫。」狄奇自嘲地乾笑，但他顯然很希望湯姆讚美幾句，因為他的表情相當自豪。這些畫十分自由奔放，下筆草率，相似得略顯單調，每一幅都能見到「赤褐配青色」的組合：赤褐色屋頂與山脈，青藍色的明亮大海。他也是用這種藍來畫瑪姬的眼珠子。

「這一幅屬於超現實。」狄奇用膝蓋撐住另一幅油畫。

湯姆抖了一下。他為狄奇感到難為情。這一幅無疑又是瑪姬——長髮扭曲如蛇，更糟糕的是她眼眸中的地平線景色：一眼是縮小版的蒙吉貝羅山村屋舍，另一眼是擠滿小紅人的沙灘。「好欸，我喜歡。」湯姆回應。葛林里夫先生說的真沒錯，但畫畫讓狄奇至少有事可做，也讓他遠離麻煩，湯姆心想，就像其他成千上萬、遍布全美的蹩腳業餘畫家一樣。湯姆只覺得遺憾，狄奇竟也屬於這類畫家。他以為狄奇不至於這麼差。

「我不是那種超級成功、能吸引世界矚目的畫家，」狄奇說，「但畫畫真的讓我很快樂。」

「可不是嘛！」但湯姆只想擺脫這些畫，忘掉狄奇愛畫畫這件事。「我能參觀這房子的其他地方嗎？」

「當然！你還沒看過起居室對吧？」

狄奇打開走廊的一扇門，迎向一處有壁爐、沙發、書架且三面採光的寬敞空間——窗門分別通往露臺、大宅的另一邊空地以及前院。狄奇說他夏天不用這間房，他想留著冬天用，讓景色有點變化。湯姆覺得，比起起居空間，這裡更像書庫，而這令他有些驚訝。湯姆一直以為狄奇是那種大多時候都在玩樂，不怎麼用腦的紈褲子弟；也許是他想錯了。不過湯姆依舊認為自己的直覺並沒有錯：此時此刻，狄奇感覺人生乏味，需要有人指點他如何找樂子。

「樓上呢？」湯姆問道。

樓上的陳設只能以「乏味」來形容。狄奇的房間是邊間，位置在露臺正上方，房裡只擺了一張床（非常窄，寬度不及單人床）、一座五斗櫃和一張搖椅，看起來簡陋而且落魄，感覺跟整座大宅格格不入。這層樓的另外三間房甚至連傢俱都沒有，或者東缺西缺的。其中一間僅堆了木柴和一疊廢棄的畫布。整間屋子看不見半點屬於瑪姬的痕跡，尤其是狄奇的房間。

「你要不要找一天陪我去拿坡里走走？」湯姆問他。「我一路南下，還沒機會好好看一看那座城市。」

「好呀。」狄奇說。「瑪姬和我星期六下午會去一趟。其實我們幾乎每週六都在拿坡里吃晚餐，然後奢侈地搭計程車或四輪馬車回來。不如你就跟我們一道吧。」

「但我想白天去，或找個週間的日子，這樣才能多看一點。」湯姆不想讓瑪姬參與他們的行程。「你畫畫會用掉一整天嗎？」

「不會。每週一、三、五中午十二點都有公車去拿坡里。你願意的話，我想我們明天就可以去一趟。」

「好。」湯姆應道，但他無法確定狄奇會不會邀瑪姬同行。「瑪姬信天主教？」兩人信步下樓，湯姆隨口問。

「信得可虔誠了！她大概是六個月前改信的，為了艾德瓦多——她之前瘋狂迷戀的義大利男人。那傢伙的嘴超甜！他因為滑雪受傷，來這裡休養幾個月。瑪姬決定擁抱他的信仰，藉此彌補失去他的感傷。」

「我還以為她跟你是一對。」

「跟我？別傻了！」

兩人重回露臺，餐點也準備好了——桌上甚至還有剛出爐的小比司吉佐奶油。瑪姬烤的。

「你認識紐約的維克・西蒙嗎？」湯姆問狄奇。維克在紐約經營藝術沙龍，不少藝術家、作家和舞者都在那兒出沒。狄奇沒聽過。湯姆又問他另外兩、三位名人，狄奇同樣不認識。

湯姆希望瑪姬喝完咖啡就會告辭，但她沒走。後來她短暫離開露臺，湯姆趁機問狄奇：「晚上我請你吃飯？在我住的飯店？」

「好呀！幾點？」

「七點半怎麼樣？這樣還能留點時間喝雞尾酒？反正是你父親請客。」湯姆補上一句，促狹一笑。

狄奇大笑。「那好，除了雞尾酒再加上一瓶上好葡萄酒。瑪姬！」瑪姬正好回到露臺。「今晚我們要去海景飯店吃晚餐，感謝葛林里夫老爹盛情款待！」

所以瑪姬也會來。湯姆沒轍，畢竟這是狄奇父親的錢。

那日晚餐氣氛愉快，但因為瑪姬在場，湯姆始終找不到機會跟狄奇聊他想聊的話題，甚至不想在瑪姬面前展現風趣幽默的一面。瑪姬認識幾位當晚也在餐廳用餐的人，於是餐後便託辭與友人敘舊，端著咖啡坐到別桌去了。

「你計劃在這裡待多久？」狄奇問。

「唔，至少一星期吧。」湯姆回答。

「我在想——」狄奇臉頰微微發紅，手上這杯奇揚地紅酒讓他心情相當不錯。「如果你打算在這裡多待一段時間，不如搬來跟我住吧？犯不著花錢住飯店，除非你比較喜歡住這種地方。」

「感謝不盡。」湯姆說。

「女傭房裡有張床。那間房我沒帶你參觀，不過艾梅琳達不會在我家過夜。如果你不介意，我想只要在屋裡到處找找，應該就能湊齊你需要的傢俱。」

「樂意之至！對了，你父親給了我六百美元的零用錢，現在還剩五百。我覺得我們應該好好用這筆錢找點樂子。你說呢？」

「五百元！」狄奇低喊，一副他這輩子不曾一口氣見到這麼多錢似的。「我們可以用這筆錢弄輛小車來開！」

湯姆並未附議，因為這跟他想的「樂子」不一樣：湯姆想飛去巴黎。他瞥見瑪姬起身，向他倆走來。

隔天早上，湯姆搬進狄奇家。

狄奇和艾梅琳達把衣櫥和幾張椅子搬進樓上某間房，狄奇甚至在牆上釘了幾幅聖馬可大教堂的馬賽克複製畫；最後湯姆再幫著狄奇把女傭房的窄鐵床搬上樓。還不到中午十二點就大功告成，湯姆和狄奇因為邊搬東西邊喝弗拉斯卡蒂，一時有些頭重腳輕。

「我們還要去拿坡里嗎？」湯姆問。

「當然！」狄奇看錶。「離十二點還有一刻鐘，我們鐵定趕得上那班車。」

兩人只拿了外套和湯姆的旅行支票簿就出門。來到郵局門口，巴士正巧抵達。湯姆和狄奇在車門邊等乘客下車，換狄奇上車時，他迎面撞上一名紅髮年輕人。此人的襯衫極為花俏，一看就知道是美國人。

「狄奇！」

「弗雷迪？」狄奇喊道，「你怎麼在這裡？」

「來看你呀!還有雀基斯他們。順便請他們收留我幾天。」

「Ch'elegante!（真聰明！）我跟朋友要去拿坡里。湯姆？」狄奇招手要湯姆過來，介紹雙方認識。

這美國人名叫弗雷迪．邁爾斯，湯姆覺得他長得實在很難看：湯姆討厭紅髮，尤其是這種胡蘿蔔紅配上白皮膚與雀斑。弗雷迪有一雙紅棕色眼睛，大到彷彿能在眼窩裡滾來滾去，變成鬥雞眼，又或者弗雷迪是那種不會看著對方眼睛說話的人。此外他還很胖。湯姆背過身，等狄奇結束閒聊，但他注意到公車司機也在等他們。狄奇和弗雷迪提到滑雪，相約十二月的某一天在某個湯姆不曾聽過的小鎮見面。

「二號那天大概會有十五個人來科爾蒂納唷！」弗雷迪說。「十足的狂歡派對，跟去年一樣！如果錢夠用，應該能撐三個禮拜。」

「前提是我們要能撐到三個禮拜！」狄奇笑回。「晚上見啦，弗雷迪！」

湯姆跟著狄奇上車。車上已無空位，兩人只好擠在瘦巴巴、渾身汗臭的男子和兩位體味更難聞的老婦之間。公車剛出小鎮，狄奇這才想到瑪姬今天會跟往常一樣來吃午餐：因為他倆都以為，既然今天湯姆搬家，應該會取消拿坡里之行。狄奇大喊停車，巴士在刺耳的煞車聲中急停，勢頭猛得令所有站立乘客失去平衡。狄奇把頭探出車窗：「吉諾！吉諾！」他喊。

一名小男孩沿著馬路跑過來，拿走狄奇遞給他的一百里拉紙鈔；狄奇用義語交代幾句話，男孩回答「Subito, signor!（我馬上去，先生！）」便飛快跑走。狄奇謝過司機，巴士繼續上路。「我請他去找瑪姬，告訴她我們晚上才回來，但時間可能很晚。」狄奇說明。

「好。」

巴士在拿坡里一處雜亂擁擠的大廣場放人下車，他倆瞬間被堆滿葡萄、無花果、糕點和西瓜的推車包圍，而叫賣鋼筆、機器玩具的少年也衝著兩人吆喝。眾人紛紛讓路給狄奇通過。

「我知道一個吃午餐的好地方。」狄奇說。「道地的拿坡里披薩！你喜歡披薩嗎？」

「喜歡。」

披薩店在一條極陡又窄、車子進不去的小巷裡。店門口掛著串珠門簾，整間店也就六張桌子，每張桌都擺著一瓶酒，是那種可以坐上好幾個鐘頭、好好用餐飲酒且不會被打擾的地方。他倆坐到近五點才走，狄奇說該去拱廊街看看了。狄奇為了沒帶湯姆去美術館看達文西與葛雷柯的真跡而表示歉意，但他也說下回可以再找時間來看。狄奇整個下午都在講弗雷迪．邁爾斯的事，湯姆覺得這人就跟他的長相一樣無趣：弗雷迪是美國某連鎖飯店大亨的兒子，也是劇作家——湯姆猜這應該是他自己冠上名號的，因為弗雷迪只寫過兩齣劇，而這兩齣都沒上過百老匯。弗雷迪在南法的卡涅有房子。狄奇來義大利之前，曾經在那邊待過幾個禮拜。

「我就喜歡這樣。」狄奇開朗地說。「在拱廊街找張桌子坐下來，看著人來人往。這麼做或多或少會改變你的人生觀。盎格魯薩克遜人所犯的最大錯誤就是不懂得坐在露天座看人。」

湯姆點頭。這話狄奇以前就說過了，而此刻他正在等狄奇聊一些更深刻、更具有原創性的話題。狄奇長相英俊，臉孔修長，五官深邃，眼神靈動慧黠，不論穿什麼都能展現自信不凡的氣質——總之怎麼看都不像普通人。此刻他腳踩破涼鞋，長褲皺巴巴，但他坐在那裡用義語跟端來濃縮咖啡的服務生聊天，他的神韻姿態彷彿在說，整條拱廊街都是他的。

「Ciao!（哈囉！）」他叫住一名路過的義大利男孩。

「嗨！狄奇！」

「這小子每週六會去幫瑪姬兌換旅行支票。」狄奇向湯姆說明。

另一名衣著入時的義大利男子熱絡地和狄奇握手致意，拉開椅子與他們同坐一桌。湯姆聽兩人以義語交談，東猜西猜，零星聽出幾個單詞。湯姆漸漸感覺累了。

「想不想去羅馬？」狄奇突然問他。

「想啊，」湯姆說，「現在嗎？」湯姆起身摸出紙鈔，支付服務生塞在咖啡杯底下的小帳單。

這名義大利人有一輛灰色加長型凱迪拉克，配有百葉簾和四聲道喇叭；車內廣播開得震耳欲聾，但這傢伙和狄奇似乎不以為意，開心地拔高音量彼此吼叫。不到兩小時，一行人便來到羅馬近郊。行經亞壁古道*時，湯姆奮力保持清醒；義大利人告訴湯姆，這一趟是特地為他來的，因為湯姆沒來過這裡。古道崎嶇不平。為了讓後人體驗古羅馬人走過的路，義大利人解釋，這一條條羅馬石磚道就這麼擱著，不特別整修，維持原本的面貌。由左向右綿延擴展的原野在暮光中一片蒼涼寂寥，湯姆心想，感覺像古老的墓園，僅剩幾座墳墓和殘存的墓碑靜靜矗立。這個義大利人在羅馬大街上讓兩人下車，匆匆道別離去。

「他趕時間。」狄奇說。「他得去見女友，然後在她丈夫晚上十一點回家以前離開。我要找的音樂廳就在這裡，來吧！」

兩人買了當晚的票。離演出時間還有一小時，他倆便散步至威尼托大街找了間咖啡館露天座坐下，點兩杯美式咖啡來喝。湯姆注意到，狄奇在羅馬這邊沒有熟人，至少路過的人他一個也不認識；他倆就這麼看著上百名義大利人和美國人經過桌邊。湯姆實在不曉得該如何欣賞這類音樂表演，但他盡力配合；然而表演還未結束，狄奇便提議離開。兩人招了一輛四輪馬車，夜遊羅馬，路過一座又一座噴泉，經過古羅馬廣場再繞行羅馬競技場。明月東昇，湯姆已有倦意，但初抵羅馬的興奮心情蓋過睡意，讓他處於一種來者不拒、從

---

*羅馬共和時期（西元前三百多年）最古老的道路，為「條條大路通羅馬」的典故出處。

善如流、飄飄然的好心情。兩人歪歪倒倒癱坐在馬車上，翹著二郎腿；湯姆看著身旁的狄奇，看著他的腿和掛著涼鞋的腳丫，覺得好像在照鏡子。他倆身高差不多，體重也幾乎相同（狄奇可能重一點），兩人不論浴袍、襪子的尺碼都一樣，說不定連襯衫也是。

湯姆付錢給車伕時，狄奇竟然說了句「謝謝您，葛林里夫先生」，令他感覺有點怪。

兩人晚餐喝掉一瓶半的紅酒。凌晨一點，他倆心情更好，飄飄欲仙。這兩傢伙手勾著手、肩搭著肩，一路唱歌，結果在繞過某個昏暗街角時不慎撞倒一名女子。兩人扶女子起來，頻頻致歉並提議送她回家。她婉拒，他倆堅持，於是一人一邊架著她前進。女子說她得去趕電車，狄奇充耳不聞，直接攔了計程車。他和湯姆規規矩矩坐在擁擠的後座，兩手放腿上，猶如兩名男僕。狄奇陪她聊天、逗她開心，他說的每一句話湯姆幾乎都能聽懂。來到一條小街上——看似又回到拿坡里——兩人扶女孩下車。女孩說「Grazie tante!（感激不盡！）」並分別和兩人握了手，然後便走進一扇漆黑大門，消失不見。

「你聽到她剛說什麼嗎？」狄奇問湯姆。「她說我們是她見過心地最善良的美國人！」

「你知道在這種情況下，惡劣的美國人大多會做什麼嗎？強暴她。」湯姆說。

「是說，我們現在在哪兒呀？」狄奇突然改變話題。

他倆對自己身在何處沒有半點頭緒，走了幾條街都沒看見什麼地標或熟悉的路名。兩人行至暗處，對著一面黑牆小便，然後繼續遊蕩。

「等太陽出來，應該就能看清楚這是哪裡了。」狄奇語氣開心，看了看錶。「大——大概再等幾個鐘頭吧。」

「知道了。」

「護送好女孩回家很值得的，對吧？」狄奇有些踉蹌。

「那當然。我喜歡女孩。」湯姆有些不服氣。「不過今晚瑪姬沒來也滿好的。如果她跟我們一起，我們大概就不可能送那女孩回家了。」

「哦，難說喔。」狄奇低頭，若有所思地望著自己迂迴前進的雙腿。「瑪姬她才不會——」

「我沒別的意思。我只是想說，如果瑪姬也來了，我們就會擔心晚上該睡哪裡，然後他媽的也許就會**待在**旅館裡，哪裡還見得著半個羅馬！」

「說的也是！」狄奇大臂一甩，搭上湯姆的肩膀。

狄奇粗魯地搖他肩膀。湯姆扭身躲開，想抓住狄奇的手。「狄——狄奇！」湯姆睜開眼睛，直直對上一張臉。警察的臉。

湯姆坐起來。這裡是公園。天色漸亮，狄奇坐在他旁邊的草地上，十分冷靜地以義語跟警察對話。湯姆摸摸口袋的長方形旅行支票本。幸好還在。

「Passaporti!（護照！）」警察又吼了一次，狄奇也再次冷靜說明狀況。

湯姆完全理解狄奇在解釋什麼：狄奇說，他倆是美國人，之所以沒帶護照是因為他們原本只是想出門散散步、看星星。湯姆突然有股衝動想大笑。他搖搖晃晃地起身，拍掉身上的塵土。狄奇也跟著站起來。兩人自顧自走開，壓根不管警察還在身後大吼大叫。狄奇有禮回話、客氣說明，警察終於放棄跟著他倆了。

「我們看起來真的很邋遢欸。」狄奇說。

湯姆點點頭。他的長褲在膝蓋那邊有一道長長裂痕，料想他應該是跌了一跤。兩人衣服皺巴巴，又被草漬、泥土和汗水弄得髒兮兮的，但此刻兩人冷得直打顫。他們鑽進迎面碰上的第一間咖啡館，先點了熱牛奶加濃縮咖啡和甜麵包捲，後來又喝了幾杯味道極糟，但至少能暖暖身子的義大利白蘭地。湯姆和狄奇突然大笑起來。兩人還是醉醺醺的。

他倆在十一點前回到拿坡里，正好趕上回蒙吉貝羅的公車。想著未來有一天能穿著體面地重返羅馬，參觀此次錯過的每一間博物館，想到今天下午就能躺在蒙吉貝羅沙灘上曬太陽，兩人心情好得不得了（只是後來沒能去成沙灘）：他倆先回狄奇家沖澡，然後各自倒上床呼呼大睡，一直睡到下午四點，瑪姬來叫他們起床為止。瑪姬很不高興，因為狄奇沒發電報通知她說他們前晚在羅馬過夜。

「我不是不高興你們晚上去了羅馬，而是我以為你們一直在拿坡里。拿坡里那地方什麼事都可能發生。」

「喔——」狄奇偷瞄湯姆一眼。他在幫大家調血腥瑪麗。

湯姆閉緊嘴巴，神祕兮兮的。他才不要跟瑪姬說他倆昨晚做了什麼，一句都不說。她愛怎麼想像就隨她去吧。狄奇的態度擺明了他覺得昨天的確玩得很開心。湯姆注意到瑪姬瞅著狄奇宿醉、沒刮鬍子的臉，還有他手裡的飲料，表情相當不以為然。瑪姬板起臉的時候，她的眼神給人一種有智慧、世故老練的感覺，和她幼稚的打扮、狂野的頭髮以及女童子軍的氣質恰恰相反。現在她看起來就像個姊姊或母親，渾身散發年長女性、老派淑女不認同小男生或男人自毀式嬉遊行徑的氣場。或者她只是嫉妒？她似乎已經看出來，狄奇和湯姆短短不到二十四小時就建立了某種她永遠不可能和狄奇擁有的親暱感——這跟他愛或不愛她無關（更何況他並不愛她），一切只因為湯姆跟他都是男人。瑪姬過了好一會兒才放鬆，嚴肅的眼神也消褪了。狄奇離開露臺，留下湯姆獨自面對瑪姬。湯姆問起她最近在寫的書。蒙吉貝羅的故事，她說，再加上她拍的一些照片。瑪姬表示她來自俄亥俄州，還給他看她收在皮包裡的一張照片——她老家的照片。那只是一幢平凡無奇、歪歪倒倒的破房子，但那是她的家。瑪姬臉上漾起笑容，淡淡說道。瑪姬用「歪歪倒倒」這個詞讓湯姆莫名覺得好笑。因為她常用這幾個字形容喝醉的人；不過幾分鐘前，她也這樣說過狄奇：「你看起來就是一副歪歪倒倒的樣子！」但湯姆不喜歡瑪姬說話的方式，她的詞彙選擇以至發音都令他不悅。他試著對她再好一些，覺得自己做得到。湯姆送她到大門口，雙方友善道別，但兩人都沒提起那天稍晚或隔天要不要再聚聚。大夥兒心知肚明：瑪姬確實對狄奇有些不滿。

10

接下來三、四天，湯姆和狄奇很少見到瑪姬，頂多在海邊；但即使在沙灘偶遇，她對兩人也明顯相當冷淡。雖然瑪姬照常微笑閒聊，話說得並不少（或許更多），卻總是帶著一絲客套，感覺冷冷的。湯姆察覺狄奇有些擔憂，但顯然還不到得單獨找瑪姬聊一聊的程度，因為從湯姆搬進大宅以來，狄奇再也不曾單獨見她：從他住進狄奇家那一刻起，他倆時時刻刻都在一起，形影不離。

最後，為了表示他並非無感於這種微妙狀況，湯姆向狄奇提及瑪姬最近似乎有些奇怪。

「哦，她心情不好吧。」狄奇說。「但也可能是手感很順。埋首寫作期間，瑪姬不太喜歡約人見面。」

湯姆心想，狄奇和瑪姬的關係顯然就是他一開始揣測的那樣：比起狄奇對瑪姬的感情，瑪姬對狄奇投入的程度更深。

但不管怎麼說，湯姆總能逗狄奇開心。他有一大堆紐約人物趣事可以說給狄奇聽，有真實也有虛構。他倆每天駕船出海，閉口不提湯姆何時離開。顯然狄奇喜歡有他作伴。狄奇想畫畫的時候，湯姆絕不煩他；但只要狄奇想出門散步、駕船兜風或只是坐下來聊天，湯姆隨時都能放下手上的事，即時相伴。狄奇似乎也很高興湯姆認真學習義大利文。他每天花一兩個小時讀文法書和會話本。

湯姆寫信給葛林里夫先生，告訴對方他已搬來跟狄奇同住好幾天，並表示狄奇日前提到今年冬天會飛回去住幾天，屆時他說不定能說服狄奇待久一點。這封信看起來比上一封樂觀多了。因為上次他提到自己住在蒙吉貝羅某家飯店，這回已經住進狄奇家了。湯姆還說，等手上的錢用完，他打算找份工作，也許去鎮上的旅館找找機會——這句不經意的敘述有其雙重用意：一來提醒葛林里夫先生那六百塊隨時可能用完，二來則是讓對方明白，他湯姆是個有意願、準備要認真工作養活自己的年輕人。湯姆也想給狄奇留下相同的好印象，所以他先把信拿給狄奇過目，這才彌封寄出。

又過了一個星期。這幾天風和日麗，日子過得懶散閒適，湯姆最激烈的運動就是每天下午從沙灘爬石階回狄奇住處，最耗神的腦力活動就是試著用義語跟弗士托對話——這名二十三歲的義大利青年是狄奇從鎮上找來的。他每週來給湯姆上三堂課。

某日，他倆駕著狄奇的帆船前往卡布里島。卡布里島的距離不近不遠，正好在蒙吉貝羅視野之外；雖然湯姆興致勃勃，但狄奇明顯有心事，對任何事都表現得抗拒、提不起勁：他先是在停泊蝙蝠號時跟島上的泊船碼頭管理員起爭執，後來也不想去那些從廣場朝四面八方延伸的漂亮小弄鑽遊走逛。兩人坐在廣場上的咖啡館喝了幾杯芙內布蘭卡利口酒。狄奇想在太陽下山前回家——如果狄奇願意在島上過夜，湯姆非常樂意支付旅館費用；所以湯姆只好放棄這個念頭，結束這一天。

湯姆收到葛林里夫先生的來信。這封信寫在湯姆第二封信寄達之前，因此他在信上重申狄奇應該回家，預祝湯姆順利說服狄奇，要求湯姆立刻回信報告結果。於是湯姆再一次盡責地提筆回信。湯姆覺得葛林里夫先生此次來信的口吻意外的公事公辦，彷彿在確認造船零件的交期；但他也發現，若要他同樣以公事公辦的語氣回信，其實也不難。湯姆寫信時，情緒微微亢奮，因為他才剛用完午餐：他和狄奇總會來點餐後酒，也總是因此有些飄然歡快。這種狀態相當有意思，但只要幾杯濃縮咖啡再散個小步就能立刻修正過來；又或者他會延後接下來喝紅酒的時間，譬如待他們從事午後例行休閒活動時再小啜幾口也行。湯姆再次給自己找樂子。他在字裡行間注入了微薄的希望，模仿葛林里夫先生的語氣風格寫道：

……如果我沒有會錯意，狄奇對於要不要在這裡再待一個冬季變得有些舉棋不定。一如先前向您承諾過的，我會盡一切力量打消他今年繼續留在這裡過冬的念頭，並且在他想通之後，及時——儘管或許得遲至聖誕節——說服他留在美國。

湯姆一邊寫信，嘴角同時止不住地上揚，因為他和狄奇正在討論今年冬天要不要駕船巡遊希臘諸島。狄奇早已決定不回美國，除非屆時他母親的病況極為嚴重，否則就連短短幾天他也不考慮回家。他倆甚至說到要在西班牙馬厝卡島度過一月和二月，避開蒙吉貝羅天氣最惡劣的時節。湯姆很確定此次瑪姬不會同行，因為每一次在討論旅行計畫時，他倆總是將瑪姬排除在外；唯獨有一次狄奇不小心說溜嘴，說他們冬天也許會駕船出遊。狄奇真是什麼事都藏不住！雖然湯姆知道狄奇仍維持兩人獨遊的計畫，但他也比平時更關心瑪姬；因為狄奇知道她一個人待在這裡會很孤單，也明白他倆從未開口邀她同行，確實有些刻薄。狄奇和湯姆試圖掩飾真相，雙雙灌輸她他們計劃要以最省錢克難的方式遊歷希臘，譬如搭運牛船、跟農夫工人一起睡甲板等等等，因此實在不適合女性同行。即便如此，瑪姬依舊悶悶不樂，垂頭喪氣，狄奇只好繼續討她歡心，比以往更常邀她來大宅午餐或晚餐。離開沙灘、登梯爬高途中，狄奇有時會去握瑪姬的手，但瑪姬不一定會讓他牽著，有時不到幾秒便抽出來；在湯姆看來，好似瑪姬覺得牽手會要了她的命一樣。

他們問她要不要一起去赫庫蘭尼姆古城，她拒絕了。

「我還是待在家吧。你們兩個男生好好玩吧！」她努力擠出開朗的笑臉。

「既然瑪姬不想去，那就別勉強她了。」湯姆對狄奇說，然後委婉告辭進屋，讓狄奇和瑪姬可以單獨在露臺說話。如果兩人皆有此意的話。

湯姆坐在狄奇畫室寬闊的窗臺前，眺望大海；曬成棕色的手雙交疊，抵在胸口。他喜歡看著蔚藍的地中海，想像他和狄奇出海的情景：坦吉爾、索菲亞、開羅、塞凡堡……想去哪裡就去哪。湯姆心想：等到錢用完的時候，狄奇說不定已經太喜歡也太習慣他，認為兩人就這麼過下去乃是天經地義、再自然不過的事。他倆光靠狄奇每月五百美元的零用金就能輕輕鬆鬆過上好日子。狄奇的聲音從露臺傳來，語氣哀求；瑪姬的回答則相對短促、堅決。然後他聽見柵門匡的一聲關上，瑪姬走了。她原本要留下來午餐的。湯姆從窗臺滑下來，走上露臺找狄奇。

「她在氣什麼？」湯姆問。

「她沒生氣。大概是覺得被冷落了吧。」

「我們已經盡量找她了呀。」

「不光是這件事。」狄奇在露臺上慢慢來回踱步。「現在她說，她不想跟我一起去科爾蒂納了。」

「哦？但說不定她不到十二月就會改變主意了。」

「我懷疑。」狄奇說。

湯姆猜想，原因或許是因為他也會去科爾蒂納。狄奇上週開口邀他。搭車巧遇那回，弗雷迪・邁爾斯沒等他倆從羅馬回來就先走了。瑪姬說狄奇在倫敦有急事。可是狄奇已經寫信跟弗雷迪說他會帶朋友去了。「你要我走嗎，狄奇？」雖然湯姆嘴上這麼問，心裡卻很確定狄奇不會這麼做。「我覺得我好像介入你和瑪姬的關係了。」

「介入什麼關係？當然沒有！」

「但從她的角度來看，或許如此。」

「不是，是我自己覺得虧欠她。而且這陣子我對她——**我們**對她不算太好。」

湯姆明白狄奇的意思。去年冬天，他和瑪姬是村裡唯二留下的美國人，他倆彼此為伴，度過漫長寒冷的冬日，而他實在不該有了新人忘舊人，冷落忽略她。「還是我去？我來勸她一起去科爾蒂納？」湯姆提議。

「這樣她更不會去了。」狄奇直言，轉身進屋。

湯姆聽見他囑咐艾梅琳達把午餐先擱著，他還不想吃。即使狄奇說的是義大利語，湯姆仍聽得非常清楚：狄奇說的是**他**不想吃，儼然擺出屋主的派頭。狄奇重回露臺，手遮打火機，試著點菸。狄奇有一只漂亮的銀質打火機，但即使在微風中也很難點著。最後湯姆不得不拿出他那宛如軍事裝備般醜陋、俗麗但好用的打火機，幫狄奇點菸。湯姆想問狄奇要不要喝點酒，不過他忍住了：雖然他買了三瓶杰比斯琴酒——此刻正排排立在廚房裡——但這裡畢竟不是他家。

「兩點多了。」湯姆說。「要不要去散散步，順道去趟郵局？」郵局的路易吉有時會在兩點半準時開門，有時拖到四點。誰也說不準。

兩人默默走下山坡。湯姆好奇瑪姬**剛剛**到底說了他什麼？一股無以名狀、強烈且沉重的罪惡感忽然襲來，令他額頭冒汗，好似瑪姬向狄奇挑明他偷了東西，或做了什麼見不得人的事。狄奇不可能只因為瑪姬對他冷淡就表現出這副樣子。狄奇低頭垂肩地下山，這種步態令他削瘦的膝蓋明顯前突，湯姆不自覺地模仿他走路。狄奇低著頭，兩手插進短褲褲袋，下巴都快埋進胸口了；他只在跟路易吉打招呼、拿信並致謝時才勉強開口。沒有湯姆的信，而狄奇那封是拿坡里銀行寄來的制式水單，湯姆瞥見欄位上的數字：美金五百元整。狄奇漫不經心地把水單塞進口袋，信封則直接扔進字紙簍。湯姆猜想，那應該是銀行每個月給狄奇的匯款通知。狄奇說過，信託銀行會把錢匯到拿坡里銀行給他。兩人繼續往山下走。湯姆以為他們會像往常一樣，從村子另一頭的大馬路繞過懸崖，往上走回去，但狄奇突然在通往瑪姬家的石階前停下來。

「我想上去看看瑪姬。」狄奇說。「應該不會拖太久，但你也不必等我。」

「好吧。」湯姆突然覺得一陣落寞。他看著狄奇登上切進圍牆的窄階小徑，然後自己突兀地猛然轉身，走回大宅。

行至上坡中段，一股想下山去喬吉歐喝一杯的衝動令他停下腳步；但喬吉歐的馬丁尼糟透了。他也有一股衝動想直奔瑪姬家，佯裝道歉，實則利用嚇他們一跳和打擾他們來發洩自己的怒氣。在這一分、這一秒，湯姆突然有種狄奇此刻正摟著瑪姬，或至少與她有肢體接觸的感覺；他一方面想親眼看看這一幕，一方面卻又討厭這個念頭。湯姆掉頭走回瑪姬家。他背過身，輕手輕腳掩上柵門（雖然正屋還要再往上爬一段，她不可能聽到），三步併作兩步登梯而上。來到最後幾階，湯姆放慢腳步，心裡打算這麼對她說：「嘿，瑪姬！**這陣子我**讓大家感覺有點彆扭，我道歉。我們今天是真心想找你一起去古城。**我**說真的。」

瑪姬的窗戶一進入視野，湯姆立刻停下腳步：狄奇正摟著瑪姬的腰。他在吻她，在她臉頰上輕啄、對她微笑。雖然兩人的位置只在湯姆上方約四公尺左右處，但相較於他所站的位置（明燦燦的陽光下），屋內一片昏暗，他必須瞇起眼睛相當費力才看得到——瑪姬正好微偏著頭，湊上狄奇的臉，整個人彷彿沉浸在狂喜之中；然而令湯姆噁心的是，他知道狄奇根本沒這個意思。狄奇只是利用這種明顯廉價又不費力的手段保住兩人的友誼。湯姆厭惡地看著狄奇手臂下方（他環住瑪姬的腰），藏在農婦裙底下的豐滿臀部，而狄奇他——湯姆不敢相信狄奇竟會做出這種事！

湯姆轉身衝下階梯，好想尖叫。他砰地甩上鐵門，一路跑回家，氣喘吁吁走進大宅門口，靠著欄杆喘氣。湯姆走進狄奇的畫室，在沙發上坐了好一會兒。他仍十分震驚，腦子一片空白。那個吻——看起來不像第一次接吻。湯姆走向畫架，視線下意識避開架上拙劣的畫作，撿起擱在調色盤上的軟橡皮擦使勁扔出窗外，看著它在空中劃出一道弧線，朝大海的方向消失不見。他從狄奇桌上抓起更多橡皮擦、筆頭、髒兮兮的筆桿、炭筆和粉彩碎塊，一件一件朝房間角落和朝窗外亂扔。此刻他有種奇特的感覺：腦子冷靜理智，身體卻失去控制。湯姆衝進露臺想躍上欄杆，在欄杆上跳舞或倒立，但欄杆外的一片空無阻止了他。

湯姆上樓來到狄奇房間，手插在口袋裡走來走去，踱步來回了好一會兒。狄奇什麼時候才會回來？還是他要留在那裡，好好利用整個下午，身體力行帶瑪姬上床？湯姆用力扯開狄奇的衣櫥門往裡瞧：有一套剛熨過、看起來很新的灰色法蘭絨西裝，湯姆從沒見狄奇穿過。湯姆拎出這套西裝，脫下自己的及膝短褲，換上法蘭絨長褲。他套上狄奇的鞋，再打開五斗櫃下層抽屜，拿出一件藍白條紋襯衫。

湯姆選了一條深藍絲質領帶，仔細打好。西裝很合身。他撥弄頭髮，像狄奇那樣略為旁分。

「瑪姬，請你得明白我並不**愛**你。」湯姆模仿狄奇的聲音，對著鏡子說話。狄奇說到重點時習慣拉高音，並且根據當下心情，在每一句話的結尾稍稍帶上象徵開心或不開心、親暱或冷淡的喉音。「瑪姬，別鬧了！」湯姆突然轉身，往空中一掐，彷彿正緊扣瑪姬的喉嚨；他搖她，扭動她的肩膀，而她的身子越來越低、越來越低，最後他終於放開她，讓她踉蹌癱倒在地。湯姆劇烈喘息。他像狄奇那樣揩了揩額頭的汗水，摸索起手帕，但身上沒摸到，便在最上層抽屜抓了一條，然後再回到鏡子前面。他張開的嘴唇，也和狄奇在游完泳後，雙唇因喘息而微微分開、露出些許下排牙齒的模樣很像。「你知道我為什麼非得這麼做。」他仍上氣不接下氣，眼睛看著瑪姬——其實是鏡中的自己。「你介入了我和湯姆——不對，不是那樣！但我和他之間**確實**存在某種關係。」

他轉身，跨過地上那具幻想的軀體，鬼鬼祟祟欺近窗邊。他依稀看見藏在馬路彎道後、斜上通往瑪姬家的階梯。不論是這段馬路或階梯都不見狄奇的身影。也許他們正睡在一起，湯姆一想到這，頓時噁心地喉頭一緊。他想像狄奇尷尬、笨拙、尚未饜足，但瑪姬卻愛極了。即使他如此折磨她，她依舊喜歡！湯姆衝回衣櫥，從上方桁架拿了一頂帽子。這是頂小巧的灰色提洛帽*，邊緣鑲了幾根綠色和白色羽毛。他瀟灑地把帽子往頭上一放，驚訝地發現：若遮住頭頂，他看起來跟狄奇好像。除此之外，他的鼻子（或至少大概的形狀）、他的窄下巴、他的眉毛（如果他挑眉的方式正確），還有——

「你在**幹什麼**？」

湯姆猛地轉身。狄奇站在門口。湯姆立刻明白，方才他查看窗外的時候，狄奇想必已到了大門口。「呃——只是好玩而已。」湯姆聲音低不可聞，每當他尷尬的時候總是如此。「對不起，狄奇。」

狄奇微微張口，復又緊閉，彷彿到了嘴邊的話語因為憤怒而劇烈翻攪，最後一個字也說不出來。對湯姆而言，狄奇的說與不說都一樣糟糕。狄奇踏進房裡。

＊奧德瑞義之間的阿爾卑斯山村傳統服飾。

「狄奇，我很抱歉，假如我——」

摔門的巨響打斷他的話。狄奇沉著臉，解開襯衫鈕釦，彷彿湯姆不在場似的。畢竟這是狄奇的房間，他在這裡做什麼？湯姆杵在原地，嚇壞了。

「我希望你把我的衣服脫下來。」狄奇說。

湯姆開始脫衣服。難堪、震驚令他手指笨拙不已。在此之前，狄奇常說「你可以穿我這一件、穿我那一件」，往後狄奇再也不會這麼說了。

狄奇看著湯姆的腳。「連鞋子也穿？你瘋了嗎？」

「沒有。」湯姆把西裝掛回衣櫥，試著整理思緒。「你跟瑪姬和好了？」他說。

「瑪姬跟我一點事都沒有。」狄奇厲聲地說，直接把湯姆排除在外。「我還有一件事要說，你聽清楚了。」他直視湯姆。「雖然我不知道你是怎麼看我的，但我不是同性戀。」

「同性戀？」湯姆想笑但笑不出來。「我從來不覺得你是啊。」

狄奇想再說點什麼，但終究沒說出來。他挺起胸膛，黝黑的胸膛上浮現一條條肋骨。

「喔？但瑪姬覺得你是。」

「為什麼？」湯姆感覺血液直衝臉龐。他虛弱無力地踢掉第二隻鞋，再將皮鞋放回衣櫥。「為什麼？我做了什麼讓她會這麼想？」他頭好暈。從來沒有人當著他的面說出來，說得如此直白。

「誰叫你要做出那種行為。」狄奇低吼，走出房間。

湯姆連忙套上自己的短褲。雖然他穿著內褲，剛才他還是用衣櫥門稍微擋住狄奇的視線。湯姆心想：瑪姬竟然汙衊他對狄奇有意思，就只因為狄奇喜歡他；但狄奇竟也孬到沒種為他挺身而出，否認她的指控！

湯姆走下樓，狄奇正站在露臺的吧檯前，手握著酒，正在平復情緒。「狄奇，我想跟你把話說清楚。」湯姆開口。「我也不是同性戀。我不希望任何人以為我是同性戀。」

「隨你怎麼說。」狄奇咕噥。

狄奇的口氣使湯姆想起一件事：他曾問過狄奇認不認識紐約的某某某，當時狄奇就是這種語氣。那天他提到的人確實有幾位是同性戀，然而湯姆總懷疑狄奇是故意否認，其實狄奇每個都認識。難怪！所以到底是誰心裡有疙瘩，誰找誰的碴？根本就是狄奇自己嘛！但湯姆猶豫了。他心亂如麻，腦中塞滿他下一秒可能說出口的話：挖苦，安撫，感激，敵對。湯姆想到他在紐約認識的那群人。雖然後來他與他們皆不再往來，但此刻他好後悔認識他們。這群人之所以接納湯姆，是因為他會逗他們開心，但**他**跟他們任何一個都不曾有過任何關係！其中有一兩個確實想找他樂一樂，他拒絕了，不過他也記得自己後來是多麼努力修補彼此的關係：幫添酒加冰塊，明明不順路也要搭計程車送他們回家，因為湯姆好害怕他們不再喜歡他。那時的他怎會這麼蠢！還有一次，湯姆對朋友說「我沒辦法下定決心只愛男人或只愛女人，所以乾脆**兩邊**都不愛」，維克．西蒙——他大概第三或第四次聽湯姆這麼講——脫口便說：「**噢，湯米，拜託你閉嘴好不好！**」他記得自己當下有多麼屈辱和尷尬。以前湯姆會假裝自己在看心理治療，因為大家都在看；他在派對上總會口沫橫飛地講述自己接受治療時的趣事，娛樂大家，而「兩邊都不愛」與他的陳述方式一向能製造不錯的笑點——直到維克叫他閉嘴。於是湯姆再也不說這個笑話，甚至不再提心理治療的事。其實這個笑話頗有幾分真實，湯姆心想，因為跟其他人比起來，湯姆認為在他認識的所有人當中，他的心思最純真、最純潔；是以擺在今天這種情況來看，著實諷刺。

「我覺得我好像——」湯姆再開口，但狄奇聽都不想聽。他輕蔑地掀起嘴角，端著酒杯轉身往露臺的角落走。湯姆朝狄奇前進幾步，心裡有點怕，不確定狄奇會不會把他轟出露臺，或直接背過身去，叫湯姆滾出他家。湯姆小聲問道：「狄奇，你是不是愛上瑪姬了？」

「沒有。我只是替她難過，也很在乎她。她一直對我很好。我們一起度過一些美好時光，但你似乎沒辦法理解這些。」

「我能理解的。那也是一開始我對你和對她的看法——對你來說，那是一種柏拉圖式的關係，但她可能是真的喜歡你。」

「她是喜歡我，但一般人都會盡力不去傷害愛你的人，不是嗎？」

「那當然。」湯姆再次遲疑，謹慎用字遣詞。雖然狄奇不生他的氣了，但他感到憂懼，頻頻顫抖。狄奇不會把他趕出去。湯姆開口，語氣更沉著了些：「我可以想像，假如你倆都在紐約，你應該不會這麼常去找她，又或者根本不會找她；但在這個小鎮如此寂寞——」

「正是如此。所以我既不曾跟她上床，也無意這麼做。但我的確想好好維持跟她的友誼。」

「那麼，請問我做了什麼妨礙你們的事了？我跟你說，狄奇，我寧可離開也不願破壞你和瑪姬的友情。」

狄奇看了他一眼。「沒有，你什麼都沒做。至少沒有什麼特別的舉動。但你顯然不喜歡她跟我們在一起。每次你都努力想對她說一些好聽的話，但你努力得太明顯了。」

「我很抱歉。」湯姆懊悔地說。他很遺憾自己不夠努力。他明明可以做好，卻把事情搞砸了。

「這事就讓它過去吧。反正瑪姬和我沒事了。」狄奇倨傲地說，轉身凝視大海。

湯姆走進廚房燒水煮咖啡。湯姆不想用義式濃縮咖啡機，因為狄奇特別寶貝那臺機器；除了他自己，他不喜歡別人用它。湯姆盤算，等等他要把咖啡端回房間，在等弗士托來上課前讀點義大利文。現在不是跟狄奇和好的時候，狄奇拉不下臉。這個下午湯姆會安靜待著。等到傍晚五點多，狄奇也畫了幾個鐘頭畫以後，這段衣服的插曲應該就可以當作沒發生過了。狄奇喜歡他在這裡，至少這件事湯姆是有把握的。狄奇已厭倦獨居，也厭倦瑪姬；何況湯姆身上還有葛林里夫先生給的三百元美金，他要用這筆錢和狄奇一起去巴黎狂歡，不帶瑪姬去。湯姆曾說，他對巴黎的印象只有火車站窗外驚鴻一瞥，狄奇為此感到不可思議。

湯姆一邊等咖啡，一邊把兩人的午餐收好。他拿了幾個大鍋子裝水，再把盛食物的幾只小鍋放進去，以免招來螞蟻。桌上還有幾小片新切的奶油、兩顆蛋以及麵包捲（艾梅琳達買了四個給他們明天當早餐）。家裡必須每天採購小量食物，因為大宅沒有冰箱。狄奇想拿一部分他爸爸給的錢來買冰箱，他提過幾次；但湯姆希望他改變主意。理由是買冰箱勢必大幅減少他們的旅遊經費，而狄奇對他每月五百美元的零用錢又十分精打細算，縝密規劃：狄奇算是謹慎節度的人，但他不論在碼頭或鎮上酒吧皆出手闊綽，小費給得很慷慨；對於上前乞討的人甚至直接就掏出五百里拉紙鈔，絕不手軟。

傍晚五點左右，狄奇又是平常的那個狄奇了。湯姆猜他這個下午大概畫得很盡興，因為前一個鐘頭，畫室裡的口哨聲沒停過。狄奇走上露臺，而湯姆正好在那裡讀文法。狄奇提點了他幾個發音重點。

「表達『我想做什麼』的時候，義大利人不見得都會用『voglio』這個字。」狄奇說。「舉例來說，他們也常說『**io vo presentare mia amica Marge**』（我想介紹我的朋友瑪姬）。」狄奇修長的手往後一帶，劃過空中。他說義語的時候總帶著手勢，優雅得彷彿在指揮交響樂團奏出連音似的。「你還是多聽聽弗士托講話，少看點文法書吧。我的義大利語都是在街上學的。」狄奇笑著走開，順著通往花園的小徑走下露臺。弗士托剛走到大門口。

湯姆仔細聆聽兩人以義語交談，拚盡全力想聽懂每一個字。

弗士托面帶微笑走上露臺，一屁股坐進籐椅，打赤腳翹上欄杆。他的臉總是似笑非笑，又似蹙眉，表情時時在變。狄奇說，弗士托是鎮上少數不會說南方話的義大利人，家住米蘭，這幾個月來蒙吉貝羅探親。他每個禮拜來上三次課，多半準時在五點至五點半之間抵達，從不失約。湯姆和他會坐在露臺邊喝紅酒或咖啡邊閒聊，聊一個小時左右。湯姆盡可能記下弗士托說的每一件事：岩石、水文、政治（他是共產黨，而且是領有黨證的共產黨員。狄奇說他有時候會突然拿出黨證給美國人看，因為美國人對於他竟然有黨證的反應總是令他樂不可支），還有一些村民堪比貓咪發情的瘋狂性事。弗士托偶爾也會斷線語塞，想不出該跟湯姆聊什麼，這時他會瞪著湯姆，然後失控爆笑。不管怎麼說，湯姆的義語確實有了很大的進步。義大利文是他唯一學得樂在其中，也想一直學下去的事物。湯姆希望他可以說得像狄奇一樣流利。他覺得，只要繼續努力，不出一個月他就能達成這個目標了。

11

湯姆步伐輕盈地越過露臺，走進狄奇的畫室。「要不要坐棺材去巴黎？」

「**什麼？**」正在畫水彩的狄奇吃驚抬頭。

「我在喬吉歐跟一個義大利人聊天。有幾個法國人要押送一批棺材去巴黎，火車從底里雅斯特出發，這樣我們一個人就可以省下十萬里拉費用。不過我覺得這事可能跟毒品有關。」

「用棺材運毒？不嫌太老套嗎？」

「我們用義語聊，所以我不是每個字都聽得懂；但那人說車上有三口棺木，我猜只有其中一口會放屍體，毒品也會藏在裡頭。總之這樣我們既能免費搭車，還能有一次新奇體驗。」湯姆從口袋掏出他幫狄奇向路邊攤販購買的幾包郵輪版鴻運牌香菸（Lucky Strikes），「你覺得怎麼樣？」

「我覺得這主意太妙了！搭棺材去巴黎！」

狄奇笑得有點詭異，好像他想捉弄湯姆，假裝自己當真被拐，其實半個字也不信湯姆。「我是認真的。」湯姆說。「他是真的想找一兩個有意願的年輕人。那幾口棺材要載的是在法屬印度支那作戰陣亡的士兵遺體，護送人員應該是他們其中一個，或那三個人的親戚。」其實這跟義大利人的說法稍有出入，但也夠貼近事實了；更何況二十萬里拉差不多等於三百塊美金，這一筆多出來的錢可以讓他們在巴黎玩個痛快。不過，關於這趟巴黎之行，狄奇一直沒有正面答覆湯姆。

狄奇看著湯姆，神情銳利。他摁熄了叼在唇邊且微彎的國家牌香菸（Nazionale），拆開一盒鴻運牌香菸。「你確定跟你聊天的傢伙不是吸毒嗨茫了？」

「你這幾天真他媽的很疑神疑鬼欸！」湯姆大笑。「你的冒險精神咧？看你的表情好像根本不相信我似的！要不然你跟我來，我帶你去找那傢伙。他還在酒吧等我。他叫卡洛。」

狄奇絲毫沒有起身的跡象。「任何一個提供這等好處的人，絕不可能把細節完整告訴你。他們說要把幾個人從底里雅斯特送到巴黎，也許是這樣沒錯，但就連這一點在我聽來都不合理。」

「那你跟我走一趟，直接問他不就好了？如果你不相信我，至少見見這個人吧？」

「好啊。」狄奇倏地站起來。「我應該會願意為了十萬里拉走這一趟。」狄奇把攤開倒扣在畫室沙發上的詩集闔起來，隨湯姆走出房門。瑪姬收藏不少詩集，最近狄奇借了幾本來看。

兩人踏進喬吉歐飯店的酒吧，那人還坐在角落桌位。湯姆朝他微笑，點點頭。

「哈囉，卡洛。」湯姆說。「Posso sedermi?（可以坐嗎？）」

「Si, si.（可以，可以。）」男人說，比比另外幾張椅子。

「這是我朋友。」湯姆小心翼翼繼續用義語對話。「他想知道是不是真的有火車旅行那件工作。」湯姆看著卡洛瞟向狄奇，仔細打量一番。男人深邃、強硬、冷酷的雙眼除了有禮貌的興趣，其他什麼也看不出來，而且就在那短短一瞬間，男人似乎注意到狄奇的淺笑與懷疑的表情（還有那一身沒花上幾個月絕對曬不出來的黝黑膚色、義大利古著和美式戒指），開始暗掂他斤兩。湯姆覺得這簡直太棒了。

男人蒼白的薄唇慢慢笑開。他瞄了一眼湯姆。

「Allola?（所以呢？）」湯姆著急地催促。

男人端起他的甜馬丁尼，啜了一口。「是真的有，但我覺得你的朋友並非合適人選。」

湯姆看向狄奇。狄奇機敏地緊盯男子，臉上依舊掛著人畜無害的微笑——湯姆頓時意會過來：那是輕蔑。「好吧。但你看，至少真有這件事！」湯姆對狄奇說。

「嗯。」狄奇應聲，視線仍鎖定男子，彷彿對方是一頭挑起他興趣，他想殺就能殺掉的動物。

狄奇大可用義語和對方交談，但他一句話也不說。湯姆心想，要是三個禮拜以前，狄奇肯定立刻買帳，接受這人提議，現在狄奇難不成打算繼續這麼坐著，像個線民或等待支援的警探，隨時準備逮捕這名男子？「好，」湯姆只好打破沉默，「至少現在你信了吧？」

狄奇瞄他一眼。「你說那差事嗎？我哪知道是不是真的？」

湯姆望向義大利人，眼神企求。

義大利人聳聳肩。「反正現在也不用討論了，是吧？」他用義語反問。

「才不是！」一把無名火竄上，令湯姆血液沸騰、渾身顫抖。湯姆氣炸了。他好氣狄奇。狄奇打量男人骯髒的指甲和衣領，還有才刮過的鬍子（因為露出來的膚色稍淡）以及不知多久沒洗的醜臉；男子的深色眼眸冷酷但無惡意，眼神比狄奇更強硬。湯姆感覺快窒息了。他意識到自己無法用義語表達他的想法。他有話要說，想跟義大利人說，也想跟狄奇說。

「Niente, grazie, Berto.（不用了，謝謝你，貝托。）」服務生過來詢問他倆想喝點什麼，狄奇冷靜回覆，然後看向湯姆：「我們走吧？」

湯姆突然跳起來，撞翻椅子。他把椅子扶正，傾身致意並向男子道別。湯姆覺得他欠對方一句道歉，但此刻他連最普通的「再會」都說不出來。義大利人微微一笑，點頭說再見。湯姆跟著狄奇的白褲長腿，離開酒吧。

來到酒吧外，湯姆說：「我只是要讓你知道真有這件事。眼見為憑，如此而已。」

「好，是真的。」狄奇笑著說。「你是怎麼回事？」

「那**你**又是怎麼回事？」湯姆回嗆。

「那人就是個騙子。你一定要我說出來嗎？好啊！」

「你該死的非得這麼高高在上嗎？他對你怎麼了嗎？」

「難道要我跪下來求他？騙子我見多了。這個鎮上到處都是騙子。」狄奇的金色眉毛全擠在一起。「但現在你他媽的到底**是**怎麼回事？你真的想接受他那個瘋狂提議？好呀，儘管去呀！」

「現在我就算想答應也答應不了。在你剛才那樣對他之後，不可能了。」

狄奇突然在路邊停下腳步，瞪著湯姆。兩人大聲爭吵，引得路人探頭張望。

「本來說不定會很好玩的，」湯姆說，「你這樣一搞就掃興了嘛。一個月前去羅馬的時候，你明明還說這種玩法很有意思的。」

「哦？不是吧，」狄奇搖頭，「那可不一定。」

挫折與詞窮令湯姆痛苦萬分，頻遭路人側目也令他惱怒不已。湯姆命自己繼續往前走。起初步幅小且謹慎，待他確定狄奇跟上之後才恢復正常。狄奇臉上仍帶著困惑、懷疑的表情，湯姆明白狄奇想不通他何以如此反應。湯姆想解釋，想讓狄奇瞭解他的想法，化解歧見。畢竟一個月前，狄奇明明和他有同樣的想法。「剛剛你那種言行態度，」湯姆說，「其實沒必要那個樣子的。那傢伙又沒害到你。」

「但他看起來就像個卑鄙的騙子！」狄奇反駁。「那好，你如果這麼欣賞他就回去找他呀！你沒有義務非得聽我的！」

湯姆倏地停步。一股衝動逼得他想掉頭往回走，不見得要去找那個義大利人，而是此刻他只想離狄奇離得遠遠的。他緊繃的情緒在這一刻突然爆發。湯姆垂下肩膀，渾身發疼，呼吸越來越快，逼得他只能張口換氣。眼下他想要好歹說一句「我知道了，狄奇」來緩和氣氛，至少讓狄奇別再說氣話，但此刻湯姆覺得舌頭好像被綁住了。他瞪著狄奇的藍眼睛和仍未舒展的眉頭：狄奇的眉毛被太陽曬得發白，兩眼燦亮卻空洞漠然——除了兩漥中央帶黑點的藍色果凍，湯姆只看見全然的無謂，看見狄奇對他的毫不在意。照理說，你能從一個人的眼睛看見他的靈魂、看見愛，如果你想看穿某人的心思，只消看著他的眼睛便好；然而此刻湯姆在狄奇眼中什麼也看不到，就連硬邦邦、沒血沒淚的鏡子都比他有感情。湯姆感覺胸口痛苦地抽緊，抬起雙手摀臉；彷彿有誰突然把狄奇從他身邊拽走，而他倆也不再是朋友，他倆已然成為陌生人。這個恐怖的事實狠狠甩了湯姆一巴掌——每次都這樣。從以前到現在，甚至未來，他認識的每個人都這樣：他們每一個最後都不會跟他站在同一邊，他也會一次又一次發現自己從來就不理解他們。然而最糟糕的是，每次都有一段時間，他們會給他一種錯覺，讓他自以為他真的了解他們，以為自己和這些人相處融洽，而且是同一種人。這份言語無法形容的頓悟似乎一時超出湯姆負荷，令他一陣暈眩，彷彿隨時都可能癱倒在地。身在異鄉、語言不通、做人失敗、狄奇討厭他——這一連串事實排山倒海而來，令湯姆難以承受。他覺得自己格格不入，覺得旁人對他盡是敵意和不友好。他覺得——狄奇扯開他摀住眼睛的手。

「你到底怎麼了？」狄奇問他。「難道那傢伙給你嗑了什麼藥？」

「沒有。」

「你確定？該不會是摻進你酒裡了？」

「沒有。」傍晚的第一滴雨落在他臉上。雷聲低鳴，就連老天也看他不順眼。「我好想死。」湯姆低語。

狄奇拽著湯姆的手臂往前走。湯姆被一道門檻絆得踉蹌。兩人進了郵局對面的小酒吧。湯姆聽見狄奇點了一杯白蘭地——還特別指名義大利白蘭地，湯姆揣想或許是因為他沒資格喝法國白蘭地吧。湯姆一口飲盡。酒有點甜，嚐起來像藥水。他一連喝了三杯。這三杯白蘭地宛如某種神奇藥水，將湯姆拉回意識能辨認、一般所稱的現實：狄奇指尖的國家牌香菸氣味和他手指按壓的木質吧檯漩渦紋路，還有他胃裡沉甸甸的壓力，彷彿有誰用拳頭抵住他的肚臍眼，還有他知道待會要從這裡爬一段又長又陡的階梯回大宅，以及爬梯之後大腿微微的痠痛感。

「我沒事。」湯姆聲音低不可聞。「我不知道剛才是怎麼回事。應該是一時熱昏頭了。」湯姆乾笑。這才是現實，笑笑就過去了，就當是件蠢事。現實比這五個星期，自他遇見狄奇以來的點點滴滴更重要，又或者這一切根本沒發生過？

狄奇什麼也沒說。他抽出一根菸，叼在嘴上，再從黑色鱷魚皮夾掏出幾張百元里拉擱在吧檯上。狄奇的沉默令湯姆受傷，感覺就像小孩子身體不舒服或噁心想吐時，期望聽到一句友善的安慰一樣。但狄奇漠不關心。狄奇點白蘭地給他的舉措極為冷淡，彷彿當湯姆是路上偶遇、身體不適且身無分文的陌生人。湯姆突然閃過一個念頭：**狄奇不要我去科爾**

蒂納。湯姆並非頭一回懷疑這件事。現在瑪姬擺明會跟狄奇一起去科爾蒂納了。上次他倆去拿坡里買了一只超大容量的熱水瓶，打算帶去科爾蒂納；他們沒問湯姆喜不喜歡那只熱水瓶，他們什麼也沒說。瑪姬和狄奇一聲不吭，就這麼一步步排除他，不讓他參與行前準備。湯姆甚至覺得狄奇希望他走，而且是在他們出發去科爾蒂納之前就搬出去。好幾個星期前，狄奇曾說要給湯姆看一看他標在地圖上的幾條滑雪路線；但某天晚上，狄奇把地圖拿出來看，卻沒叫上湯姆。

「好了嗎？」狄奇問湯姆。

湯姆跟著狄奇出酒吧，活像條狗。

「如果你可以自己一個人回去，那我要去一下瑪姬那邊。」狄奇邊走邊說。

「我可以。」湯姆說。

「好。」狄奇朝另一個方向走，同時回頭對湯姆說：「你去郵局拿信好嗎？我怕我會忘記。」

湯姆點頭。他走進郵局，領了兩封紐約寄來的信：一封給他（來自狄奇的父親），一封給狄奇，湯姆不認識寄件人。湯姆站在門口拆信，畢恭畢敬地攤開葛林里夫先生用打字機打的幾張紙：信紙上方是淡綠色的柏克－葛林船舶公司信頭，正中央印著該公司舵輪商標。

我親愛的湯姆：

眼見您和狄奇已相處月餘，但他卻和您啟程赴歐前一樣，不見有任何可能返家的跡象，我只能推測您或許沒能成功說服他。前次您回信表示狄奇考慮回家，我明白您是好意，因為坦白說，我在他十月二十六日的來信上完全看不出來他有這個打算；事實上，他似乎比以往更堅定地想繼續留在那裡。

我希望您知道，內人和我非常感激您為我們、為狄奇所做的所有努力。您不需要覺得您有義務完成這件事。希望這一個多月不致給您造成太多不便。儘管此行的主要目的並未達成，我仍誠心盼望你玩得還算開心。

致上我和我太太的問候與謝意。

誠摯的赫伯特．葛林里夫

一九××年十一月十日

這無疑是最後一擊。葛林里夫先生語氣疏離，甚至比他往常近似商業書信的筆調更冷淡。葛林里夫先生過度謙遜地感謝湯姆的努力，擺明是要解雇他、斷了他的金援。湯姆失敗了。「希望這一個多月不致給您造成太多不便」，這是在挖苦他嗎？葛林里夫先生甚至沒說他希望待湯姆返美之後相約見面。

湯姆像個機器人一樣爬上山坡，想像此刻狄奇正在瑪姬屋裡轉述方才在酒吧與卡洛交手的經過，還有事後他在路上的反常舉止。湯姆知道瑪姬一定會說：「你為什麼不趕快**擺脫**這傢伙呀，狄奇？」所以他是否該回去向他們解釋清楚，逼他們聽他說？湯姆回頭望著瑪姬遠在山坡上的家，望著四四方方的前庭和空洞幽暗的窗。稍早他淋了雨，身上的丹寧外套還沒乾。他豎起衣領，迅速邁步登梯往狄奇家的方向走。至少他沒有向葛林里夫先生訛詐更多金錢——他本來可以這麼做的。湯姆為自己感到驕傲。如果他趁狄奇心情好的時候聊起這件事，甚至可能和狄奇聯手取得更多錢——他大可這麼做，換作別人也可能這麼做，但他沒有。這點很**重要**，湯姆心想。

湯姆站在露臺轉角，凝望模糊的地平線；彼方空空蕩蕩，他腦子也空空的，除了淡淡的、如夢似幻的失落與寂寞，他什麼都感覺不到。彷彿就連狄奇和瑪姬也都在很遙遠的地方，不論他們說什麼或聊什麼，此刻都不重要了。他孤身一人，這才是他唯一在意的事。

湯姆感覺從背脊升起一股刺刺麻麻的恐懼感，逐漸瀰漫整個下背。

湯姆聽見大門開啟的聲音，側身探看：狄奇走上小徑，掛著微笑——但湯姆驚覺那只是勉強、禮貌性的笑容。

「你幹嘛站在這裡淋雨？」狄奇低身走進廳堂大門。

「醒腦呀！」湯姆愉快地說。「你有一封信。」他把狄奇的信遞出去，把葛林里夫先生那封塞進口袋。

湯姆走向衣帽間，掛好外套。待狄奇讀完信——他邊讀邊哈哈大笑——湯姆說：「你覺得瑪姬會想跟我們一起北上去巴黎嗎？」

狄奇驚訝抬頭。「會吧。」

「那你問問她？」湯姆振奮地說。

「可是我不知道我該不該去巴黎。」狄奇說。「出門玩幾天沒問題，但比起巴黎——」他點了一根菸，「我還比較想去聖雷莫或熱那亞。那幾個小鎮真是漂亮。」

「但巴黎——熱那亞怎麼比得上巴黎？不能比吧？」

「當然比不上。但是近多了。」

「那我們什麼時候才要去巴黎？」

「不知道。總會找到時間的。反正巴黎永遠都在那裡。」

狄奇的回答猶如山谷回音，湯姆凝神聆聽，卻怎麼也聽不明白。之前狄奇不也收到父親的信，並且大聲唸了幾段，引得兩人捧腹大笑？這才過了幾天？此刻狄奇卻跟前幾回都不一樣，並未把信唸出來。湯姆非常確定，葛林里夫先生肯定在信上說他厭倦湯姆．雷普利了，說不定還說他懷疑湯姆中飽私囊，拿他的錢尋歡作樂。湯姆心想：一個月前，狄奇對這種事只會一笑置之，但現在不一樣了。「我只是覺得，趁我手上還有一點錢，我們應該去巴黎走一走。」湯姆拒絕妥協。

「那你去吧。我現在沒心情。我要省點體力，為科爾蒂納之行做準備。」

「喔——那去聖雷莫吧。」湯姆快哭了，但他仍盡力附和狄奇。

「好吧。」

湯姆從大廳衝進廚房，角落的白色大冰箱立刻映入眼簾。他本想弄杯酒再加點冰塊，現在他卻不想碰那個大傢伙。那天，他陪狄奇和瑪姬在拿坡里逛了一整天，看冰箱、研究製冰盒、計算附件配件，到最後湯姆根本分不清它們之間有何差別，但瑪姬和狄奇仍像新婚夫妻一樣興致勃勃、樂此不疲。後來，三人又在咖啡館花了好幾個鐘頭討論每一座冰箱的優缺點，這才決定買下哪一臺。現在，瑪姬比以往更常來狄奇家串門子，因為她把一些食材放在這裡，也常常來討冰塊。湯姆頓時明白他何以如此討厭這座冰箱：它代表狄奇決定窩在蒙吉貝羅，哪兒也不去。這座冰箱不只終結兩人冬季的希臘之旅，狄奇甚至永遠不會實踐他在湯姆搬進來那週，兩人曾討論過計劃搬去巴黎或羅馬生活：就因為這個冰箱。鎮上僅有四座冰箱，而它正是其中之一；除了六排製冰盒，門上還有多層置物架，讓你每次打開冰箱都像看見整個超市鋪陳在你眼前——所以狄奇哪兒都不會去。

湯姆給自己調了一杯沒加冰塊的酒，兩隻手抖得厲害。他想起狄奇昨日閒聊時，突然稀鬆平常地問道：「你要回家過聖誕嗎？」但狄奇鐵定非常清楚他不會回家過節。他無家可歸，狄奇是知道的，他把波士頓和朵媞姑媽的事都跟狄奇說了；但狄奇那句話壓根就是在暗示他。瑪姬為聖誕節做了一堆計畫，特地留了一罐英國李子布丁，也打算找當地農夫買一隻火雞。不難想像，最後瑪姬一定會用她甜死人不償命的多愁善感添柴加料，甚至變出一棵聖誕樹，搞不好還是用硬紙板做的。她會叫大家唱〈平安夜〉，喝蛋酒，織一份軟呼呼的禮物給狄奇。瑪姬喜歡打毛線，而且她經常把狄奇的襪子帶回家補。這兩個人就這麼不著痕跡亦不失禮地將他排除在外。他們對他說的每一句貼心話都象徵一次心不甘情不願的努力。湯姆不敢再想下去。好，要走就走。他寧可自己打發時間，再怎麼樣也好過委屈自己跟他們共度聖誕節。

12

瑪姬說她不想跟他們去聖雷莫。她有書要趕，靈感正旺。瑪姬總是有一搭沒一搭地寫，心情卻絲毫不受影響；在湯姆看來，那不過是腸枯思竭、陷入停滯（這話是瑪姬自己說的），而且這種情況大概占了百分之七十五的時間。瑪姬本人不以為意，總是爽朗地笑著承認。湯姆認為那書肯定寫得很糟。他瞭解寫作是怎麼回事：如果只是動動小指、愛寫不寫，泰半時間躺在沙灘上發懶、腦子裡淨想著晚餐選項這類雞毛瑣事，這書是絕對寫不出來的。不過瑪姬還在他跟狄奇要去聖雷莫的這個當下文思泉湧，湯姆倒是滿開心的。

「狄奇，如果你能幫我找到那款淡古龍水，那就太感激啦。」瑪姬說。「你也曉得，拿坡里找不到『史特拉底瓦里一號』，但聖雷莫一定會有。那邊有好多賣法國舶來品的店鋪。」

可以想見，屆時他倆肯定會花一整天時間在聖雷莫尋覓這款古龍水，就像他們某個星期六曾經在拿坡里花好幾個小時找它一樣。

兩人僅帶了一個狄奇的行李箱出門，因為他們只打算待四天三夜。狄奇的心情似乎輕鬆許多，但可怕的結局依舊等在前方：湯姆覺得這極可能是兩人最後一次結伴旅行。在火車上，狄奇的開朗帶著一絲客氣，就像東道主討厭客人卻又怕對方察覺，只好佯裝開心並努力撐到最後一刻。湯姆這輩子不曾有過這種不受歡迎的感覺，彷彿他是個無聊的客人。狄奇跟湯姆說起聖雷莫，還有他初抵義大利時曾經和弗雷迪．邁爾斯在那兒待過一個禮拜。狄奇說，聖雷莫非常小，卻是國際知名的購物中心，許多人常越過法國邊界來這裡買東西。湯姆突然想到，狄奇一直在告訴他這個小鎮有多好，或許狄奇想說服他留在這裡，別再回蒙吉貝羅；是以火車都還沒停靠聖雷莫，湯姆對這個小鎮已然起了反感。

就在列車緩緩滑進聖雷莫車站月臺的那一刻，狄奇開口：「對了，湯姆。我實在不想說，因為我怕你會很介意，但我其實比較想單獨跟瑪姬一起去科爾蒂納。我覺得她應該也比較喜歡這樣安排。畢竟我對她有所虧欠，至少欠她一段開心的假期。況且你好像也不怎麼熱衷滑雪這件事。」

湯姆僵住，全身發冷。他竭盡全力控制自己，不敢移動分毫。全都要怪瑪姬！「好，」他說，「當然沒問題。」湯姆緊盯手上的地圖，緊張且絕望地搜尋聖雷莫周邊地區，看看他還有什麼地方可去。狄奇將行李箱從座位上方的架子拽下來。「這裡離尼斯不遠，對吧？」湯姆問。

「是啊。」

「還有坎城？既然都來到這麼遠的地方了，我也想去坎城看看。進了坎城好歹也算去過法國了。」湯姆隱隱帶著責備的語氣。

「哦，那就去吧。你帶了護照吧？」

湯姆的確帶了護照。兩人登上開往坎城的列車，於當晚十一點左右抵達。

湯姆覺得坎城好美：點點燈光描繪出港灣流暢彎曲的線條，一路延伸至新月般的細長尖端；優雅的濱海大道洋溢熱帶風情，成排的棕櫚樹與奢華旅店夾道而立。噢！法國！法國比義大利更沉靜細緻，即使在黑夜中依然感覺得到。他們彎進主街的第一條後巷，投宿「格雷德阿比昂飯店」。狄奇說，這家飯店夠雅致，也不致扒掉他們一層皮；但其實湯姆根本不在意花錢，他十分樂意負擔住宿費，希望能在海景第一排的頂級飯店住幾晚。兩人把行李留在旅店，前往卡爾登飯店，因為狄奇說這家飯店附設的酒吧是坎城最時髦的酒吧。一如狄奇所料，酒吧人不多，因為這個時節沒什麼人來坎城度假。湯姆提議換一家喝第二輪，狄奇婉拒了。

翌日早晨，他倆找了一家咖啡館用餐，然後散步去海灘。兩人都在長褲底下套了泳褲。那日天氣有點涼，但還不到沒法下水的程度；在蒙吉貝羅，兩人都曾在更冷的日子下水游泳。沙灘上幾乎空無一人，除了三三兩兩零星數人，還有一群男人在堤防上嬉戲。海浪挾著一股冰冷的暴力衝上沙灘，前仆後繼，碎成白沫。這會兒，湯姆終於看清楚那群人在練習雜技。

「他們一定是雜技團的。」湯姆說。「全都穿同款的黃色丁字褲。」

湯姆饒富興味地看他們疊羅漢：手勾著手，兩腳踩在隊友結實的大腿上。他聽見他們大喊「Allez!（法語：加油！）」以及「Un－deux!（法語：一、二！）」

「你看！」湯姆說，「他們要疊最後一層了！」他聚精會神地看著個頭最小，約莫十六、七歲的男孩被推到上排三人中間那位的肩膀上。男孩穩住，展開雙臂，彷彿在接受觀眾喝采。「了不起！」湯姆喊道。

男孩朝湯姆微笑，躍下人牆，身手矯健如虎。

湯姆望向狄奇。狄奇看著坐在一旁海灘上的一些男人。

「一眼望去，萬朵千迎；垂首搖曳，起舞翩翩。*」狄奇酸溜溜地對湯姆說。

湯姆心頭一震，再次被強烈的羞恥感擊中。那日狄奇在蒙吉貝羅說出「**瑪姬覺得你是**」的當下，湯姆也感覺到相同的恥辱。好啊，湯姆忿忿地想，那些雜技團員個個都是同志，說不定整個坎城到處是男同性戀。那又怎樣？湯姆雙手插進長褲口袋，緊緊握拳；他想起朵媞姑媽說的**娘娘腔！他骨子裡就是個娘娘腔，跟他爸一樣！**此際狄奇雙臂抱胸，遠眺大海；雖然看雜技團練習絕對比看海有趣得多，湯姆還是刻意避開視線，瞄都不敢瞄一眼。「你要下水嗎？」眼前的大海彷彿突然像結冰一樣冷，湯姆仍硬著頭皮，魯莽解開襯衫鈕釦。

「我才不要。」狄奇說。「你就留在這裡繼續看他們練習吧。我先回去了。」狄奇沒等湯姆回答，掉頭往回走。

湯姆匆忙扣回鈕釦，看著狄奇以對角路徑斜行避開雜技團員和離團員較近的人行道階梯入口，直直走向近兩倍遠的下一段階梯。他去死好了，湯姆暗罵。狄奇非得時時擺出一副道貌岸然、不可一世的模樣嗎？搞不好旁人還以為他沒見過娘娘腔呢！好啊，顯然狄奇就是在意這件事。但他為何還要繼續隱忍？就算只發洩一次也好。這一切到底有多重要，令他捨不得失去？湯姆一邊小跑步追上狄奇，一邊在心裡醞釀幾句諷刺的話；這時狄奇回頭瞄他，神情冷漠、眼神厭惡，湯姆第一句話才到嘴邊就吞回去了。

＊出自湖畔詩人華茲華斯（William Wordsworth, 1770-1850）的《水仙》。

兩人在下午三點前啟程前往聖雷莫，因此無須再多付一晚費用。飯店帳單雖是湯姆支付的（一晚房錢三千四百三十塊法郎，折合美金十塊八十分），提議三點結帳離開卻是狄奇的主意；儘管狄奇的口袋裡法郎滿滿，但來回聖雷莫的火車票也是湯姆買的。狄奇把他每個月在義大利收到的匯票換成法郎，因為法郎近期突然走強；如此等他再換回里拉時，匯率更好。

狄奇在火車上一句不吭，曲臂閉眼，佯裝睡去。湯姆坐在狄奇對面，盯著他削瘦、傲慢、英俊的臉，盯著他手上的綠寶石戒指和黃金紋章戒指。湯姆突然興起臨走前要偷走綠寶石戒指的念頭。這應該不難，因為狄奇游泳前都會把戒指脫下來，有時就連在家淋浴前也這麼做。湯姆心想，他要等到最後一天再下手。湯姆瞪著狄奇緊閉的雙眼，胸口堵著一股混合憎恨、喜愛、不耐和挫折的瘋狂情感，令他難以呼吸。他好想殺死狄奇。湯姆不是頭一回這麼想了。之前有過那麼一兩次或兩三次，湯姆因為憤怒或失望而衝動起了殺意；但那些衝動總是即刻消散，在湯姆心中徒留愧意。但這一回，這個念頭在湯姆腦中整整停留一分鐘，然後又一分鐘：反正他都要跟狄奇分道揚鑣了，有這種念頭又有什麼好羞愧的？不管從哪方面來說，他跟狄奇都已經沒戲唱了。他討厭狄奇。回顧這一路發生的大小事，湯姆怎麼看怎麼覺得錯不在己：今日之果並非肇因於他做錯什麼，要怪就怪狄奇太頑固、沒人性，還有那直刺刺的粗魯！他曾對狄奇伸出友誼之手，陪伴與尊重，對狄奇傾盡所有，狄奇卻不懂感激，竟以敵意回報。狄奇此舉猶如將湯姆一把推入寒風中。湯姆心想：假如他藉這次出遊殺了狄奇，他大可推說是意外。他可以——就在此刻，他突然想到一個絕妙的好點子：他可以變成狄奇．葛林里夫。他能做所有狄奇會做的事。他可以先回蒙吉貝羅，收拾狄奇的東西，隨便編故事應付瑪姬，然後在羅馬或巴黎找間公寓，每個月繼續接收狄奇的匯票，偽造狄奇簽名——他可以直接取代狄奇，把老葛林里夫吃得死死的。即便只有短短一瞬間，湯姆仍隱約意識到這個計畫的危險性；然而這份危險只會讓他更迫不及待，躍躍欲試。湯姆開始思索該**如何**進行。

溺水？但狄奇是游泳健將。墜崖？趁兩人散步時將狄奇推下懸崖，確實不難，但是一想到狄奇可能反手抓住他，拉**他**一起陪葬，湯姆不禁渾身緊繃，直到腿肌發疼，指甲也嵌進拇指，留下紅痕。他必須設法取得另一枚戒指，還得把髮色漂淡；但話說回來，他當然不會選擇有認識狄奇的人的地方落腳，所以他只要扮得夠像，像到能用狄奇的護照就行了。說到這個，他的確像狄奇，只要——

狄奇睜開眼睛，直直望向湯姆；湯姆放鬆下來，眼一閉、頭一仰、身子歪靠倒進座位角落，動作快得有如昏倒似的。

「湯姆？你還好嗎？」狄奇搖他膝蓋。

「還好。」湯姆淡淡一笑。他看著狄奇坐回去，神情帶著一絲煩躁，而他也知道為什麼：就連這種程度的關心也令狄奇不快。湯姆悶笑，被自己假裝暈厥、猶如反射的快動作給逗樂了。但唯有如此，才能不讓狄奇看見他臉上的怪表情。

聖雷莫。車水馬龍，熱鬧非凡，同樣是濱海一條街，街上商店林立，英國、法國、義大利遊客熙來攘往。兩人走進一間陽臺有花的飯店。今晚在哪裡下手好？選一條小街小巷？等到凌晨一點，整座小鎮必定幽暗寂靜，但前提是狄奇那個時候還醒著。選在海邊如何？今天雲有點多，但是並不冷。湯姆絞盡腦汁想個不停。其實在飯店下手也很容易，問題是如何棄屍？他無疑必須**毀屍滅跡**，所以選項只剩大海。可大海偏偏是狄奇的地盤。海邊有划艇、馬達小船及其他大小船隻供人租用。湯姆注意到，每艘小船都有一塊圓形水泥塊，上頭連著一條繩子，供船隻定錨停泊之用。

「狄奇，你說我們租一艘船怎麼樣？」湯姆試著按捺自己的迫切，佯裝隨口問問；狄奇盯著他瞧，因為自兩人抵達聖雷莫以來，湯姆不曾對任何事表現出急切的渴望。

木板碼頭邊排了約十艘藍白或綠白小船。義大利船東焦急招攬客人，因為這個早晨不僅寒冷，天空還很陰沉。狄奇遠眺地中海。海面有些朦朧，但完全看不出下雨徵兆。這種灰濛濛的天氣通常會持續一整天，太陽不會露臉；時間剛過十點半，正是吃完早餐的發懶時間，所以他們還有好一段悠閒的義大利早晨可以慢慢打發。

「哦，好啊。那就租一小時，在港邊繞繞。」狄奇幾乎是立刻跳上船。湯姆從狄奇嘴角的淺笑判斷，他以前也在這裡租過——他感性地想重溫舊時光，回憶他獨自，或者和弗雷迪或甚至瑪姬在這裡共度的早晨。瑪姬要的古龍水此刻就塞在狄奇的燈芯絨外套裡，把口袋撐得鼓鼓的。他倆幾分鐘前才在主街一家貌似美國藥妝店的店鋪買的。

義大利船東拉繩啟動馬達，並問狄奇會不會操作這東西；狄奇說他會。船上有槳，湯姆瞄見它平躺在船身底板上。狄奇握住舵柄，兩人遠離小鎮，航向大海。

「酷！」狄奇笑著大喊，髮絲迎風飄揚。

湯姆左看右瞧：一側是陡峭的岩壁，跟蒙吉貝羅的峭壁很像；另一側是較為平坦的陸地，在朦朧海霧中依稀可辨。湯姆一時不知往哪個方向開比較好。

「這邊地形你熟嗎？」湯姆吼道，試圖蓋過轟隆的馬達聲。

「不熟！」狄奇口氣愉悅，感覺非常享受駕船兜風。

「駕船難不難？」

「一點都不難！要不要試試？」

湯姆猶豫了一下。此時狄奇仍繼續朝外海推進。「不了，謝謝。」湯姆再次張望，看見左方遠處有艘船。「你要開去哪兒？」湯姆喊道。

「很重要嗎？」狄奇笑問。

嗯，不重要。

狄奇忽地向右一個急轉彎，在湯姆左手邊掀起一道白浪；兩人忙不迭側身壓低重心，保持船身平衡。白浪退去，露出遠方的地平線。小船繼續劃過空蕩蕩的海面，漫無目的繼續前行。狄奇開始加速，嘴角逐漸上揚；藍色眼眸凝望這片虛無，就連眼神也帶著笑意。

「坐在小船裡面，總是感覺比實際的速度更快！」狄奇喊道。

湯姆點頭，以會意的笑容代替回答。其實他快嚇死了。天知道水有多深！假如這艘船突然出事，他們根本沒機會活著上岸——至少**他**肯定沒戲唱。但話說回來，不論他倆在這裡發生什麼事，也絕不可能被任何人看見。狄奇再一次右彎，在朦朧中朝灰色陸地長長的尖端駛去，這回動作放輕不少。湯姆大可趁此機會襲擊他：撲向他或親吻他，或把他扔進海裡。反正距離這麼遠，沒人看得見他。湯姆渾身是汗，衣服底下冒著熱氣，額頭卻感覺冰涼。他很害怕。但他怕的不是水：他怕狄奇。不過湯姆知道自己會動手，也無意停手——或許他根本**不能**停手——甚至明白自己說不定不會成功。

「你說我敢不敢跳下去？」湯姆大喊，動手解開外套鈕釦。

狄奇只是大笑，視線仍停在遠方。湯姆繼續脫衣服，這會兒已脫到鞋襪了。湯姆在長褲下穿了泳褲，狄奇也是。「你跳我就跳！」湯姆大喊。「所以敢不敢？」他想讓狄奇把速度降下來。

「敢不敢？當然敢！」馬達瞬間降速。狄奇放掉舵柄，脫掉夾克。船身失去動力，左右搖晃。「來啊！」狄奇用下巴努努湯姆還穿在身上的長褲。

湯姆瞄了一眼陸地，聖雷莫是一抹模糊的白堊與粉紅。他撈起船槳，夾在膝蓋間好似漫不經心地把玩，然後趁狄奇扯下長褲的那一刻舉高船槳，再朝對方頭頂狠狠一敲。

「欸！」狄奇大叫一聲，臉皺成一團，緩緩癱坐在椅板上。蒼白的眉毛微微挑起，驚訝卻無力。

湯姆站起來，再一次用盡全力，使勁將船槳往下帶，像崩斷的橡皮筋一樣瞬間釋出全身力氣。

「我的老天——」狄奇口齒不清。他先是憤憤瞪著湯姆，然後藍眼珠轉呀轉的，逐漸失去意識。

湯姆左手抄起船槳，再次單手側擊狄奇的腦袋；船槳在狄奇臉上劃出一道鈍溝，湯姆看著這道溝緩緩被鮮血填滿。狄奇扭身倒在底板上，不斷抽搐，忿忿不平地發出巨大呻吟。湯姆被他的音量和力量嚇一大跳。湯姆繼續用船槳邊緣斬擊他頸側，一連三下，彷彿狄奇的脖子是一棵樹，而船槳是斧頭。小船劇烈搖擺，海水濺溼湯姆踩在船緣的那隻腳。湯姆又一次舉槳劈向狄奇的額頭，槳身劃過之處，寬闊的血痕隨之浮現。他不斷舉槳揮擊。在某個瞬間，湯姆明確意識到身體的疲憊，但狄奇癱在船底板上的手仍微微朝他滑動，一雙長腿亦緩緩往他的方向伸直。湯姆拿槳柄當刺刀，直戳狄奇腰側，於是狄奇倒臥的身軀終於放鬆、癱軟，靜止不動。湯姆重新站直，痛苦喘息。他左右張望。四周沒有其他船隻，什麼也沒有，僅在很遠、很遠的地方有顆小白點從右方緩緩朝左方移動。一艘奔向陸地的快艇。

湯姆穩住身體，拔下狄奇的綠寶石戒指，收進口袋；另一枚戒指嵌得比較緊，最後還是滑過淌血的指關節，被他拽下來了。他探了探狄奇的長褲口袋，摸到幾枚法郎和里拉硬幣，決定放著不拿，然後取下鑰匙鍊，上頭有三把鑰匙。湯姆撿起狄奇的夾克，拿出口袋裡面瑪姬要的古龍水小盒，再一一撈出香菸、銀質打火機、一小截鉛筆、鱷魚皮夾和胸口內袋的幾張卡。湯姆把這些東西悉數塞進自己的燈芯絨外套，再伸手把堆在白色水泥塊上的繩索拉過來。繩索一端繫在船頭金屬環上，他試著解開繩結，但這個溼透且纏得死緊、拒絕棄守的結肯定綁著好些年了。湯姆氣得猛捶。他得弄把刀子才行。

湯姆望向狄奇。他死了嗎？湯姆彎身湊向狹窄的船頭，仔細觀察狄奇是否還有生命跡象。湯姆不敢碰他。不敢摸他胸口或手腕檢查脈搏。湯姆轉過身，繼續瘋狂拉扯繩索，直到他明白這麼做只會讓繩結纏得更緊才罷手。

打火機！他抓起扔在底板上的長褲，從口袋摸出打火機。他點火，再將火焰置於一段較乾的繩索下方。繩索粗約四公分，燒得很慢。非常慢。湯姆利用這幾分鐘空檔再一次檢查四周。距離這麼遠，不知義大利船東是否看得見他？堅韌的灰色繩索起先拒絕著火，勉強發出微光、冒出些許白煙，然後才一縷一縷慢慢棄守。湯姆使勁一扯，火熄了。他再次點燃打火機，繼續拉扯繩索。最後繩索終於斷了。湯姆趁自己還沒時間害怕，連忙將繩索繞住狄奇光裸的腳踝，一口氣繞了四圈再笨拙地打上一個大大的結，然後再補上一個，以免滑脫（他實在很不會打結）。湯姆掂掂繩索，粗估長度大概十到十二公尺。現在他已漸漸冷靜下來，動作流暢、有條不紊。他評估那塊白色水泥應該夠重，沉得了屍體。屍體也許會漂在水裡，但應該不致浮出海面。

湯姆將水泥塊拋過船緣。水泥塊**噗通**一聲，沉入清澈海水，一串泡泡隨之浮上水面。水泥塊消失，下沉再下沉，終至繩索緊緊纏住狄奇腳踝；湯姆早將狄奇的腳踝舉高跨過船緣，此時正拖著屍體的一條手臂，試著將最沉重的肩膀及軀幹推出船緣。狄奇軟趴趴的手仍有餘溫，溼溼黏黏的，肩膀卡在船底；湯姆用力拉手臂，但這條手臂跟橡皮筋一樣，彷彿變長了，軀幹仍動也不動。湯姆跪下來，托起屍身，試著拋出去。這個動作令船身劇烈搖擺。湯姆忘了他在海上。他唯一怕的就是海，怕水。看來他得從船尾把屍體推出去，湯姆心想，因為船尾較低，貼近水面。湯姆拖著癱軟的屍體朝船尾移動，將繩索滑過船緣，並根據浮力推測水泥塊並未觸及海底。湯姆搬動狄奇的頭部與肩膀，將其翻身呈俯臥姿，一點一點推他下船。狄奇的頭先下水，腰部掛在船緣，兩條腿沉得不得了；這兩條腿跟先前的肩膀一樣，彷彿被船底吸住，以自身的力量與湯姆對抗。湯姆深呼吸，用力一抬，狄奇落入水中，湯姆也失去平衡，撞上舵柄。怠速的馬達突然轟隆大響。

湯姆撲向操縱桿，但船身同時急彎，瘋狂地以弧形在水面劃圈。有那麼一瞬間，湯姆看見海水就在正下方，他的一隻手亦伸向海面；他死命地想抓住船緣，卻一把抓了空。

他掉進水裡了。

湯姆劇烈喘息，曲身上彈想扣住船身。沒抓著。小船仍在打轉。湯姆又試了一遍。這回沉得更深，深到他整個腦袋沒入水中——致命的緩慢卻又快得令他來不及吸氣，害他在眼睛沉入水面的同時也嗆了一鼻子海水。小船離他越來越遠。他見過這種狀況。除非有人爬上船，關掉馬達，否則這艘船永遠不會停下來。此刻湯姆身處空蕩死寂的大海，更深刻地感受到瀕死威脅，身體亦持續下沉。海水**漫進**耳朵，瘋狂的馬達聲越來越模糊；除了體內激烈的喘息，除了掙扎，除了血液絕望的搏擊奔流，他聽不見外在的任何聲響。湯姆再一次躍出水面，下意識游向小船；儘管小船還在打轉，根本碰不著，卻是唯一浮在水面上的東西。湯姆張口吸氣。尖銳的船首甩過他身邊兩次。三次。四次。

湯姆大聲呼救。但他發不出半點聲音，倒是灌了滿口海水。他碰到船底，下一秒旋即被船首如猛獸暴衝的動作推開。他伸手亂抓，想扣住船尾，無暇顧及螺旋槳葉片，指頭才摸到船舵即閃身避開——他的動作還是不夠快。船底龍骨擊中頭頂再輾過去，船尾再度朝他甩過來。他奮力一抓，指頭滑下船舵，但另一隻手成功扣住船緣；湯姆伸直手臂，盡可能讓身體遠離螺旋槳，然後憑著一股不知哪裡來的氣力將整個身體投向船尾一角，手臂順勢抓緊船緣。他使勁往上探，摸到操縱桿。

馬達終於慢下來了。

湯姆雙手緊扣船緣，腦中一片空白。他鬆了一口氣，不敢置信，此時才漸漸意識到喉嚨如火燒般的疼痛，以及每一次呼吸就彷彿被刺中胸口。他休息了大概兩分鐘或是十分鐘，除了專心醞釀足夠的氣力把自己弄上小船，其他什麼也不想。他在水中緩慢地上下躍動，然後一把甩出全身重量，成功登船，面朝下趴在船底，兩條腿掛在船緣外。他趴著喘氣，隱約意識到指尖抵著鮮血的滑膩感，還有一股夾雜海水（源自他口鼻）的溼氣。雖然身體還動不了，腦子已開始運轉：湯姆想著沾滿血的小船不能就這樣還回去，想著他得設法支起身體發動馬達，想著得往哪個方向開才能回到岸上。

他想到狄奇的戒指。摸摸外套口袋，戒指還在。畢竟它們又能跑哪兒去？湯姆嗆咳起來，咳到飆淚、模糊視線，但他仍試著看清附近有沒有其他船隻、有沒有船朝他開過來。他揉揉眼睛。除了稍早看見的歡快小船仍在遠處大幅度來回奔馳，這附近就他一個人。湯姆看著船底板。洗得**乾淨**嗎？他常聽人說，傷口流出的血液量是很可觀的。他原本打算把船開回去還。如果船東問他朋友哪兒去了，他會說對方在某個地方靠岸，讓對方先下船；但這辦法現在看來是行不通了。

湯姆小心翼翼推移操縱桿。怠速的馬達重新加速，比方才的情形更教湯姆害怕；不過馬達似乎比大海更通人性，也更好駕馭，漸漸地湯姆也就沒那麼害怕了。他朝聖雷莫北邊的海岸斜行而去。說不定他能在岸邊找到一處地方，譬如荒廢的小海灣什麼的，然後把船拖進去，設法脫身。但萬一他們找到船怎麼辦？問題一個比一個大，湯姆試著整理思緒，讓自己冷靜下來；但他的腦子似乎卡住了，連怎麼擺脫這艘船也想不出來。

岸邊松林已然在望。那抹棕色沙灘似乎空無一人，一旁的橄欖樹林猶如綠色毛氈。湯姆左右張望，慢慢掃視這塊空地，搜尋人跡。沒看見半個人。他謹慎控制馬達（因為他不確定油門會不會突然狂飆），朝那段淺灘續行。沒多久，湯姆感覺船首底部刮過陸緣的微微顛簸。他將操縱桿推至「FERMA」（關），再扳動另一根控制桿完全關掉馬達。他小心踩進約二十五公分深的海水，拉船上岸，盡可能往內陸的方向拖，再把船上的兩件外套、他自己的涼鞋和瑪姬的盒裝古龍水移至沙灘上。這處小海灣不到大約四公尺寬，給他一種安全和隱密的感覺。這裡看不到一絲有人涉足此處的痕跡。湯姆決定把船弄沉。

他四處收集跟腦袋差不多大小的石塊，畢竟他也只搬得動這麼大的石頭。他把石塊一一扔進小船。後來這一帶的大石塊幾乎都被他搬光了，他不得不改放小一點的石頭。湯姆一刻不停地搬石頭，深怕自己一旦鬆懈——哪怕只是一個瞬間——即可能因為筋疲力竭而昏厥，說不定還會一直躺在這兒，直到被人發現。待船裡的石頭堆到與船緣齊高，他便使勁推它搖它，一點一點地挪動小船直到海水漫過船緣；待船身開始下沉，湯姆一把將小船推向更深的水域，邊推邊走直至水深及腰，直至小船沉入水面，再也搆不著為止。湯姆一步步吃力地走回岸邊，仆倒在沙灘上休息，開始動腦：他想著怎麼回飯店、如何交代，以及下一步行動（他決定在傍晚前離開聖雷莫），還有回到蒙吉貝羅以後的事。

13

日落時分。當鎮上所有義大利人及其他每一個人皆已沖涼換裝，在人行道的咖啡館露天座就定位，盯著來往行人過客，汲取這座小鎮所能提供的任何娛樂之時，湯姆僅著泳褲涼鞋和狄奇的燈芯絨夾克，腋下夾著他微微沾血的長褲和外套，走進聖雷莫。湯姆累壞了，步伐懶散卻仍勉強抬頭，因為他想著此刻有好幾百人盯著他走過一間又一間咖啡館，因為這是回濱海飯店唯一的路。方才進城前，他先在路邊酒吧灌了五杯全糖濃縮咖啡和三杯白蘭地來武裝自己；現在，他要扮成身手矯健，在水裡來來回回度過整個下午的年輕人——游泳是他的嗜好，而且他還是個不畏寒冷、天氣再冷也要下水、不到傍晚不上岸的游泳健將。他硬撐著順利回到飯店，向櫃檯領了鑰匙上樓，一進房便癱在床上。湯姆心想：他准許自己休息一小時，但不能睡著，以免睡太晚。他就這麼躺著。每當察覺自己快睡著了，便起身進浴室捧水潑臉，再拿著溼毛巾回床上摀臉把玩，一切只為保持清醒。

後來他終於下床，動手清理褲管沾染的血跡。他用肥皂和指甲刷反覆搓洗燈芯絨褲，刷累了便停手去整理行李；他按狄奇打包的規矩將衣物放入行李箱，牙膏牙刷置於左後內袋，然後再回頭繼續洗褲腳。他自己的外套沾染太多血跡，沒辦法穿，勢必得扔了，但他有狄奇的夾克可替換：他的和狄奇的都是米白色，尺寸幾乎相同（先前湯姆照狄奇的版做了一套西裝，而且也是找蒙吉貝羅的同一位裁縫師傅做的）。他把自己的外套塞進行李箱，然後提下樓，要求結帳。

櫃檯服務員問起他的朋友。湯姆表示朋友在火車站和他碰頭。櫃員愉快地回以微笑，祝湯姆度過愉快的一天。

湯姆在兩條街外的餐館停下來，強迫自己吃一碗義式通心粉雜菜湯以補充體力。他密切留意那位義大利船東的身影。湯姆心想，眼前最重要的是他今晚一定得離開聖雷莫；要是末班火車和公車時間已過，那就搭計程車到下一個村鎮去。

來到火車站，湯姆得知十點二十四分有一班南下臥鋪列車，明日一早到羅馬。他可以在羅馬換車去拿坡里。事情突然變得好簡單，實在荒謬；湯姆一時自信滿滿，想著是否該去巴黎待幾天。

「Spetta un momento.（等一下。）」湯姆對遞出車票的售票員說。他繞著行李箱踱步，盤算巴黎行。只住一夜也好，就當去看看、玩兩天，這事不跟瑪姬說也沒關係；但下一刻他又不想去巴黎了。湯姆認為他沒辦法放鬆，因為他急著想趕回蒙吉貝羅，想瞭解狄奇的身家財產。

臥鋪的白床單紮得整齊緊實，彷彿是湯姆至今所知最美妙奢華的享受。關燈前，他伸出雙手撫過床單、乾淨的藍灰色毛毯，以及懸在頭頂上方，方便好用的黑色置物網；想到眼前這一切享受，還有狄奇的錢、大宅的床和桌、大海、遊艇、行李箱、襯衫、往後幾年的自由和各種開心事，湯姆欣喜若狂。燈一關，腦袋往枕頭一靠，湯姆幾乎立刻睡著。他心滿意足，滿心歡喜，前所未有的自信滿滿，彷彿此生不曾有過這種感受。

來到拿坡里車站，湯姆去了一趟男廁。他從行李箱取出狄奇的牙膏牙刷，用狄奇的雨衣把它們跟他自己的燈芯絨外套、狄奇染血的長褲一起捲起來，然後揣著這包東西過街，走進小巷，塞進牆邊一只裝滿垃圾的大麻布袋裡。接下來，他走到巴士廣場咖啡館點了濃縮咖啡加牛奶和甜麵包捲當早餐，熟門熟路地搭上十一點開往蒙吉貝羅的公車。

他幾乎是一下車就跟瑪姬撞個正著。她身著泳衣、外罩寬鬆的白夾克。她去海邊一向這麼穿。

「狄奇呢？」她問。

「去羅馬了。」湯姆早有準備，笑著回答。「他打算在那裡多待幾天。我回來收拾幾樣東西，幫他送過去。」

「他住誰家？」

「他住飯店。」湯姆再次微笑，致意告辭，提起行李箱爬上山坡。過了一會兒，他聽見身後傳來瑪姬踩著軟木底涼鞋小跑步的聲音。湯姆停下來等她。「我們的溫馨小鎮這幾天有什麼新鮮事嗎？」他問道。

「哦，乏善可陳，跟平常差不多吧。」瑪姬笑了笑。她跟他在一起很不自在，卻仍跟著他回大宅。大門沒鎖。湯姆找著那填了土、生著一株半死不活的灌木的爛木桶——藏露臺鑰匙的老地方——摸出一把大號鐵鑰匙。兩人相偕上露臺。大桌稍稍挪了位置，吊椅上擱著一本書。湯姆暗忖：他和狄奇出門後，瑪姬應該都待在這裡。他不過才離開三天三夜，感覺卻像過了一個月。

「史奇皮呢？牠好嗎？」湯姆問得輕鬆，同時打開冰箱，取出製冰盒。史奇皮是瑪姬幾天前才收編的流浪狗，黑白花、長得很醜，瑪姬卻像個寵溺的老婦人一樣餵牠、照顧牠。

「跑了。反正我也不覺得牠會待下來。」

「喔。」

「你們好像玩得很開心？」瑪姬的語氣帶著一絲渴望。

「是很開心。」湯姆笑起來。「幫你調一杯？」

「不了，謝謝。你覺得狄奇會在羅馬待多久？」

「這個嘛——」湯姆蹙眉思索，「不太清楚欸。他說他有好多表演要看。我想他只是想換個環境，享受不同的風景吧。」湯姆給自己倒上一杯法國精釀琴酒，又加了蘇打水和一片檸檬。「我猜他一星期就回來了吧。喔！對了——」他伸手拉來行李箱，取出古龍水盒。湯姆早一步把包裝紙拆了，因為上頭沾了血。「你的史特拉底瓦里。我們在聖雷莫買的。」

「噢，謝謝——太感謝了！」瑪姬笑著接下，小心打開，開心得像作夢一樣。

湯姆端起雞尾酒，心情緊張地繞著露臺踱步；他不說一句話，等著瑪姬離開。

「對了，」瑪姬終於走出露臺，「你會待多久？」

「哪裡？」

「這裡。」

「只待一晚，明天去羅馬。我大概傍晚出發。」湯姆說。他之所以補上後面這一句，是因為他可能得等到兩點才能拿信。

「那我大概就不會再見到你囉，除非你也去海邊。」瑪姬努力擠出友善的口吻。「我先祝你們玩得開心，叫狄奇寄明信片給我。他住哪間飯店？」

「哦——呃——叫什麼來著……西班牙廣場旁邊那家？」

「英倫飯店？」

「對，就是那裡。不過我記得他說要用美國運通卡的通訊地址。」湯姆認為她應該不會打電話給狄奇。如果她當真寫信給狄奇，湯姆也可以明天就住進飯店收信。「我明天早上說不定會去沙灘走走。」湯姆說。

「好啊。謝啦，謝謝你們幫我買古龍水。」

「別客氣！」

瑪姬走下花園小徑，穿過大門離開了。

湯姆抓起行李箱，快步上樓來到狄奇房間。他先拉開五斗櫃最上層的抽屜：幾封信，兩本地址簿，幾冊小筆記本，一只鍊錶，幾把鑰匙和數份保單。他接著打開其他抽屜，任其敞開：襯衫，短褲，摺好的毛衣和亂七八糟的襪子。房間角落有一大疊資料袋和用過的畫本，堆得像小山一樣。看樣子得花點時間整理。湯姆脫光衣服，裸身下樓，迅速沖個冷水澡再換上狄奇掛在衣櫥裡舊的白色帆布工作褲。

他決定從最上層抽屜開始，原因有二：其一是最近收到的信件很重要，說不定有什麼要緊狀況必須馬上處理；其二是萬一瑪姬下午突然跑來，他才不會被她逮到一副急著拆屋子的樣子。但他還是可以先動手打包，就算從今天下午開始也沒關係；他要把狄奇最大的行李箱拖出來，把狄奇最好的衣服都放進去。湯姆如是想。

湯姆在屋裡來來回回，忙到深夜，幾支行李箱都裝整好了。接下來他得評估屋裡的傢俱設備大概值多少錢，哪些要留給瑪姬，以及該如何處理掉剩下的物品。該死的冰箱就送她吧，她應該會很高興；門廳那座狄奇擺放床單被套的沉重木雕五斗櫃應該值好幾百塊美金。湯姆問過狄奇那座櫃子有多老，狄奇說差不多四百年歷史。他打算去找海景飯店的普奇先生，請對方幫忙仲介處理房子和傢俱，順便連船也一併賣掉。狄奇說過，普奇先生幫鎮上其他居民做過這類服務。

湯姆原本打算把狄奇所有的私人物品直接帶去羅馬，但是一想到瑪姬可能會懷疑他為何在短時間內帶走這麼多東西，他決定假裝狄奇後來才決定遷居羅馬，這麼做似乎比較妥當。

因為如此，湯姆在翌日下午三點左右來郵局領取一封美國友人寫給狄奇的有趣信件，他自己則沒收到半封，然後慢慢走回大宅。湯姆邊走邊想像他讀的是狄奇寫給他的信，細想該用什麼字、哪些句子，如此才能轉述給瑪姬聽（假如有此必要）；他甚至讓自己感覺到「得知狄奇改變主意」時那種微微驚訝的感覺。

一回到大宅，湯姆立刻開始打包狄奇最好的畫作和上等的亞麻布織品，放進稍早上山經過雜貨店時向阿爾多要來的紙箱。他有條不紊、冷靜地整理，預期瑪姬隨時可能在下一秒出現。但瑪姬過了四點才來。

「還沒走？」她走進狄奇房間，劈頭就問。

「是啊。我剛收到狄奇的信。他決定直接搬去羅馬。」湯姆直起上身、掀掀嘴角，彷彿他也為此嚇了一跳。「他要我幫他把所有東西——所有我能處理的東西全部打包。」

「**搬去**羅馬？去多久？」

「不知道。不管怎麼說，顯然會過完這個冬天吧。」湯姆繼續綁畫。

「整個冬天都不回來？」瑪姬聽起來相當失落。

「嗯。他說他可能會把房子賣了。不過這事他還沒決定。」

「老天！發生什麼事了？」

湯姆聳聳肩。「這個冬天他擺明了想待在羅馬。他說他會寫信給你。你今天下午應該也收到他的信了吧。」

「沒有。」

兩人都沒說話。湯姆回頭繼續收拾。他突然想到他還沒整理他自己的東西。回來到現在，湯姆一步也未踏進自己的房間。

「他應該還是會去科爾蒂納吧？」瑪姬問。

「不，他不去了。他說他會寫信跟弗雷迪取消這次的旅行。但你還是可以去呀。」湯姆看著她。「對了。狄奇說要把冰箱給你。你應該能找人幫你搬吧？」

瑪姬一臉震驚，就算是冰箱這份大禮也激不起任何漣漪。湯姆明白，此刻她鐵定在猜他會不會跟狄奇一起生活，也大概能得出結論：湯姆活潑開朗，答案幾乎是肯定的。湯姆感覺瑪姬想問的問題差不多已到了嘴邊——她在他眼裡就跟小孩子一樣好懂。這時她開口了：「你會跟他一起待在羅馬嗎？」

「也許住一陣子吧，我會幫他安頓下來。這個月我計劃去巴黎，然後預計十二月中回美國。」

瑪姬看起來垂頭喪氣的。湯姆心知她已開始想像未來數週的孤單寂寞：就算狄奇會定期拜訪蒙吉貝羅，偶爾來看她，但接下來的星期天早晨和晚餐時光都只剩她一個人了。「聖誕節他有什麼計畫？你覺得他會在這裡過節，還是留在羅馬？」

湯姆的回答有些刺耳。「應該不會在這裡過吧。我覺得他想一個人過節。」

瑪姬震驚到啞口無言。震驚，但也傷心。等著瞧，湯姆心想，等他從羅馬寫信給她。當然，他會盡可能措辭溫和，像狄奇一樣溫柔；但他會明確表示，狄奇往後不想再見到她了。

幾分鐘後，瑪姬起身告辭，失魂落魄。湯姆突然想到，說不定她今天就會打給狄奇，或甚至直奔羅馬。萬一她當真這麼做呢？狄奇也可能換地方住。就算她真的跑去羅馬找他，羅馬飯店何其多，夠她找上幾天了。等到電話打不通、親自去羅馬也找不到人的那一天，她就會明白狄奇應該是跟湯姆．雷普利去了巴黎或其他城市了。

湯姆翻了翻拿坡里發行的幾份報紙，留意有沒有「聖雷莫附近發現沉船」的消息——報紙標題大概會這麼寫吧。警方也會大費周章勘驗船上血跡（如果血跡還在）。義大利報紙喜歡這種戲劇化的新聞報導：「昨日下午三點，聖雷莫的年輕漁夫喬吉歐在水下兩公尺處發現駭人景象：一艘馬達動力小船，船內處處血跡……」但報上什麼都沒有，昨天也是。於是他想，那艘船說不定得等上好幾個月才會被發現，也可能永遠都不會有人發現它。就算真有人發現它，他們要如何得知狄奇．葛林里夫和湯姆．雷普利曾經一起搭過這艘船？當時他倆既未將姓名告知船東，船東亦只給了一張橘色票根（後來湯姆在口袋裡發現這張小紙片，立刻撕毀扔掉）。

傍晚六點左右，湯姆搭計程車離開蒙吉貝羅。臨行前他先去喬吉歐那兒喝了一杯濃縮咖啡，向喬吉歐、弗士托和另外幾位狄奇和他在鎮上認識的熟人道別。湯姆端出同一套故事，表示葛林里夫先生這個冬天會待在羅馬，並請大家保重、期待再見。湯姆還說，狄奇無疑一定很快就會回來看看大家。

那天下午，他把狄奇的幾箱畫作和衣物送去美國運通辦事處裝箱，連同狄奇的旅行箱和兩只較重的行李箱一起寄到羅馬，收件人署名狄奇．葛林里夫。湯姆只帶了自己的兩只和狄奇的一只行李箱上計程車。他也跟海景飯店的普奇先生聊過，言明葛林里夫先生可能會賣掉房子和傢俱，能不能勞煩普奇先生幫忙處理？普奇先生表示樂意之至。湯姆還去找了碼頭管理員皮耶托，請他留意有沒有人想買蝙蝠號，因為葛林里夫先生極有可能在今年冬天將小蝠脫手。湯姆說，葛林里夫先生交代，若是有人出價五十萬里拉他就賣（不到八百塊美金）；蝙蝠號能睡兩個人，這個價錢可說是相當划算。皮耶托表示，他應該幾個禮拜就能順利賣掉它。

湯姆在往羅馬的火車上草擬要寫給瑪姬的信件內文。他非常仔細地邊想邊背，一到哈斯勒飯店便立刻拿出他放在狄奇行李箱帶來的「愛馬仕輕巧型打字機」，流暢打出整封信。

親愛的瑪姬：

我決定今年冬天在羅馬找間公寓，換個風景，遠離熟悉的蒙吉貝羅一陣子。我迫切地想獨處。很抱歉這一切如此突然，沒機會好好道別，但我其實住得也不遠，希望往後不時還能見上一面。我提不起勁回去打包整理，所以把這些麻煩事丟給湯姆處理。

至於我倆，暫時不見面不僅不會傷害我倆的關係，說不定還能讓一切變得更好。我突然有種很糟糕的感覺——我讓你覺得無聊了。當然，**我**對你並沒有這種感覺，請不要覺得我是為了逃避才離開。正好相反。我認為羅馬應該能讓我更貼近現實，這在蒙吉貝羅肯定辦不到。我的不滿足有一部分來自於你。雖然離開解決不了問題，但離開能幫助我釐清對你的感覺。因為如此，親愛的，我寧可暫時不見你，希望你諒解；如果你不能——好吧，我冒的險就是你不諒解我。總之我也許會跟湯姆去巴黎幾個星期，他非常想去巴黎看看。也就是說，除非我馬上開始畫畫，才有可能不去。我在這兒認識一位畫家迪馬西默。我很喜歡他的畫。這老傢伙經濟拮据，如果我能付他一點學費，他似乎非常樂意收我為徒。我會在他的畫室向他習畫。

這座城市與蒙吉貝羅截然不同：噴泉日夜流淌，人們徹夜不眠，感覺非常神奇。至於湯姆，你想錯了，他很快就要回美國去了，我亦不在乎他何時離開；雖然這傢伙人不錯，我也不討厭他。總之我們倆的事與他無關，希望你能明白這一點。

在我確定落腳處之前，請把信寄到美國運通羅馬辦事處給我。我一找到公寓就跟你說。在此同時，希望你的壁爐時時溫暖，冰箱運轉順暢，寫作文思泉湧。親愛的，沒辦法與你共度聖誕，我真的很難過，但我覺得我不該這麼快就見到你。不管你會不會為此恨我，我都接受。

全心愛你　狄奇

羅馬　一九××年十一月二十八日

打從踏進飯店的那一刻起，湯姆就一直戴著鴨舌帽，在櫃檯繳交的也是狄奇而非他自己的護照；不過湯姆也注意到，櫃檯人員看也不看護照照片一眼，只顧著抄寫封面號碼。簽住宿登記簿的時候，他模仿狄奇的潦草字跡，姓和名都帶上幾筆花俏的大圈圈。後來他出門寄信，他刻意走到好幾條街外的藥局交寄，順道買幾樣可能用得上的化妝品。他跟店裡的女店員鬼扯一通，讓她以為這是幫他太太買的：太太的化妝匣弄丟了，而且又犯了胃痛的老毛病；她此刻正躺在飯店裡，哪兒都去不了。

那天他整晚練習狄奇的匯票簽名。每個月固定從美國寄給狄奇的匯票，再過不到十天就會收到了。

14

翌日，湯姆遷往歐羅巴飯店；這裡價格中等，地近威尼托大街。湯姆認為哈斯勒稍嫌奢華，是那種電影明星會光顧，或弗雷迪·邁爾斯等等與狄奇相熟的上流人士會在羅馬下榻的地點。

湯姆窩在房裡，繼續想像與瑪姬、弗士托和弗雷迪的對話內容。最有可能來羅馬的是瑪姬。湯姆想像，若是與瑪姬通電話，就以狄奇的身分和她說話，若是面對面交談，身分則是湯姆自己；萬一瑪姬突然現身羅馬，找到他住的飯店並堅持上樓進房，屆時他得脫下狄奇的戒指，衣服也得換掉。

「我不知道呀。」他會用湯姆的聲音告訴她。「你也知道他這個人——他喜歡離群索居、遠離俗世的感覺。只是我房間的暖氣碰巧很不暖，他說我可以在他這邊借住幾天……他應該過幾天就回來了，再不然也會寄明信片報平安。他跟迪馬西默去某個小鎮教堂看畫。」

（「但你不知道他去北邊還是南邊？」）

「我真的不知道，我猜往南吧。但是他去南邊或北邊關我們什麼事？」

（「是我自己活該很想他，可以嗎？他為什麼要這樣？好歹交代一下要去哪兒嘛。」）

「我知道，我也問過他，還在他房裡到處找地圖或任何可能透露他去向的線索。三天前，他打給我，說我願意的話可以住他房間。」

穿插練習跳回自己的人格，感覺是個不錯的主意，因為說不定有一天，他得瞬間切換兩種人格；但奇怪的是，他很容易就忘了湯姆．雷普利原本的說話方式。他持續演練與瑪姬的對話，直到他的聲音聽起來完完全全就是記憶中他自己的聲音為止。

不過湯姆大多時候仍以狄奇的低沉嗓音說話。他英、義夾雜，練習和弗雷迪聊天、與瑪姬對話、和狄奇的母親通長途電話，或是和弗士托或晚宴上的陌生人交談，並且一定會打開狄奇的收音機，以免哪個碰巧知道葛林里夫先生乃隻身入住的飯店職員經過走廊，把他當怪人看。有時候，如果廣播碰巧播放湯姆喜愛的歌曲，他還會一個人跳起舞來——但仍以狄奇擁著女伴的方式跳舞。他在喬吉歐飯店舞池看過狄奇和瑪姬共舞，在拿坡里的風琴花園也見過：滑開大步但姿勢僵硬，算不上是會跳舞的人。不論單獨在房裡或走在羅馬街頭，對湯姆來說這每一刻都是享受，他邊觀光邊找房子；只要他是狄奇．葛林里夫，他就永遠不可能感到孤單或無聊，湯姆如是想。

湯姆到美國運通辦事處領取信件。大家叫他葛林里夫先生，向他問好。瑪姬寄來的第一封信寫道：

狄奇：

不得不說，我確實有點驚訝。不知你是不是在羅馬或聖雷莫或別的地方突然遇上什麼事？湯姆神神祕祕的，除了說他會陪著你以外，其他一概不說。我得要親眼看見他回美國才會相信他真的走了。老天，請容我這麼說：就算冒著得罪人的風險，我也要說**我**實在不喜歡那傢伙。從我或其他任何人的角度來看，這人純粹就是在利用你，訛詐你。如果你為了自己好，想做點改變，那就看在老天的份上，拜託你，把**那傢伙**趕走。好，他或許不是同性戀，但他什麼都不是，這點更糟糕。這人不正常到連任何形式的性生活都**沒有**，我想你應該懂我在說什麼。但我根本不在乎湯姆，我關心的是你。我可以忍耐幾個星期沒有你的日子，親愛的——甚至包括聖誕節——不過我寧願不去想聖誕節，寧願不要想你，然後就像你說的，跟著感覺走。可是我在這裡不可能不想你，因為對我來說，整個蒙吉貝羅無處不是你的影子，甚至包括這間屋子——不管我往哪裡看，到處都有你留下的痕跡：樹籬是我倆一起種的，籬笆也是我倆一起修的，而且還沒修完；我向你借卻始終沒能還你的幾本書，還有餐桌那把屬於你的椅子，這才是最慘的。

就讓我繼續得罪人好了。我不是說湯姆真的會對你做出什麼壞事，但我知道他正在一點「滴帶壞你。你跟他**在一起**的時候，言行舉止總是隱約有些尷尬、難為情，這你知道嗎？你有沒有試著去分析過這件事？我還以為，最近幾個禮拜你已經漸漸開始明白了，結果你又跟他廝混在一起。坦白說，親愛的男孩，我真不知道該拿你怎麼辦了。如果你當真「不在乎」他什麼時候要走，拜託你現在就送他走吧！他永遠不可能幫你，或幫任何人解決問題。事實上，讓你麻煩不斷，把你和你爸耍得團團轉才是對他最有利的事。

謝謝你幫我買到古龍水，親愛的。我打算放著不用——要不只用一點點——放到你回來見我的時候可以用得上。我也還沒把冰箱搬來我家。我看你就留著吧，以免你隨時打算要回去。

史奇皮跑了，湯姆大概跟你說了吧？還是我該弄隻壁虎來，再綁條繩子拴住牠？我家牆壁也得趕快找人修了，免得它完全被黴菌吞掉，直接垮在我身上。真希望你在這裡，親愛的，這還需要說嗎？

很愛很愛很愛你。記得**寫信**來。

××瑪姬

親愛的爸媽：

此刻我正在羅馬找住的地方，但還沒找到真正喜歡的。這裡的公寓要不太大要不太小，太大的話，每到冬天就得把所有房間都關起來，只留一間房，這樣暖氣才夠暖。我還在設法找一間不大不小、價格剛好的屋子，以免花太多錢在暖氣上。

抱歉，最近我實在不常寫信。我希望能把在這裡的寧靜日子過得再好一些。我覺得我需要換個環境——就像你們好久以前跟我說的，離開蒙吉貝羅，所以我大包小包直接搬家，就連房子和船都賣了。我遇到一位很棒的畫家迪馬西默，他願意在他的畫室指導我。我要焚膏繼晷，認真磨幾個月，看看結果會怎樣，有點像試用期吧。爸，我知道您對這些不感興趣，可是您總問我日子是怎麼過的，而我就是這樣過。我會繼續維持這種平靜、勤學的生活，至少到明年夏天。

對了。可以順便把公司的近況資料寄一份給我嗎？我已經好久沒看了。我想跟上進度，了解一下您近期有哪些生意。

母親，希望您還沒開始張羅我回家過節的事，請別為此太過操煩。我真的什麼也不缺，也想不到有什麼想要的。您身體還好嗎？有體力出門走動嗎，去戲院看看戲什麼的？

愛德華舅舅呢？近況如何？請代我問候他，並告訴我最近的情況。

愛你們的狄奇

一九××年十二月十二日

美國運通羅馬辦事處 轉交

湯姆把信再從頭讀過一遍，覺得用了太多逗號，於是耐著性子重打，這才簽名。之前有一次，湯姆在狄奇的打字機上看見一封寫給父母、打了一半的信，所以他曉得狄奇的風格習慣。狄奇寫信從不超過十分鐘。湯姆心想：如果這封信跟之前的信稍有不同，那也只會是再更親密、再熱情一點。湯姆把信又讀了一遍，相當滿意。愛德華是葛林里夫夫人的弟弟。湯姆從狄奇母親的前一封信得知，這位舅舅得了癌症，在伊利諾州住院治療。

幾天後，湯姆搭機前往巴黎。離開羅馬前，他致電英倫飯店，確認沒有人打電話或寫信給理查．葛林里夫。下午五點，飛機降落巴黎奧利機場，入境檢查員草草瞄了他一眼便在護照蓋了章；不過，湯姆為此已先用過氧化氫洗劑將髮色變淡，設法弄出波浪並抹上髮油，面對檢查員時還刻意擺出狄奇護照上那副微微緊張、嚴肅的表情。他住進伏爾泰堤道飯店——這是他在羅馬的咖啡館跟一群美國人閒聊時，他們推薦給他的。這間飯店交通方便，沒有太多美國住客。接下來，湯姆在這個寒風刺骨又霧茫茫的十二月傍晚出門蹓躂。他仰起頭，臉上掛著笑：他喜歡這座城市的氣氛。他總聽人說起這裡曲徑通幽、有天窗的灰色房屋、汽車喇叭聲此起彼落，還有無所不在的公共露天小便斗及便斗上方色彩繽紛、琳瑯滿目的戲院公告。他想花個幾天浸淫在這片氛圍中，然後再去參觀羅浮宮或登上艾菲爾鐵塔或其他地標景點。湯姆買了一份《費加洛報》，在圓頂咖啡館露天座坐下來，點了一杯兌水白蘭地；因為狄奇曾說這是他在巴黎最常喝的飲料。湯姆的法文普普通通，但湯姆知道狄奇也好不到哪兒去。幾名客人好奇地隔著玻璃窗打量他，不過誰也沒上前搭話。湯姆做好準備，等著店裡隨時有人起身走來對他說：「狄奇．葛林里夫？還真是你啊！」

雖然湯姆僅小幅度改造自己的外貌，但他認為，現在他的表情看起來就像狄奇，臉上掛著迷死陌生人不償命的危險微笑。這個笑臉比較適合招呼老友或情人，也是狄奇心情好的時候，最討喜的招牌笑容。此刻湯姆心情極好。這裡可是巴黎呀。況且能在知名咖啡館歇腿，想著明天、後天、大後天要怎麼扮演狄奇．葛林里夫，這感覺實在**太美妙**！那些袖釦、絲質白襯衫，甚至連狄奇用過的黃銅搭釦棕色舊皮帶和他穿過的褐色皮鞋，那種在《潘趣》雜誌上說可以穿一輩子的鞋子，還有芥末黃大口袋毛衣外套——現在全都屬於他，每一樣他都喜歡。還有刻著小小金字縮寫的黑色鋼筆。還有磨得舊舊的 Gucci 鱷魚皮夾。還有等著他揮霍的那一大筆錢。

湯姆到巴黎不過才第二天，就已經收到一對法國女孩和美國年輕人的邀請，去參加在克雷貝爾大街的一場派對。這兩人是他在聖日爾曼大道咖啡餐館閒聊認識的。派對來了三、四十個人，大多是中年人，他們頗為拘謹地站在隆重氣派且冷颼颼的大公寓裡。湯姆推斷：在歐洲，冬季暖氣只開一點點，就像夏天喝不加冰的馬丁尼，算是一種時尚標記。之前在羅馬，湯姆嫌原本住的地方不夠暖，換了一家更貴的飯店；結果他發現房錢越貴房間越冷，所以克雷貝爾大街公寓的時髦之處或許就在它的陰暗老舊吧，湯姆心想。屋裡有女傭和管家，一大桌的酥皮肉派、火雞肉片、小蛋糕、小甜餅和大量香檳，不過廳堂的幾張沙發和拖地窗簾卻因年代久遠而頗為破舊，湯姆甚至還在電梯旁的走廊上看見老鼠洞。主人為他引介的賓客至少半數是伯爵或女伯爵。一名美國人告訴湯姆，邀請他來的那對年輕人快要結婚了，但女方家長對婚事的反應有些冷淡。大屋氣氛緊繃，湯姆盡可能親切對待每個人，即使是那對一臉嚴肅、他也只能以「C'est très agréable, n'est-ce pas?（法語：今晚真不錯，是吧？）」勉強問候的法國夫婦，他亦笑容可掬，溫和自在。他盡職扮演好客人，最後至少贏得邀請他的法國女孩的甜美笑容。湯姆覺得自己能來這裡很幸運：就說巴黎好了，有多少美國人只來了一個多星期，就能讓自己受邀造訪法國家庭？湯姆總聽人說，法國人不太熱衷邀請陌生人來家裡，相當慢熟。賓客中似乎沒有半個人知道他的名字，湯姆全然自在。就記憶所及，他不曾在任何派對或宴會上有過這種感覺。湯姆行止得宜，端出他期許自己參加派對應該有的樣子。眼前正是他在離開美國的客輪上所想的「重新開始」：由湯姆．雷普利的過去所塑造的那個人和那人的一切，徹底湮滅，他已然脫胎換骨，重生為一個全新的人。後來又有一位法國女士和兩名美國人邀他聚會，不過湯姆都用同一套說詞婉拒了：「非常感謝您的好意，可惜我明天就要離開巴黎了。」

跟賓客中的任何一位太過親近，其實也不好，湯姆心想。他們誰都有可能認識跟狄奇很熟的人，而那個人或許會在下一場派對現身。

十一點十五分，湯姆向女主人及其雙親致意告辭。他們似乎很捨不得他離開，但湯姆想在午夜前抵達聖母院。畢竟那天可是聖誕夜。

女孩的母親再次問起他的名字。

「葛林里夫。」女孩複誦一次給母親聽。「狄奇．葛林里夫先生。是嗎？」

「是的。」湯姆微微一笑。

下樓來到大廳穿堂，湯姆忽地想起弗雷迪．邁爾斯在科爾蒂納的聖誕派對。十二月二日。竟然已經過了一個月！他本來打算寫信跟弗雷迪說他不去了。不知瑪姬去了嗎？狄奇沒寫信通知，弗雷迪肯定覺得怪，希望瑪姬好歹跟弗雷迪解釋過了。他得立刻捎信給弗雷迪。狄奇的地址簿上有弗雷迪在佛羅倫斯的地址。這只是個小閃失，沒什麼大不了，但他千萬不能讓這種事再次發生。

湯姆走進黑夜，轉個彎，朝打了燈的白色凱旋門走去。聖母院前方廣場擠滿了人。湯姆站在人群邊緣，既感覺孤單，又覺得自己仍是群體的一部分，這種心情好怪。剛才在派對上他也有這種感覺。廣場人太多，他根本擠不進主座教堂，但喇叭稱職地將音樂清楚傳送到廣場每一個角落；聽起來都是法文頌歌，湯姆不知道曲名。然後是《平安夜》，再接著是一首輕快但歌詞含糊不清的曲子，男聲悠悠吟唱；身旁的法國男士紛紛摘下帽子，湯姆照做。他站得直挺挺的，神情肅穆，卻也準備好向任何可能突然叫住他的人微笑致意。這感覺跟在客輪那時候一樣，只是程度更強烈且滿懷善意：眼前這位是沒有瑕疵足以損及其人格的體面紳士。他是狄奇，好脾氣，個性天真，笑臉迎人，對於任何乞討貧苦之人總是慷慨掏出千元法郎。離開教堂廣場時，的確有位老人伸手乞討，湯姆給了他一張又硬又脆的藍色千元紙鈔。老人迸出笑靨，湯姆拈帽致意。

湯姆肚子有點餓，但他覺得今晚就這麼餓著肚子上床也不錯。他打算花一兩個鐘頭讀一讀義大利會話書再上床睡覺。這時他突然想到，他要努力增重五磅，因為狄奇的衣服穿在他身上鬆垮垮的，而且光看臉，狄奇也比湯姆結實些，於是他在路上找了家小酒吧，點一份脆脆的火腿長棍三明治；後來又加點一杯熱牛奶，因為同坐吧檯的一位男士正在喝熱牛奶。牛奶淡而無味、純淨且精練，令湯姆想起他在教堂嚐過的聖餅。

離開巴黎，湯姆悠閒南下。他在里昂過夜，還去亞爾瞧瞧幾處梵谷曾畫過的地方；即使碰上極為惡劣的壞天氣，他的心境依舊愉悅平和。在亞爾，湯姆頂著狂風暴雨，就算淋成落湯雞也要找到梵谷當年架畫板作畫的確切地點。他在巴黎買了一本精美的梵谷畫冊，但他總不能在大雨中拿出來看，只得往返旅館十數次，比對場景。他亦快閃馬賽，除了「麻田街」，整座城市乏善可陳。湯姆繼續搭火車東行，在聖特羅佩、坎城、尼斯、蒙地卡羅晃了一天；他聽過這些地方，親見後更是喜愛，即使十二月冬日烏雲los罩亦然。湯姆這一路沒看見同性愛侶，即使在芒通且正值新年前夕，仍不見同志聚集。湯姆發揮想像力，以人物點綴風景：身著晚宴華服的紳士淑女緩緩步下蒙地卡羅賭場寬闊的階梯，泳裝鮮豔的遊客興高采烈地走在尼斯「英國人大道」棕櫚樹下，猶如杜菲*水彩畫裡的人

* 杜菲（Raoul Dufy, 1877-1953），法國畫家，擅長風景和靜物畫，早先受印象派和立體派影響，後以野獸派的作品著名。

物。這裡到處都是人——美國人、英國人、法國人、德國人、瑞典人、義大利人——有些人濃情蜜意，有些人失望不開心；爭執、和好、謀殺。蔚藍海岸教他興奮莫名，世上不曾有哪個地方令他如此悸動：這段小巧的地中海岸點綴著珍珠般的美妙地名——圖倫、弗雷瑞斯、聖拉斐爾、坎城、尼斯、芒通，然後是聖雷莫。

一月四日，湯姆回到羅馬。瑪姬寄來兩封信。她說她打算三月一日搬出蒙吉貝羅的房子，以及雖然第一版初稿尚未完成，她已先寄了四分之三的內容和所有配圖給之前聯絡的美國出版社。去年夏天她寫信給對方，對方表示對她的提案相當感興趣。瑪姬寫道：

> 我什麼時候可以去找你？在歐洲熬過第二個糟透的冬天以後，我不想再在這裡度過夏天了。我想我大概三月初就回美國——是的，我**想家**。好不容易，但我**真的**想家了。親愛的，如果能和你一起搭船回美國那就太好了。你覺得可能嗎？我覺得**不可能**。今年冬天你真不打算回美國？就算只待一段短短的假期也好？
>
> 我考慮用慢船把所有家當從拿坡里寄回美國（足足有八個行李箱、兩個旅行櫃、三大箱書和其他一堆雜七雜八的東西），然後北上羅馬。你願意的話，我們至少可以再去一次海邊，去馬爾米堡、維亞雷裘或其他我們喜歡的地方看看——算是告別巡禮。我不在乎天

氣好不好，反正一定**很糟**。我不敢要求你陪我去馬賽。我應該會從馬賽上船……還是我從熱那亞出發？你覺得呢？

另一封信的措辭明顯更加保留。湯姆曉得為什麼：因為他將近一個月沒寫信給她，連明信片也沒有。她表示：

我改變主意，不去蔚藍海岸了。也許這潮溼的天氣（或是我的書）把我的冒險精神給消磨掉了。總之我會提早在二月二十八日搭憲法號從拿坡里出發。想像一下：登船的那個瞬間，我彷彿就回到美國了：美國食物，美國人，拿美金買雞尾酒和馬票。親愛的，抱歉我無法去看你了，但你的沉默也讓我明白你還是不想見到我，所以也請你別太在意，不用太顧慮我。

我當然希望能再見到你，在美國或其他任何地方都好。如果你臨時起意，想在二十八號前南下蒙吉貝羅，你知道我不可能不歡迎你。

永遠愛你的瑪姬

附註：我甚至不確定你是否還在羅馬。

湯姆彷彿能看見她邊寫邊掉淚的景象。他突然有股衝動，想寫一封極為體貼溫柔的信給她，告訴她他才剛從希臘回來，問她有沒有收到他寄的兩張明信片？但湯姆又想，最好還是讓她在不曉得他人在何處的情況下離開，這樣比較保險。是以他並未回信給她。

唯一讓他微微不安但又不會太過煩惱的是，瑪姬仍有可能在他找到公寓安頓好以前，北上到羅馬來看他。如果她細細地搜尋，飯店一家一家地找過去，一定就能找到他；如果他住的是公寓，那麼她永遠也不可能找到他。根據義大利居留規定，外籍人士必須隨時向轄區警局登記或變更居住地址，但美國有錢人幾乎不甩這一套。湯姆跟一位長住羅馬的美國人聊過：此人在羅馬有公寓，但他從不打擾轄區，對方也不曾找他麻煩。如果瑪姬真的突然來羅馬找人，湯姆也做好準備，他在衣櫥放了一些他自己的衣服，隨時可替換；至於外貌，湯姆也只改了髮色，但他隨時都可以說是太陽曬的。湯姆其實不怎麼擔心。起初他還拿眉筆修眉（狄奇眉毛修長，外緣微翹）、沾粉底往鼻尖搓兩下（讓鼻子更長更挺），但後來他決定放棄，因為他最不想要的就是引人注目。湯姆認為，要想假冒他人，最重要的是抓住對方的神韻氣質，據此作出適當的表情即可。其他就順其自然吧。

一月十日，湯姆寫信給瑪姬，表示他獨自在巴黎待了三週，目前已返回羅馬；他還告訴她湯姆已於上個月離開羅馬，提及要去巴黎，再從巴黎返美。他說他在巴黎沒見到湯姆，羅馬的公寓也沒著落，仍在尋覓中，一旦確定地址會盡快讓她知道。他感謝瑪姬寄來如此奢侈的聖誕禮物：她親手織的紅色V字條紋白毛衣（瑪姬從十月起即斷斷續續找狄奇試尺寸）、十五世紀名畫精選和燙有狄奇姓名縮寫的皮革包。這個包裹遲至一月六日才寄達，這也是湯姆寫信的主要原因：他不想讓瑪姬認為狄奇沒收到包裹，以為狄奇憑空消失，繼而開始尋人。他問她是否收到他送的包裹？他在巴黎寄的，但他認為應該會遲到，並為此致歉。信上寫道：

我又回來跟著迪馬西默畫畫，自然是開心的。我也想你，不過，假如你還能忍受我對自己的試煉，我還是傾向過幾週再與你見面（除非你突然在二月啟程返美！但我還是不相信你會提前動身）。到了那個時候，或許你已經不希罕跟我見面了。請代我向喬吉歐伉儷、弗士托（假如他還在蒙吉貝羅）以及碼頭的皮耶托問好……

這封信流露狄奇一貫的心不在焉與淡淡哀傷，不算冷漠卻也稱不上暖心，而且基本上就是瞎扯淡，什麼也沒說。

其實，湯姆已經在靠近平奇亞舊城門的帝國街找到某大型公寓的一戶空屋，也簽下一年租約，但他並不打算經常待在羅馬，更別說在這裡度過冬天了。湯姆只是想要有個家，有個落腳之處，畢竟這麼多年來他什麼也沒有；而羅馬恰巧夠時髦，是他嶄新人生的一部分。將來有一天，不論他在馬厝卡或雅典、開羅或其他任何地方，他都希望自己能說出「對，我住羅馬。我在那兒留了間公寓」這種話來。「留」是國際客提到住處時的慣用語，他們在歐洲有公寓就跟在美國有車庫一樣稀鬆平常。雖然湯姆不會邀請太多人來家裡，但他還是想把公寓打點得精緻典雅。另外他也討厭裝電話，就算號碼不註冊也一樣；不過比起威脅，安全更重要，所以他還是妥協了。這公寓有一間大起居室，一間臥房，一間像客廳的敞房以及廚房和衛浴；裝飾方面略為華麗，倒也符合這個街區的階級地位和他即將擁有的體面生活。冬季一個月的租金（含暖氣）差不多相當於一百七十五元美金，夏天則是一百二十五。

瑪姬回信了。她欣喜若狂地表示她剛收到從巴黎寄來的美麗絲質襯衫——她**根本**沒想過會收到禮物——而且完美合身。她說，她邀請弗士托和雀基斯一家人來家裡吃聖誕晚餐：火雞超完美，她還準備了栗子、雞雜醬汁、聖誕布丁等等一大堆，獨獨少了**他**。所以他到底在做什麼、到底在想什麼？現在的他比較快樂了嗎？還有，如果他能在未來幾天內把住址寄給她，弗士托表示想在北上米蘭時順道去看他，否則就只能在美國運通辦事處留言，告知弗士托上哪兒找他。

湯姆推斷，瑪姬的好心情來自她認為湯姆已從巴黎返美。除了瑪姬，普奇先生也捎來一封信，表示他已在拿坡里賣掉三件傢俱（總金額十五萬里拉），而那艘船也有人出價（蒙吉貝羅的亞納斯塔西歐．馬蒂諾先生保證在一週內支付頭期款），但房子大概要等到夏天，待美國客逐漸回籠才有可能賣掉。扣除普奇先生的佣金，賣掉傢俱讓湯姆多了近兩百一十美元的收入，於是當晚他便前往羅馬的夜店慶祝：他點了一份豪華晚餐，獨自坐在燭光雙人座優雅享用。湯姆完全不在意一個人晚餐或看戲，這讓他有機會專心扮演狄奇．葛林里夫：他用狄奇的方式撕麵包，跟狄奇一樣左手持叉，將食物送進嘴裡，或者像狄奇那樣，經常神情溫和地望著鄰座或舞者沉思發呆，每每專注到得讓服務生連喚好幾聲，他才回過神來。鄰座有人向湯姆揮手。湯姆認出對方是他在巴黎聖誕派對上遇見的美國夫婦。他打招呼回應，甚至還記得他們姓「蘇德」。湯姆整晚沒再多看他們一眼，不過這對夫婦臨走之前，特意繞到他桌邊致意。

「你一個人來？」男人問道，狀似微醺。

「是的。我每年都會來這裡跟自己約會。」湯姆回答。「算是某種紀念日吧。」

美國人不明就裡，茫然點頭。湯姆看得出來，這人吐不出半句聰明話，他就像小鎮村民遇上沉靜自若、華服多金的都市人那般不自在，即使身著華服的是他的美國同胞也一樣。

「你上次說過你住羅馬？」男人的妻子問。「其實我們忘了你叫什麼名字，不過我們對你的印象非常深刻。就是聖誕夜那天晚上。」

「敝姓葛林里夫。」湯姆回答。「理查．葛林里夫。」

「哦！對嘛！」女士鬆了口氣。「你在羅馬有房子？」

她似乎正準備記下他的住址。

「目前我暫住飯店。等公寓裝潢妥當，我隨時都可能搬進去。我住在埃里西奧，有時間的話撥個電話給我吧。」

「那太好了。我們三天後要去馬廥卡，時間多著呢！」

「那麼，很高興遇見兩位。」湯姆說。「Buona sera!（晚安！）」

他又是一個人了。湯姆回頭作他的白日夢，想著他得設法用湯姆．雷普利的名字開個銀行帳戶，時不時轉個一兩百塊進去。狄奇．葛林里夫有兩個帳戶，一個在拿坡里，一個在紐約，每個帳戶各有五千美金左右。他應該會提一兩千塊來開雷普利的戶頭，再把蒙吉貝羅賣傢俱的十五萬里拉存進去。說到底，兩個身分他都得照顧好呀。

15

湯姆走了一趟卡比托利歐山，參觀波格賽別墅，仔仔細細探索古羅馬廣場，並且用假名向同區的一位義大利老先生學了六堂義語課（他在窗戶貼了教學廣告）。六堂課結束，湯姆自認他的義語程度和狄奇不相上下；他一字不差地記得狄奇說過的幾句話，現在他知道那些句子都不正確。譬如某天晚上，他和狄奇在喬吉歐店裡等瑪姬，瑪姬遲到了。狄奇對喬吉歐說：「Ho paura che non c'è arrivata, Giorgio.（恐怕她是不會來了，喬吉歐。）」但表示擔心要用虛擬式，句子裡的「c'è」得換成「sia」。義大利人很常用虛擬式，但狄奇從來不用，所以湯姆刻意不學虛擬式的正確用法。

湯姆把臥室窗簾換成深紅色天鵝絨長幔，因為原本的窗簾他看了很不喜歡。他曾詢問門房布菲太太有沒有熟識的裁縫師可以做窗簾，布菲太太表示她做得來。她報價兩千里拉，幾乎不到三塊美金；湯姆硬是塞給她五千里拉。湯姆買了幾件小傢俱裝點公寓，但他沒邀請過任何人來家裡——僅有一次例外。這個年輕美國人頗有魅力，但不怎麼活潑；他倆是在希臘咖啡館認識的，年輕人問湯姆怎麼去菁英飯店。菁英飯店就在湯姆回家的路上，於是湯姆邀他上樓喝一杯。其實湯姆只是想給這人留下印象，聊一個鐘頭就打發他走，再不相見；後來兩人確實也沒機會見面，因為這個年輕人翌日將啟程前往慕尼黑。湯姆拿出最好的白蘭地款待客人，還領著他在公寓內走逛、漫談羅馬生活逸趣。

湯姆謹慎避開長住羅馬的美國人，免得他們邀請他參加派對晚宴並期待他同樣以禮相待；不過他倒很喜歡在希臘咖啡館或瑪爾古塔街的學生餐廳和義大利人與美國人閒聊。他只跟一位在瑪爾古塔街小酒館結識的義大利畫家（卡林諾）提過自己的名字，說他自己也畫畫，目前正在跟迪馬西默學畫。若是哪天警方開始調查狄奇在羅馬的行蹤——也許是在狄奇消失已久，湯姆·雷普利重出江湖之際——這名義大利畫家或能作為可靠人證，供述狄奇·葛林里夫一月曾在羅馬學畫。卡林諾沒聽過迪馬西默這號人物，不過湯姆盡可能將他描述得栩栩如生，卡林諾應該很難忘記他。

湯姆覺得孤單，卻一點也不寂寞。這種感覺幾乎跟聖誕夜那晚在巴黎感受到的一模一樣——彷彿每個人都在看他，彷彿他有一群由全世界組成的觀眾並支持他繼續演下去，因為一旦稍有差池便萬劫不復；但他又對自己有絕對的信心，自認不會犯錯。湯姆認為，這種感覺讓他的存在自帶某種奇特、巧妙又純粹的氛圍，而這說不定就是好演員登臺扮相的當下，堅信沒有任何人能把角色演繹得比自己更好的那種狀態。他是他，卻又不是他；感覺自己無辜無罪，無比自由。儘管他有意識地控制自己的一舉一動，習慣了之後就不再像剛開始那般，連續扮演狄奇幾個鐘頭就很疲憊了。即使獨處，湯姆亦毋需刻意放鬆。現在他從起床刷牙那一刻起就是狄奇：狄奇用右手拿牙刷、手肘微向前突；狄奇會用湯匙以旋轉方式剝蛋殼，吃掉最後一口；狄奇總是把他從架上扯下的第一條領帶掛回去，選第二條，湯姆甚至還以狄奇的風格畫了一張畫。

到了一月底，湯姆認為弗士托應該已經路過羅馬，也從羅馬離開了，不過瑪姬倒是沒在信上提及此事。在這封一週前由美國運通辦事處轉交的信上，瑪姬問他是否需要襪子或厚圍巾，因為她寫書之餘還有大量時間可以織點東西。她在信上總愛帶入一兩樁他倆都認識的村民的軼事趣談，不想讓狄奇以為她為了他傷心難過——但她顯然是傷心的，也擺明了不會在二月啟程返美。湯姆認為她無論如何都想再試最後一次。於是，雖然湯姆隻字未回，但象徵瑪姬孤注一擲的幾封長信和她親手織的襪子和圍巾都一如預料地寄來了。這些信令他反感至極，湯姆連碰都不想碰。最後他草草讀過，順手撕了，扔進字紙簍。

他終於提筆回信：

我暫時放棄在羅馬找公寓的念頭了。迪馬西默要去西西里島長住數月，我應該會跟他一起去，再從西西里去其他地方。我的計畫總是不確定，但好處是自由不受拘束，也符合我當前的心境。

別再寄襪子給我了，瑪姬。我真的什麼都不缺。祝福你在蒙吉貝羅一切安好。

他買了前往馬厝卡的交通票：先搭火車到拿坡里，一月三十一日晚上再從拿坡里搭渡輪出發，隔天一早抵達帕爾瑪。另外，他還在Gucci（這是羅馬最好的皮貨店）買了一大一小兩個行李箱——較大的是軟質羚羊皮，另一個則是樸素的棕底咖啡條紋帆布箱。兩件都繡上狄奇的姓名縮寫。湯姆扔掉自己的兩個破行李箱，只留下一個藏進公寓衣櫥；箱裡裝的都是他自己的舊衣，以備不時之需，但湯姆希望永遠都不需要用到這些東西。聖雷莫的沉船始終沒被發現，湯姆天天看報留意消息。

有天早上，湯姆在打包行李，門鈴響了。他以為是推銷員或有人按錯門鈴。湯姆的門鈴沒有名牌，因為他跟門房說他不喜歡別人臨時造訪，所以不掛名牌。門鈴響了第二聲，湯姆仍置之不理，繼續斷斷續續地收拾。他喜歡收行李，總是花很長的時間做這件事，動輒耗個一整天或兩整天：他會深情款款地把狄奇的衣服放進行李箱，不時拿起漂亮襯衫或外套在鏡前擺弄試穿。湯姆對著鏡子扣鈕子，身上穿的是藍白海馬圖案運動衫，這件狄奇一次也沒穿過。他聽見有人敲門。

也許是弗士托——湯姆瞬間閃過這個念頭。說不定弗士托決定來羅馬堵他，給他一個驚喜；不過這個念頭也實在太傻，湯姆取笑自己。即便如此，湯姆仍手心冒冷汗地前去應門。他頭好暈。荒謬的暈眩再加上恐懼（怕自己突然倒下，被人發現癱倒在地），逼得他不得不用雙手握住門把，把門拽開——但他只開了一條縫。

「哈囉！」半黑的走廊響起美國腔。「狄奇？是我呀！弗雷迪！」

湯姆後退一步，拉開門。「他——你要不要先進來？他現在不在家。應該晚一點就回來了。」

弗雷迪．邁爾斯登堂入室，左瞧瞧、右看看，那張長滿雀斑的醜臉上除了驚訝還是驚訝。這傢伙是怎麼找到這裡的？湯姆暗忖。他迅速扒掉戒指，塞進口袋。他還忘了什麼？湯姆環顧整個空間。

「你跟他住在一起？」弗雷迪的兩顆眼珠子朝反方向微微分開。用這樣的眼睛盯著人瞧，使他看起來既呆蠢又令人害怕。

「噢，沒有。我才剛到幾個鐘頭。」湯姆邊說邊漫不經心地脫下海馬運動衫，露出原本的上衣。「狄奇出門吃午餐，好像是『奧泰羅』。最晚大概三點就回來了吧。」湯姆心想，弗雷迪應該是布菲先生或布菲太太放進來的。他大概表明自己是狄奇的老友，而布菲不僅告訴他該按哪一戶的門鈴，還透露葛林里夫先生在家。現在湯姆得想辦法把弗雷迪弄出去，還不能撞見樓下的布菲太太；因為她總是大叫名字「Buon giorno, Signor Greenleaf!（葛林里夫先生，您好呀！）」

「我在蒙吉貝羅見過你吧？」弗雷迪問。「湯姆對不對？我還以為你會來科爾蒂納。」

「感謝邀請，但我來不及過去。派對好玩嗎？」

「喔，好玩呀。但狄奇是怎麼回事？」

「他沒寫信跟你說？他決定在羅馬過冬。他跟我說他有寫信給你。」

「沒有。一個字也沒有——除非他把信寄到佛羅倫斯去了。但我在薩爾茲堡呀，他又不是沒有那裡的地址。」弗雷迪把半邊屁股靠坐在湯姆的長桌上，綠色絲質裝飾巾都被他弄皺了。他笑著開口：「瑪姬跟我說他搬來羅馬，但她也只有美國運通通訊地址，所以我能找到他的公寓還真是天殺的幸運！昨晚我在希臘咖啡館遇到一個人，那人碰巧知道他住哪裡。但他到底在想——」

「你遇到誰？」湯姆問。「是美國人嗎？」

「不是，義大利人，滿年輕的。」弗雷迪看著湯姆腳上的皮鞋。「你的鞋子跟我和狄奇同款欸。這鞋穿起來跟鐵皮一樣，你說是吧？我那雙是八年前在倫敦買的。」

湯姆腳上穿的是狄奇的全皮革皮鞋。「我這雙是美國貨。」湯姆說。「要不要喝點什麼？還是你要直接去奧泰羅逮人，看看狄奇在不在那裡？知道怎麼走嗎？反正你留在這兒也是乾等，因為他的午餐通常吃到下午三點左右，而我一會兒就得出門了。」

弗雷迪已晃到浴室門口，他停下來，看見床上的行李箱。「狄奇這是要出門，還是剛到家？」弗雷迪轉身問湯姆。

「他要出門。瑪姬沒跟你說？他要去西西里住一陣子。」

「什麼時候？」

「明天出發，或是今天傍晚。我不確定。」

「你說狄奇這陣子是怎麼回事？」弗雷迪皺眉。「他這樣與世隔絕、避不見面究竟是什麼意思？」

「他說他這個冬天一直非常認真作畫，」湯姆語帶防衛，「似乎也渴望隱私。不過就我所知，他對大家仍舊非常友善，包括瑪姬。」

弗雷迪笑了笑，解開馬球外套大排釦。「如果要他再多忍耐我幾回，我想他應該就不會對我好了。你確定他跟瑪姬還是很好？瑪姬給我的感覺是她可能跟狄奇吵架了。我想這或許是他倆都沒去科爾蒂納的原因。」弗雷迪看著湯姆，表情期待。

「就我所知不是這樣的。」湯姆走向衣櫥，準備伸手取外套，想讓弗雷迪明白他要出門；但下一秒他及時意識到，萬一弗雷迪對狄奇的西裝有印象，他可能會認出這件跟長褲同色系的灰呢外套是狄奇的。於是湯姆探向衣櫥最左邊，改拿他自己的外套和大衣。大衣肩部的衣架壓痕看來至少掛了一個禮拜（事實亦是如此）。湯姆轉身，發現弗雷迪盯著他左手腕的銀製名牌手鍊。手鍊也屬於狄奇，湯米在飾品盒找到的，但湯姆從未看狄奇戴過；然此刻弗雷迪看它的神情彷彿他見過這條手鍊。湯姆泰然自若穿上大衣。

此時弗雷迪看他的眼神已截然不同，似乎有些驚訝。湯姆知道弗雷迪在想什麼。他全身一緊，感覺危險。危機尚未解除，湯姆叮囑自己：你還在屋裡。

「要走了嗎？」湯姆問。

「原來你真的住在這裡。」

「我才沒有！」湯姆笑著抗議。弗雷迪那張蓋著茅草般的鮮豔紅髮且布滿雀斑的醜臉，此刻正靜靜瞪著他。希望等等下樓不會遇上布菲太太，湯姆暗自期盼。「走吧。」

「狄奇把他的飾品都給你戴了，我看見了。」

湯姆想不到任何反駁的話，也擠不出俏皮話。「喔，這是他借我的。」湯姆沉著嗓子說。「狄奇不想戴了，叫我拿去戴幾天。」他指的是名牌手鍊，但湯姆倏地意識到還有銀製領帶夾，上頭有狄奇的姓氏縮寫。這是湯姆自己添購的。他能感覺到弗雷迪・邁爾斯準備開口回嗆，就像他隔著一段距離都能感覺到弗雷迪龐大身軀傳過來的體熱。弗雷迪跟頭公牛沒兩樣，如果他覺得誰娘娘腔——尤其像眼前這種情況——他說不定會把對方狠狠揍一頓。湯姆不敢直視他的眼睛。

「好，我要走了。」弗雷迪冷冷地說，起身走向門口。這時他寬肩一旋，整個人轉過來面對湯姆：「你說的奧泰羅是英倫飯店附近那家嗎？」

「對。」湯姆回答。「他應該一點以前就到了。」弗雷迪點點頭。「很高興再見到你。」只是他的語氣不甚開心。弗雷迪帶上門走了。

湯姆低聲咒罵。他輕聲開門，細聽弗雷迪踩著皮鞋**噠**－**噠**－**噠**－**噠**快步下樓的聲音。他想確定弗雷迪是否直接離開，沒再和布菲家的人說上話，卻聽見弗雷迪朗聲喊道「Buon giorno, signora.（您好，夫人。）」湯姆上身探過樓梯井，看見三層樓底下，她看見了弗雷迪大衣的一段袖子。他和布菲太太以義語交談，後者聲音比較清晰。「……只有葛林里夫先生，」她說，「沒有，只住一個人……哪位先生？……沒有欸，先生……他今天應該還沒出門，但我也可能記錯囉！」她笑著說。

湯姆雙手緊扭樓梯扶手，彷彿那是弗雷迪的頸子。接著，湯姆聽見弗雷迪衝上樓的腳步聲，連忙退進公寓，闔上門。他可以繼續說他不住在這裡、堅稱狄奇人在奧泰羅，又或者他其實不曉得狄奇去了哪裡，但現在除非弗雷迪找到人，否則不會善罷干休。說不定弗雷迪還會把湯姆拽下樓，直接問布菲太太這人是誰。

弗雷迪砰砰砰地敲門。門把轉了轉，但湯姆鎖住了。他順手抄起一只厚重的玻璃菸灰缸。這菸灰缸大到無法一手抓握，只能扣住邊角。湯姆試著再多考慮兩秒鐘：當真沒別的辦法？屍體要怎麼處理？但他沒法兒思考。眼下這是唯一的解決辦法。他左手開門，右手拎菸灰缸藏在身後。

弗雷迪一進門就說：「聽著，可以麻煩你解釋一下──」

菸灰缸彎角正中弗雷迪額頭中央。弗雷迪表情茫然，接著雙膝一軟，像眉心遭鐵鎚擊中的公牛般傾身仆倒。湯姆伸腳把門踹上。他用菸灰缸彎角猛擊弗雷迪頸後，一敲再敲，深怕弗雷迪只是裝死，深怕對方的粗壯手臂會突然圈住湯姆雙腿，將他拽倒。湯姆手上的菸灰缸掃過弗雷迪的後腦勺，鮮血汩汩湧出。湯姆咒罵自己，連忙衝進浴室抓了條毛巾回來，墊在弗雷迪的腦袋瓜底下。他探向弗雷迪的手腕。脈搏跳了一次，很微弱，彷彿在他探壓的那個瞬間顫動一下，然後被他指上的壓力摁停了；下一秒，脈搏沒了。湯姆靜靜聆聽門外有無任何聲響，想像布菲太太站在門後，臉上掛著靦腆笑容（每次她自覺叨擾的時候總會這麼笑）；但門外沒半點聲音，門裡也未傳出任何巨響——不論是菸灰缸撞擊或弗雷迪倒下都沒發出太大聲響。湯姆低頭看著弗雷迪伏在地上，像山一樣的龐大身軀。他突然覺得好噁心，無助感隨之襲來。

正午才過四十分鐘，還要好幾個鐘頭才天黑。不知有沒有誰在哪裡等弗雷迪？也許就在樓下的某輛車裡？他摸索弗雷迪的口袋，撈出皮夾；又從大衣胸前內袋掏出一本美國護照。他接著摸出義大利和其他國家的硬幣、鑰匙匣和飛雅特鑰匙圈——上頭掛著兩支鑰匙。湯姆打開皮夾找行照。有了，資料全在上頭：黑色敞篷車，排氣量一千四，一九五五年出廠。如果這輛車就在附近，湯姆一定能找著它。他把弗雷迪身上的每個口袋都搜過一遍，找找看有沒有停車卡，就連淺黃色背心口袋也不放過；但什麼也沒找著。湯姆來到街邊窗前，差點笑出來，因為一切竟如此簡單：對街有輛黑色敞篷車，幾乎就停在公寓正對面。雖然沒辦法確定，但他認為車上應該沒人。

湯姆突然知道下一步該怎麼做了。他著手布置現場：先從酒櫃拿出琴酒和苦艾酒，想了想又抓出保樂茴香酒，因為茴香酒氣味更嗆。他把酒瓶擺在長桌上，往高杯裡加幾顆冰塊，調了一份馬丁尼，然後喝一小口弄髒杯緣，接著再拿另一只玻璃杯，倒一些進去。湯姆拿著酒杯來到弗雷迪身旁，抓起他軟趴趴的手指圈住杯子，按壓幾下，再放回長桌。隨後觀察傷口，發現血已止住（或漸漸止住），鮮血不再滲入地上鋪墊的毛巾。湯姆撐起弗雷迪，將他的身體靠在牆上，再扳開他的嘴，把琴酒灌進去。酒液進不了喉嚨，大多流向前襟，但湯姆認為義大利警方應該不會給弗雷迪驗血，確認他醉到何種程度。湯姆失神望著弗雷迪血流滿面、了無生氣的臉，胃裡一陣翻攪，令他作嘔。他連忙別過頭。他不能再做這種事了。湯姆感覺腦子嗡嗡響，好像快暈倒了。

湯姆歪歪倒倒地穿過屋內，來到窗邊；若在這個節骨眼上昏倒，其實也不錯？湯姆心想。他瞇眼瞧瞧樓下的黑色汽車，深深吸入一口清冽的空氣。他不能昏倒，湯姆叮囑自己。他非常清楚接下來該怎麼做：既然兩人的最後一杯都是保樂茴香酒，所以得再加兩只茴香酒杯，印上兩人指紋；菸灰缸也得是滿的，弗雷迪抽的菸是騎仕德牌（Chesterfield）。再來是亞壁古道。這條古道在一堆墳墓後面，是城裡最暗的地點之一，每隔好一段距離才會出現一盞路燈。弗雷迪的皮夾將不在身上。所以客觀來看：這是搶劫。

湯姆還有好幾個鐘頭的時間，但他忙進忙出，直到現場完全布置好才停手：菸灰缸裡有抽完或捻熄的騎仕德及鴻運牌香菸各十數根，浴室磁磚地上有破掉，清理到一半的茴香酒玻璃杯。然而最妙的是，湯姆不僅精心布置現場，他還知道自己接下來得花好幾個鐘頭清理這片杯盤狼藉——大概從晚上九點（屍體可能在那時候被發現）弄到半夜十二點吧（警方可能認為他知道什麼，決定找他問話。因為說不定碰巧有人知道弗雷迪・邁爾斯今天要去找狄奇・葛林里夫）。湯姆還知道他**會在**晚上八點前整理完畢，因為根據他即將供述的內容，弗雷迪七點前就離開他家了（弗雷迪確實會在七點前離開這間屋子），而狄奇・葛林里夫又是個極度重視整潔的年輕人，就算多喝幾杯也一定要收拾乾淨。此刻這屋子之所以如此凌亂，純粹是為了圓他即將要說的這一大段故事：湯姆必須先讓自己相信這一切才行。

明天上午十點半左右，他將按原定計畫出發前往拿坡里，再轉往帕爾瑪——除非他遭到警方扣留，或者早報刊出發現屍體的消息。湯姆認為，就算警方並未試圖聯繫他，他也應該主動到案說明弗雷迪・邁爾斯去過他家，待到傍晚才離開，如此方為得體；但他突然想到，法醫說不定能推斷弗雷迪中午就死了。可是他現在沒辦法把弗雷迪弄出去，不能在光天化日下做這事，絕對不行。眼下他唯一的希望只剩屍體不會在幾個小時內被發現，能夠久到讓法醫無法斷定弗雷迪真正的死亡時間。他倆得盡快離開這間屋子——不論是用對待醉漢的方式拖弗雷迪下樓，或其他更麻煩的辦法，湯姆都不能讓任何人看到他。如此一來，萬一他必須提出證詞，他可以說弗雷迪是在傍晚四、五點左右離開的。

湯姆在恐懼中等待夜幕降臨。期間有好幾次甚至恐懼到他覺得自己等不下去了。地上躺著一座山哪！湯姆從來都不想殺他。弗雷迪那討人厭又甩不掉的多疑實在沒必要，而他本人也沒必要為此喪命。湯姆靠坐在椅子邊緣，渾身發抖，反覆扳弄指關節。他好想出去走一走，但他沒膽子把屍體就這麼晾在地上。不僅如此，假如他和弗雷迪整個下午都在談天喝酒，屋裡應該會有聲音；於是湯姆打開收音機，轉到播放跳舞音樂的頻道。然後他至少要喝點酒吧，這也是作戲的一環；所以湯姆又調了幾杯馬丁尼加冰塊。雖然他不想喝，但他還是喝了。

琴酒令他的思緒益發強烈。湯姆低頭望著匍匐在他腳下，裹著馬球大衣的高壯身軀。他無力也無心處理弗雷迪的屍體。一想到弗雷迪的死有多令他難受，多麼愚蠢、危險且沒有必要，湯姆更覺氣惱。當然，弗雷迪這傢伙確實招人憎惡：狄奇理當算是弗雷迪數一數二的好友，但這個自私、愚蠢的傢伙竟敢懷疑好友性偏差，並因此奚落他。「性偏差」這個詞令湯姆發噱：何「性」之有？何來「偏差」之有？他看著弗雷迪，苦澀低語：「弗雷迪．邁爾斯，是你自己的齷齪心思害了你。」

16

最後湯姆還是等到近八點才行動，因為七點前後是公寓住戶進出最頻繁的時段。七點五十分，湯姆悄悄下樓，確認布菲太太未在大廳或走廊閒晃，確認她家大門已關上，確認弗雷迪車上沒人（他在下午兩三點左右已下樓查看，確定是弗雷迪的車）。湯姆先把弗雷迪的馬球大衣扔進汽車後座，然後上樓，跪地拉起弗雷迪的一條手臂繞過自己脖子，咬緊牙關撐對方起來；接著，他搖搖晃晃地設法站穩，再將這副軟趴趴的沉重身軀一口氣拉上肩頭。稍早湯姆曾試著撐起弗雷迪，純粹只想試試看他扛不扛得動，結果他在屋裡走個兩步就不行了。眼下弗雷迪還是一樣重，不同的是現在湯姆深知他非把弗雷迪弄出去不可。他讓弗雷迪兩腳拖地，多少分散一些重量，然後用手肘關門，一步一步下樓。來到第一個樓梯轉角，湯姆停步，聽見二樓住戶開門外出；他一直等到那人下樓出了公寓大門，這才重啟他緩慢、東撞西碰的下樓行動。他拿一頂狄奇的帽子蓋住弗雷迪的整顆腦袋，遮住沾血的頭髮。一個鐘頭前，湯姆喝了精確計算過的琴酒混茴香酒，讓他醉到以為自己能輕輕鬆鬆搬動這個大塊頭，同時又能鼓足勇氣，甚至是傻氣地孤注一擲，眉頭皺也不皺一下。其實最有可能發生的最慘情況莫過於他還沒走到車子旁邊，就被弗雷迪的重量壓垮了；於是他對自己發誓，不走完整段樓梯絕不休息。他做到了。這段期間，沒有任何人從任何一戶走出來，也沒有人開大門進公寓。在樓上等待的數小時期間，湯姆彷彿要折磨自己似的，拚命想像各種可能突發狀況：譬如布菲太太或布菲先生在他走完樓梯、抵達大廳的那一刻突然開門；或是他體力不支昏倒，結果他和弗雷迪雙雙被人發現仆臥在階梯上；再不然就是他不得不放下弗雷迪喘口氣，卻沒法再拉起對方。湯姆繃著緊張的心緒想像這些場景，在公寓裡痛苦扭動，最後竟能在未發生上述任何一種想像情境的情況下順利下樓，讓他自覺彷彿受到某種魔法保護；儘管肩扛重擔，亦能輕鬆完成。

湯姆隔著大廳前門的兩片玻璃往外瞧。街上沒什麼異狀。對街人行道有男子走過，但不論哪條街的人行道總不時有路人走動。他先用一隻手開門，接著伸腳踢開，再將弗雷迪的雙腳拖出門外；通過大門時，湯姆將弗雷迪移至肩膀另一側，讓自己的腦袋順勢轉至弗雷迪胸口下方。有那麼一瞬間，湯姆對自己的力量感到自豪，但放鬆的那條胳膊痛得他齜牙咧嘴，瘦到沒辦法把弗雷迪的身體轉過來。他一咬牙，蹣跚走下四級門梯，臀部砰的一聲撞在欄杆支柱上。

有名男子朝他走來，慢下腳步，看似想停下來幫忙，但又繼續往前走了。

湯姆心想：要是有人上前接近他倆，他會朝對方臉上吐一口氣，濃濃的茴香酒氣定能說明一切，無需其他理由。去死！去死！全都去死吧！湯姆舉步維艱地走下人行道。路人來來去去，他們什麼也不知道。現在一共有四人經過，但湯姆認為只有兩個人瞥了他一眼。他停步等汽車通過，再快走幾步，然後用力一頂，將弗雷迪的腦袋與一側肩膀送進敞開的車窗，再盡可能往裡推，好讓他能用自己的身體撐住弗雷迪，深深喘口氣。湯姆往兩旁看了看，對面的路燈照亮街頭，也微微照亮公寓大樓前方的陰影。

就在這時候，布菲家的小兒子開門出來，跑上人行道，但他並未朝湯姆的方向看。然後又有一個穿越馬路的人走到距離車子一百公尺外。他看了弗雷迪彎折的身軀一眼，表情微微驚訝。湯姆認為，如果旁人以為弗雷迪只是把頭探進車窗，正在跟車裡的人說話，那麼整體看來還算正常；但他也知道，這個姿勢其實**不太**自然。話說回來，這就是身在歐洲的好處。沒有人會多管閒事，出手幫忙。倘若在美國——

「要不要幫忙？」突然有人用義語問他。

「喔！不了，沒關係！謝啦！」湯姆佯裝喝醉，喜孜孜回答。「我知道他住哪兒。」他嘟嘟囔囔地說英語。

男人點點頭，笑了笑便走了。這人個兒高、蓄八字鬍，身穿薄大衣，沒戴帽。湯姆希望這人不會記得他，或者也不記得這輛車。

湯姆拉開車門——弗雷迪還掛在車窗上——再拉起他繞過車門，推他坐上車，自己繞過車頭來到另一邊，把弗雷迪拉上副駕駛座。湯姆拿出稍早塞進大衣口袋的棕色皮手套戴上，將鑰匙插進鑰匙孔。車子順利啟動，兩人就這麼上路了。湯姆開下山坡，來到威尼托大街，行經美國圖書館到威尼斯廣場，通過墨索里尼發表演講的陽臺底下，再開過雄偉的維克多艾曼紐二世紀念堂、古羅馬廣場和羅馬競技場，儼然是一場弗雷迪無福消受的大羅馬之旅。弗雷迪彷彿一路睡倒在他身旁，就像有時你想給人介紹風景，對方卻呼呼大睡一樣。

前方就是亞壁古道。古意盎然的灰色路面朝遠方開展，斷斷續續的路燈柔美朦朧。兩旁不時有墓碑的黑色剪影突出地面，襯著沉靜但未完全變黑的夜空。這一段路燈較少，湯姆看見對向有輛車開過來。古道顛簸、視線不良，鮮少人會在這個時節天黑之後走這條路（或許只有情侶吧）。來車與湯姆交會而過，續行遠去。湯姆開始尋覓合適地點。得給弗雷迪找一座像樣的墓碑來讓他躺在後頭，湯姆心想。前方路邊長了三、四棵樹，幾棵樹後面想必有一座或好幾座墓碑。湯姆把車開過去靠邊停，關掉車燈。他等了一會兒，看看左右兩邊筆直延伸的空蕩古道。

弗雷迪像個癱倒的橡膠娃娃。那屍僵又是怎麼回事？湯姆粗魯地拉拽屍體，讓弗雷迪的臉直接擦過泥土地，被他拖著走過最後一棵樹，來到一塊僅剩不到一百二十公分高，弧形邊緣已呈鋸齒狀的殘餘墓碑後面。湯姆認為墓碑主人應該是貴族，倒也符合這頭豬的身分地位。湯姆咒罵弗雷迪的大塊頭，往下巴狠踹一腳。他好累，累到想哭，一看到弗雷迪·邁爾斯就想吐。他到底何時才能徹底擺脫對方？那一刻彷彿永遠不會來。外套！他忘了那件該死的外套。湯姆只好回車上去拿。往回走的路上，他注意到地面又乾又硬，所以應該不會留下腳印。湯姆把外套往屍體旁邊一甩，立刻轉身拖著麻木僵硬的雙腿回到車上，掉頭開回羅馬。

湯姆一邊開車，一邊用戴著手套的手抹去車門上的指紋。這裡應該是他沒戴手套前唯一碰過的地方，湯姆心想。來到佛羅里達俱樂部對面，湯姆在通往美國運通辦事處的彎坡上靠邊停，鑰匙留在車上。弗雷迪的皮夾還在他口袋裡，不過稍早出門前，他已將皮夾內的里拉紙鈔收進自己的鈔票夾，也把一張二十元的瑞士法郎和幾張奧地利先令燒掉了。湯姆掏出皮夾，經過下水道排水孔時輕輕彎身，順手扔掉。

回家路上，湯姆邊走邊想，認為自己做錯兩件事：按理說來，搶匪應該會拿走馬球大衣，因為那件衣服的質料相當不錯；另外就是護照，他竟然把護照留在大衣口袋裡。但他接著又想，搶劫不見得都符合邏輯，說不定義大利搶匪更是不按牌理出牌。殺人犯也是。湯姆的心思飄回他和弗雷迪之前的對話：「……**義大利人，滿年輕的**……」他一定是被跟蹤了。因為他不曾跟**任何人**說過他住在哪裡。湯姆覺得丟臉。說不定有兩三名送貨男孩曉得他住哪兒，但這些男孩不會是希臘咖啡館的座上賓。湯姆益發覺得難堪，遂把大衣裹緊了些。他想像有個皮膚黝黑、氣喘吁吁的年輕人一路尾隨他，看著他進公寓，再抬頭看看哪扇窗亮燈了。湯姆低頭拱背、縮進大衣並加快腳步，彷彿正在逃離熱情卻病態的求愛之人。

17

早上不到八點，湯姆出門買報紙。上面什麼也沒登。湯姆心想，這幾天說不定都不會有人發現屍體。湯姆把弗雷迪留在一座不起眼的墓碑後面，料想應該不會有人沒事跑去那種地方閒晃。他自信安全無虞，身體卻感覺糟透了：他嚴重宿醉，而且他心裡七上八下、忐忑不安，搞得他每件事做到一半就不得不停下來，連刷牙也是——沒刷幾下就跑去確認火車時間，看看到底是十點半或十點四十五分發車。發車時間是十點三十分。

湯姆九點前就全部準備好了。他穿戴整齊，大衣和雨衣也拿出來放床上。他甚至已經找過布菲太太，告知對方他要出門至少三週，也許更久。布菲太太言行反應一如往常，亦未提及昨日那位美國訪客。湯姆本想找些瑣事探她口風，問她一些從弗雷迪提問角度來看算正常，又能讓湯姆旁敲側擊，探知布菲太太對弗雷迪提問的真正想法的小問題，但他竟擠不出半句話，便決定放著不管了。一切不都很順利嘛。湯姆也編理由說服自己沒有宿醉，因為他頂多喝了三杯馬丁尼加三杯茴香酒。他知道這一切都是心理暗示的結果：他之所以感覺宿醉，是因為他刻意讓自己以為他跟弗雷迪喝了一堆酒；即使現在不用裝了，他還是跳不出假裝的狀態，繼續演下去。

電話鈴響。湯姆拿起話筒，不開心地說了聲「Pronto?（喂？）」

「Signor Greenleaf?（請問是葛林里夫先生嗎？）」對方問道。

「Si.（我是。）」

「Qui parla la stazione polizia numero otantarre. Lei è un amico di un'americano chi se chiama Fred-derick Meelays?（這裡是八十三分局。請問您認識美國人弗烈德里克．米雷斯*嗎？）」

「您是說弗雷德里克．邁爾斯？認識，我是他朋友。」湯姆以義語回答。

對方話說得很快，語氣緊繃：今天早上，有人在亞壁古道發現弗烈德里克．米雷斯的屍體。聽聞這位米雷斯先生昨日曾登門拜訪，請問有沒有這件事？

「有的，他來過我家。」

「時間是幾點到幾點？」

「大概從中午到——差不多五、六點吧。我不太確定。」

「能不能請您協助回答幾個問題？您毋須特地跑一趟警察局，我們的偵查員會去府上找您。請問今天早上十一點方便嗎？」

「只要幫得上忙，我非常樂意協助。」湯姆讓自己的聲音聽起來積極又不過火，「只是能不能勞煩偵查員現在就來？我差不多十點就得出門了。」

對方小小呻吟一聲，表示可能有困難，不過他們會盡快趕到。假如偵查員沒能在十一點前抵達，也請留在府上等候，切莫外出。

「Va bene.（好吧。）」湯姆順從地接受，掛上電話。

該死！現在他鐵定會錯過火車，渡船**也**趕不上了。此刻他只想出去——離開公寓、離開羅馬。湯姆決定複習一下要對警察說的話：事情很簡單，簡單到他覺得無趣，因為這些全是實話——他倆一起喝酒，弗雷迪告訴他科爾蒂納的事，兩人聊了很久，然後弗雷迪就走了。也許情緒有些亢奮，但心情非常非常好。他不曉得弗雷迪接下來要去哪兒，他以為弗雷迪晚上跟別人有約。

湯姆走進臥室，將一幅幾天前動筆的油畫放上畫架。調色板上的顏料未乾，因為他把調色盤泡在廚房的平底鍋裡。他調了些藍色與白色，開始鋪疊灰藍色天空；湯姆畫的是窗

＊弗雷迪．邁爾斯，此為義大利警官發音所致。

外的羅馬屋頂和牆垣，整幅畫仍保有狄奇一貫紅褐配亮白的鮮豔色調——唯一不同的只有天空。因為羅馬冬季的天空實在沉鬱朦朧，湯姆認為就算是狄奇也會用灰藍取代湛藍晴空。湯姆微微蹙眉，跟狄奇凝神作畫的神情一模一樣。

電話再度響起。「真討厭！」湯姆嘀咕，起身接電話。「Pronto?（喂？）」

「Pronto? Fausto!（喂？我是弗士托！）」對方說，「Come sta?（你好呀？）」接著是一串熟悉、連珠炮似的年輕笑聲。

「噢哦？弗士托？我很好，謝謝！抱歉沒聽出是你。」湯姆模仿狄奇疏離、帶笑的口吻，繼續以義語回答。「我正試著要畫畫——試著。」湯姆精心算計，融合了狄奇失去老友弗雷迪之後可能會有的語氣，與狄奇平日上午認真作畫時的說話方式。

「有空一起吃午餐嗎？」弗士托問。「我搭四點十五分的火車去米蘭。」

湯姆學狄奇呻吟抗議。「我正好要出發去拿坡里！而且是現在，馬上！二十分鐘內得出門。」如果他現在就能擺脫弗士托，那便無需讓弗士托知道警方找他問話。弗雷迪的消息最快也要到中午或下午才會見報。

「可是我已經到啦！就在羅馬。你家在哪兒？我剛好在火車站！」弗士托興奮地笑著說。

「你怎麼會有我家電話？」

「哈！拜託喔？問查號臺呀。他們說你的號碼不公開，於是我就編故事說你在蒙吉貝羅中了大獎什麼的。我不知道這女孩信不信我，但我設法讓整件事聽起來很重要——獎品有房子、一頭牛和一口井，甚至還有一臺冰箱！我總共打了三次，最後她終於把號碼給我啦。所以啊狄奇，你到底在哪裡呀？」

「先不說這個。重點是如果我不必趕火車，一定跟你吃午餐，但——」

「要不我幫你搬行李吧？告訴我地址，我馬上搭計程車過去！」

「時間太趕了。這樣吧，我跟你約半小時後在車站碰頭？我搭十點三十分往拿坡里的火車。」

「好！」

「瑪姬好嗎？」

「呃——innamorata di te.（滿腦子都是你囉。）」弗士托笑著說。「你要去拿坡里見她？」

「恐怕不是。那我們晚點見了，弗士托。我得加快動作了。先這樣。」

「掰，狄奇！待會見！」弗士托掛斷電話。

等下午弗士托看到報紙，他定會明白狄奇何以沒來車站；再不然他或許會以為兩人只是錯過了。不過，弗士托也可能中午就知道消息，因為義大利報紙肯定會大幅報導「一名美國人在亞壁古道遭人殺害」。警方偵訊後，湯姆會搭晚一點的火車前往拿坡里——差不多下午四點以後，屆時弗士托應該已經走了——再等下一班船去馬厝卡。

湯姆只希望弗士托不會也從查號臺那邊套出地址，趕在四點前跑來。他不想讓弗士托跟警察撞個正著。

湯姆把幾個行李箱滑進床底下，一個塞進衣櫃藏好。他不想讓警方知道他即將出城。但話說回來，他有什麼好緊張的？警方說不定沒半點線索，也許只是弗雷迪的一位朋友知道他昨天要來找狄奇，如此而已。湯姆拿起筆刷，沾了點松節油。為了應付警方，他得做做樣子，讓人以為他對弗雷迪的死訊並未傷心到什麼事也幹不了；再加上他說了要出門，所以先換好衣服等警察來，隨興畫個幾筆。他跟弗雷迪是朋友沒錯，但兩人並不親近。

十點三十分，布菲太太開門讓警方進屋，湯姆站在樓梯井探看。警方並未停步向布菲太太問話，湯姆退回公寓。屋裡瀰漫著松節油的刺鼻氣味。

來者有二，一人年紀較長，穿著警官制服，另一位年輕人則穿著一般員警制服。警官禮貌打了招呼，要求檢查護照；湯姆遞出護照，警官來回打量湯姆並核對狄奇護照上的照片，目光銳利。至今頭一回有人用這種眼光仔細檢查，湯姆做好準備，等待警官質疑發問；結果對方什麼也沒說，微微欠身、嘴角帶笑，直接返還護照。這名警官約莫中年，個子不高，黑色濃眉夾雜銀絲，短而扎人的八字鬍同樣摻雜幾許灰白，跟其他成千上萬義大利中年人一個模樣。這人看起來不特別聰明，但也不笨。

「他怎麼死的？」湯姆問。

「腦袋和脖子被人用鈍器砸了幾下，」警官回答，「東西也被搶了。我們研判他應該是喝醉被人盯上。昨天下午他離開你家就已經喝醉了嗎？」

「呃——多多少少吧。我們倆就一直喝，喝馬丁尼和茴香酒。」

警官把湯姆陳述的內容記在小記事本上，也記下弗雷迪在這裡停留的時間：大約從中午十二點到傍晚六點。

那位長相英俊、面無表情的年輕員警背起雙手，在屋內隨興走動；他彎身湊向畫架，整個人放鬆得彷彿是獨自在博物館參觀似的。

「您知不知道他離開之後要去哪裡？」警官問。

「不知道。」

「但您認為他有辦法開車？」

「哦，是呀。他沒醉到沒辦法開車，否則我一定會陪他。」

警官繼續提問，湯姆同樣給出不太有把握的答案。警官換個問法再問一遍，和年輕員警交換心照不宣的笑容。湯姆瞄了一眼員警，再看看警官，有些忿忿不平：警官想知道他和弗雷迪是什麼關係。

「朋友。」湯姆答。「不太親近的朋友。我大概兩個月沒見到他，也沒聽聞他的任何消息。不過對於今天早上的事，我真的非常難過。」湯姆想利用焦慮的神情彌補他略嫌簡單的陳述。他認為這招應該管用。他覺得這次的警察問話很敷衍，對方應該再待一兩分鐘就會走了。「所以他到底是什麼時候出事的？」湯姆問。

警官還在寫筆記。他挑挑粗濃的眉毛，「證據顯示，那位先生大概離開府上不久以後就出事了。法醫認為他的死亡時間至少超過十二小時，或許更久。」

「那他是什麼時候被發現的？」

「今天清晨，一名工人發現的。他剛好走在那條路上。」

「Dio mio!（我的老天！）」湯姆喃喃道。

「昨天他離開的時候，有沒有提到要去亞壁古道逛一逛的事？」

「沒有。」湯姆說。

「能否交代一下您在米雷斯先生離開以後的行蹤？」

「我就待在家，小睡一下。」湯姆模仿狄奇，兩手一攤。「後來我出門散步，時間大概是八點或八點半吧。」昨晚大概八點四十五分左右，公寓的一名住戶（湯姆不曉得名字）看見他從大門進來，兩人還打了招呼。

「您一個人去散步？」

「是的。」

「米雷斯先生是獨自離開嗎？他要去見誰？對方是您認識的人嗎？」

「他一個人走的，沒說要找誰。」湯姆猜，弗雷迪是否跟朋友一起投宿飯店或其他地方？希望警方不會問他任何有關弗雷迪朋友的事，因為弗雷迪的朋友說不定也認識狄奇。這下可好，湯姆心想：他的名字——理查．葛林里夫——鐵定會見報。還有住址。他得搬家。真要命！他低聲咒罵。不過看在義大利警官眼裡，湯姆認為他悶聲嘀咕反而像是氣憤弗雷迪遭此不幸。

「嗯——」警官闔上筆記，換上笑臉。

「您覺得這事是——」湯姆想不出**流氓**的義語怎麼說，「——是不良少年的暴力攻擊嗎？有沒有線索？」

「我們正在採集車上指紋，凶手可能是搭便車的人。那輛車今早在西班牙廣場附近找到了，所以今晚以前應該就能整理出一些線索。非常感謝您協助，葛林里夫先生。」

「別客氣。如果還有任何能幫上忙的地方——」

警官在門口回過身，「未來幾天，假如我們還有其他問題，應該可以在這裡找到您吧？」

湯姆想了一會才開口。「其實，我計劃明天要去馬厝卡。」

「但我們也許會找到嫌疑人，而您說不定能告訴我們此人跟死者的關係？」警官用手勢輔助說明。

「好吧。可是我跟邁爾斯先生真的不熟。他在城裡說不定有其他更熟的朋友。」

「誰？」警官闔上了門，拿出了記事本。

「我不知道。」湯姆說。「我只是覺得，他在這裡應該還有其他朋友，這些人應該比我了解他。」

「很抱歉，不過我們還是希望未來幾天能繼續與您保持聯繫。」警官平靜重述，彷彿湯姆再怎麼爭辯，或即使他是美國人，一概沒用。「一旦確定您可以出城了，我們會馬上通知您。很抱歉打亂您的出遊計畫，或許現在取消還來得及？再會，葛林里夫先生。」

「再會。」湯姆站在門口，目送兩人關門離去。他可以搬去旅館住，再把地址告訴警方。弗雷迪或狄奇的朋友看見報上登出地址，說不定就會找上門來，但他可不想見到他們任何一個。湯姆試著從警方的角度評估他方才的言行舉止。他們並未提出任何質疑：聽聞弗雷迪死訊，雖然湯姆的反應有些木然，但這與他宣稱「和弗雷迪不是特別熟的朋友」此一事實相符。嗯，所以整體說來不算太糟，唯一的麻煩是他得隨時待命。

電話鈴響，湯姆不予理會，他直覺認為那應該是弗士托從火車站打來的。現在是十一點零五分，開往拿坡里的列車應該已經出發。待鈴聲停止，湯姆拿起話筒撥給英倫飯店訂房，表示他半小時後抵達；接著他再打到警察局（他還記得號碼是八十三），花了整整十分鐘溝通、找人（因為他問不到半個知道理查．葛林里夫是誰的人），最後好不容易留言告知：警方若要找理查．葛林里夫問話，可至英倫飯店尋他。

不到一個鐘頭後，著正式西裝的湯姆帶著三個行李箱（兩個狄奇的，另一個是他自己的）抵達英倫飯店，這著實讓他感到沮喪：他本是為了別的目的打包這一堆行李，現在卻變成這樣！

正午時分，湯姆出門買報紙。每一家報紙都刊出這則新聞：亞壁古道發生美國人凶殺案……美國富人弗雷德里克．邁爾斯於亞壁古道慘遭殺害……亞壁古道美國人遭謀殺，至今尚無線索……湯姆字字細讀。報上確實不見任何線索（至少還沒發現）——沒有足跡、沒有指紋、沒有嫌疑犯。可是每一份報紙都提及「赫伯特．理查．葛林里夫」這個名字和公寓地址，言明此處是最後有人看見弗雷迪的地方，然而倒也沒有哪家報紙暗示理查．葛林里夫遭警方懷疑。根據報導，死者顯然喝了不少酒，從美國酒、蘇格蘭威士忌、白蘭地、香檳甚至義式白蘭地皆逐一列舉（典型的義大利報導風格），獨漏琴酒和保樂茴香酒。

午餐時間，湯姆窩在飯店房間不停地踱來踱去，他心頭忐忑，沮喪不已，覺得自己被困住了。他致電羅馬當地的旅行社，想取消早先洽購的帕爾瑪船票。對方告知他能拿回兩成退款，至於開往帕爾瑪的下一班次大概要等到五天以後。

兩點左右，客房電話急急地響了起來。

「哈囉？」湯姆模仿狄奇緊張、急躁的語氣。

「狄奇？是我，凡恩．修斯頓。」

「哦？」湯姆佯裝彷彿認得對方，單單回應一個字既不熱絡，也不會給人過度驚訝的感覺。

「最近怎麼樣？我們好久不見了。」這個緊繃且沙啞的聲音問道。

「確實。你在哪裡？」

「哈斯勒飯店。剛才我跟警方的人一起看過弗雷迪的行李箱了。聽著，我得見你一面。弗雷迪昨天到底怎麼回事？昨天我找你找了一整晚，因為弗雷迪照理說六點就該回到飯店了，然後我又沒有你家地址。所以昨天到底出了什麼事？」

「要是我知道就好了！弗雷迪大概六點離開我家。我們倆都喝了不少馬丁尼，但他看起來應該還能開車，否則我怎麼可能讓他自己回去！他說他的車就停在樓下。我無法想像到底出了什麼事，但他應該是讓別人上了他的車，好意載對方一程，結果就被人拿槍比著或什麼之類的。」

「他不是被槍打死的。但我的想法跟你一樣，我也覺得應該是有人逼他把車開去那裡，又或者在路上就被滅口了。因為哈斯勒離你住的地方頂多幾條街，但他得跨過整個羅馬城才到得了亞壁古道。」

「他以前有沒有昏倒過？在開車的時候突然失去意識？」

「聽著，狄奇，我能不能見你一面？現在我有空，雖然理論上我今天不能離開飯店。」

「我也不行。」

「吼，少來了。你就留言告訴他們你人在哪兒，然後過來找我吧。」

「不行，凡恩。警察再過不到一小時就要過來找我，我不能亂跑。還是你晚點再打給我？說不定我晚上能去找你。」

「好吧。幾點打給你？」

「六點左右。」

「好。打起精神啊，狄奇。」

「你也是。」

「晚點見。」對方有氣無力。

湯姆掛斷電話。凡恩那最後一句聽起來好像快哭了。「喂？」湯姆再度拿起話筒，交代飯店總機：除了警察，其他人找他一律說他不在，也不准讓任何人上樓。誰都不可以。

在那之後，客房電話安靜了整個下午。到了晚上八點多，天色已黑，湯姆這才下樓買晚報。他先瞄了一眼小巧的飯店大廳，再從走廊推門進入酒吧，搜尋任何可能是凡恩的身影。湯姆已做好了最壞的打算，甚至想過瑪姬可能會坐在這裡等他，但是就連半個像警察的人都沒看到。他買了幾份晚報，窩進幾條街外的一家小餐館，認真讀報。警方依舊毫無線索。不過湯姆也從報上得知凡恩·修斯頓跟弗雷迪很熟，今年二十八，陪他一路從奧地利玩到羅馬，原本應該最後再一起回佛羅倫斯；報上說，邁爾斯和修斯頓在佛羅倫斯都有宅邸。此外，有三名義大利少年被找去問話，其中兩人十八歲，另一人十六歲，警方懷疑他們做了「見不得人的交易」，但三人後來都被釋放。報上還說，警方並未在邁爾斯那輛「排氣量一千四的飛雅特豪華敞篷車」內採到剛留下或任何可用的指紋。湯姆鬆了口氣。

湯姆點了一客小牛排，細嚼緩嚥，啜品紅酒，仔細瀏覽報紙的每一欄，看看有沒有發稿前一刻才添上的新消息。邁爾斯一案的報導就這麼多了。不過湯姆倒是在最後一份報紙的最後一頁讀到兩行標題：

聖雷莫近海淺水區發現沉船

船上有血跡

湯姆迅速讀過，害怕極了，甚至比他把弗雷迪的屍體扛下樓，或是面對警方盤問時更害怕。這感覺就像遭報應或受天譴，噩夢成真，標題措辭更令他心驚膽顫。報導對這艘船的描述十分詳細，一時彷彿帶他回到現場：狄奇握著船尾的馬達舵柄，狄奇對他笑，狄奇的屍體沉入水中，泡泡徐徐上浮。報導寫道，船上的汙痕並非髒汙，據信應該是血漬。雖然內容並未提及警方或其他單位將如何處理，但湯姆知道警方一定會有所行動。船主可能會告訴警方，那艘船在租借當天就不見了，而警方可能循線查出那兩位未如期返航的美國人在何處落腳；假如警方願意再多花時間確認那段期間登記住宿的旅客，理查·葛林里夫的名字就會像紅旗一樣跳出來。這麼一來，失蹤的就會是湯姆·雷普利，而此人說不定在失蹤當日就遭到毒手。湯姆的思路朝幾個不同方向發展：要是警方大海撈屍，找到狄奇的屍體怎麼辦？他們鐵定會認為那是湯姆·雷普利，而狄奇會變成殺害他的嫌疑犯，甚至還會被當成謀殺弗雷迪的凶手。狄奇將在一夜之間變成「心狠手辣」之人。話說回來，船主也可能不記得那天有一艘船沒回來；即使他沒忘，義大利警方說不定也並未追查飯店，對這條線索不感興趣。說不定，也許。總之誰也**說不準**。

湯姆摺起報紙，結帳離開餐館。

回到飯店，他詢問前臺職員有沒有人留言給他。「Si, signor. Questo e questo e questo ——（有的，先生。這一位，這一位和這一位——）」職員把留言便箋逐一攤在他面前，像撲克玩家打出一副穩贏的順子。

兩則來自凡恩，一則來自羅伯特·吉貝森——狄奇的地址簿裡是不是有這個吉貝森的聯絡方式？待會兒來查查。湯姆心想。另外還有一則瑪姬的留言，湯姆細讀紙條上的義大利文：下午三點三十五分前後，雪伍德女士從蒙吉貝羅打來長途電話，表示晚一點會再來電。

湯姆點了點頭，一把收攏紙條。「非常感謝。」他不喜歡前臺職員看他的眼神。義大利人怎麼個個都這麼好奇，真討厭！

上樓進房，湯姆窩進扶手椅，手肘支在膝蓋上抽菸沉思，試著釐清：照邏輯來說，假如他什麼都不做，情勢會如何發展？若他採取行動，又能改變什麼？瑪姬極有可能北上羅馬。她鐵定已致電羅馬警方，取得他的公寓地址；要是她來了，湯姆勢必得以「湯姆」的身分見她，還要用他告知弗雷迪的那套說詞——狄奇計劃出城一陣子——盡力說服瑪姬；要是他沒能說服瑪姬呢？湯姆緊張地猛搓手。不行，他不能見她。絕對不行，不能在沉船事件開始發酵的這個節骨眼上。若是讓她見到他，局勢將完全失控，他也玩完了！如果他能按兵不動，應該什麼事也不會發生。眼前只是碰巧出了點小危機——船被發現，弗雷迪．邁爾斯的命案尚未解決——才會讓情勢變得有些複雜。如果他能應對得宜，不說錯話、不做錯事，絕對能全身而退，接下來事情可能又會一帆風順，沒問題的。他可以遠走希臘或印度或錫蘭。去一個很遠很遠，絕不可能有老友上門拜訪的地方。他之前怎會笨到以為他能安心住在羅馬？真是愚蠢。他幹嘛不直接選中央車站，或是把自己放在羅浮宮展覽！

湯姆致電羅馬的特米尼車站，詢問明日前往拿坡里的火車班次。總共有四或五班，他記下每一班的發車時間。從拿坡里到馬唐卡最快要五天後才有船，湯姆決定去拿坡里等船。現下他只缺警方的放行令，倘若沒什麼意外，明天應該就能拿到了。他們總不能只為了想偶爾問他幾個問題，就這樣無憑無據、無限期扣留他吧。湯姆漸漸覺得他明天肯定能出城。按理說，警察明天一定會放他走。

湯姆再次拿起話筒，囑咐前臺：若瑪裘莉．雪伍德女士再次來電，請把電話轉給他。湯姆的盤算是：假如瑪姬再打來，「狄奇」會在兩分鐘內說服她，要她放心，表示弗雷迪的命案跟他毫無關係；而他之所以搬來飯店住，一方面是為了躲避陌生人打電話騷擾，但又不能讓警方找不到他，以免他們臨時要他指認嫌疑犯。他會告訴她，明天或再過幾天他就要飛往希臘，她不需要特地跑一趟羅馬。湯姆突然想到其實，他也可以直接從羅馬搭飛機去帕爾瑪，之前怎麼沒想到？

湯姆躺上床，疲累但還不打算換下外出服，因為他感覺今晚應該還會有事。他試著專心想瑪姬，想像她此刻坐在喬吉歐或海景飯店酒吧，給自己點了杯湯姆科林斯徐徐啜飲，天人交戰，煩惱該不該再打一次電話給他。他彷彿能看見她眉頭深鎖，髮絲凌亂，憂愁地苦思羅馬這邊的狀況。她可能獨坐小桌，不跟任何人說話。他能看見她起身回家，整理行李並搭上隔日中午的公車。他想著自己站在郵局前方的馬路上大喊要她別去，甚至想攔下巴士，但車子還是開走了……

景象化成一縷灰黃色漩渦。那是蒙吉貝羅沙灘的顏色。湯姆看見狄奇對他微笑，身上還是那套在聖雷莫穿的燈芯絨西裝。西裝溼透了。領帶像條滴水的繩子。狄奇低身俯看他，伸手搖他：「我會游泳啊！」他說。「湯姆，你醒醒！我沒事呀！我會游泳，我沒**死！**」湯姆縮身躲開他的手。狄奇嘲笑他。他聽見狄奇開心、低沉的笑聲。「**湯姆！**」這回聲音更低、更渾厚，也比湯姆至今在想像中聽見的更**清晰**。湯姆撐坐起來。他感覺身體像鉛一樣沉重、緩慢，彷彿他正奮力向上泅水，脫離深海。

「我**會游泳啊！**」狄奇的聲音響徹耳際，反覆迴盪，彷彿從長長的隧道彼端傳過來。湯姆環顧室內，四處尋找狄奇的身影：昏黃立燈下沒有，高衣櫃的陰暗角落也不見他。湯姆感覺自己眼睛越瞪越大，眼中盡是恐懼；雖然他知道這份恐懼來得莫名其妙，他還是瞄了瞄半掩的窗簾下，看了看床鋪另一側的地板，四處搜尋狄奇的蹤跡。他使勁把自己拖下床，搖搖晃晃走過房間去開窗。然後是另一扇窗。他覺得他被人下藥，猛然想到肯定是**有人在我的酒裡摻了什麼東西**。湯姆跪在窗邊，大口吸入冷冽的空氣，彷彿他若不努力振作對抗這股睡意，就會被睡意擊垮。最後他不得不走向浴室洗手檯掬水潑臉。睡意消褪，他明白沒人對他下藥。他過度放縱想像力，讓自己失控了。

湯姆挺直身體，冷靜脫下領帶。此刻的他舉手投足像極了狄奇，用狄奇的方式脫衣、沐浴、套上睡衣上床躺好。湯姆試著思考狄奇在這種時候會想些什麼。他母親。她最近的這封信附了幾張快照，照片中的她和葛林里夫先生在客廳喝咖啡。湯姆記得這個房間。那天晚餐後，他也曾在這裡與夫婦倆喝咖啡。葛林里夫夫人說過，「赫伯特會捏一顆小球，幫他自己拍照。」湯姆開始構思寫給這對夫婦的下一封信。現在他信寫得比較勤了，夫婦倆很高興；不過因為他們都認識弗雷迪，湯姆得想辦法讓兩老安心。由於他在構思文句的同時還得留意電話鈴響，無法完全專心。

18

湯姆醒來想到的第一件事就是瑪姬。他伸手搆電話，詢問櫃檯她昨晚是否來電？沒有。湯姆有股很糟的預感：她定是直接北上羅馬了。他嚇得立刻下床。然而在他照常刮鬍淋浴時，湯姆想法又變了：他何必如此擔心瑪姬？他總能把她吃得死死的。不管怎麼說，蒙吉貝羅的公車中午才出發，而她也不太可能搭計程車去拿坡里搭車，所以瑪姬最快也要傍晚五、六點才會抵達羅馬。

說不定他今天早上就能離開羅馬。湯姆決定十點打去警局問清楚。

他點了拿鐵咖啡和甜麵包捲，請人跟早報一起送到房裡。沒有任何報紙報導邁爾斯命案或聖雷莫沉船的事，這點著實奇怪；湯姆心裡七上八下，也很害怕，跟他昨晚想像狄奇出現在房裡所感受到的驚懼不相上下。他把報紙扔到遠處的一張椅子上。

電話鈴響，他跳起來，乖乖接電話。不是瑪姬就是警察。「喂？」

「您好。樓下有兩位警察要找您。」

「好的。麻煩請他們上樓好嗎？」

一分鐘後，湯姆聽見兩人踩過走廊地毯的腳步聲。來者是昨天那位中年警官和另一位年經員警。

「Buon giorno.（您好。）」警官欠身致意。

「Buon giorno.」湯姆應道。「你們有什麼新發現？」

「沒有。」警官感覺話中有話。湯姆拉了把椅子給他，他一屁股坐下，打開棕色皮革公事包。「又多了一件事。您也認識美國人湯瑪斯．里普利*吧？」

「認識。」湯姆回答。

「知道他人在哪兒嗎？」

「他應該一個月前就回美國去了。」

警官查閱手上的文件。「好，我會再找美國新聞署確認。其實我們正在尋找湯瑪斯．里普利先生，我們認為他可能已經死了。」

「死了？怎麼會？」

警官每說一句話，藏在鐵灰色八字鬍底下的嘴唇便輕抿一回，看起來像淡淡的微笑；昨日湯姆被他這個小動作惹得有點惱。「去年十一月，您曾與他結伴同遊聖雷莫，是吧？」

他們查到飯店了。「是。」

「您最後一次見到他是在哪兒？聖雷莫？」

「不是。我和他在羅馬又見過一次面。」湯姆想起瑪姬知道他離開蒙吉貝羅後去了羅馬，因為他說他要幫狄奇在羅馬安頓下來。

「你們最後一次見面是什麼時候？」

「我不確定有沒有辦法給您確切日期。應該是兩個月前吧？我好像收過一張明信片——他從熱那亞寄來的。說他就要回美國了。」

「好像？」

「不，我確定。」湯姆說。「但您為什麼說他死了？」

警官看看手上的資料，表情不太有把握；湯姆瞄了年輕員警一眼，對方雙臂抱胸、倚著書桌，漠然地盯著他。

「您和湯瑪斯．里普利先生在聖雷莫曾經一起搭船出遊嗎？」

「搭船出遊？在哪裡？」

＊指湯姆．雷普利，此為義大利警官發音所致。

「兩位不是租了艘小船，在港邊繞一繞嘛？」警官看著湯姆，語氣平靜。

「好像有這麼回事。對，有的。我想起來了。怎麼了嗎？」

「那艘船沉了，而且被發現的時候，船上有汙漬，應該是血跡。那艘船是在十一月二十五號不見的，也就是說，小船自出租日那天起就沒再還回去了；而十一月二十五號那天，您和里普利先生正巧都在聖雷莫。」警官的視線落在他身上，不再移動。

就是這種極度溫和的神情令湯姆很不舒服。他覺得對方在演戲。湯姆費了好大的勁兒才能保持風度，行止合宜。他像旁觀者一樣看著自己和眼前的場景，修正微調，甚至連身體姿勢都不放過——他把手改放在床尾立柱上，讓整個人感覺更放鬆。「可是我們開船出去的時候，一切都很正常。沒出什麼意外呀。」

「你們把船開回來了？」

「當然。」

警官仍盯著他瞧。「但是在十一月二十五號以後，沒有一家飯店有里普利先生的住宿紀錄。」

「真的假的？你們查了幾天的紀錄？」

「雖然還不到查遍義大利的每個小村落，不過幾個大城市倒是都找過了。我們發現您從十一月二十八到三十號登記入住哈斯勒，然後——」

「湯姆——雷普利先生在羅馬的時候，並未和我住在一起。而且那陣子他回蒙吉貝羅待了幾天。」

「他來羅馬都住在哪裡？」

「某家小旅店吧？我不記得名字。我沒去找他。」

「當時您人在哪裡？」

「什麼時候？」

「十一月二十六到二十七，也就是離開聖雷莫以後。」

「馬爾米堡。」湯姆回答。「回程途中我順道去了一趟。住民宿。」

「哪間民宿？」

湯姆搖頭。「記不得了。那間民宿很小。」湯姆心想，既然瑪姬能證明湯姆．雷普利離開聖雷莫之後還活著，去了蒙吉貝羅，警方何需調查狄奇．葛林里夫二十六、二十七號住哪家民宿？湯姆在床邊坐下。「我還是不懂，為什麼警方會認為湯姆．雷普利死了。」

「我們認為**有人**死了。」警官回答。「有人在聖雷莫的那艘船上被殺了，所以那艘船才會被弄沉。為了掩蓋血跡。」

湯姆皺眉。「確定是血跡？」

警官聳聳肩。

湯姆跟著聳肩。「那天在聖雷莫租船的想必有好幾百人。」

「沒那麼多，大概三十吧。確實，死者的確有可能是這三十人之中的任何一個——或者十五組人之中的兩個人。」警官笑著補上。「其實就連這些人的姓名我們也還沒全部查出來，但我們先朝湯瑪斯・里普利失蹤的方向偵辦。」警官的視線轉向房間一隅。從表情研判，湯姆認為他可能想到什麼其他的事，又或者他只是很享受椅子旁的暖氣散熱片發出的溫暖？

湯姆不耐地換腿蹺腳。這個義大利人腦袋裡在想什麼昭然若揭：狄奇・葛林里夫兩度出現在謀殺現場，再不然關係也夠近的了。失蹤的湯瑪斯・雷普利曾於十一月二十五日偕狄奇・葛林里夫駕船出遊，所以——湯姆挺直腰桿，皺起眉頭。「這麼說來，如果我說我十二月一號前後在羅馬見過湯姆・雷普利，你是不會相信囉？」

「噢，不是，我沒那樣說，完全沒這個意思！」警官作勢安撫。「我只是想請您說明一下您——您和雷普利先生離開聖雷莫以後的行程。因為我們找不到他。」警官再度送上大大的、安撫的笑容。這回連黃板牙都露出來了。

湯姆厭煩地垮下肩膀，但心情也放鬆不少。顯然，這名義大利警察無意當面指控美國公民犯下謀殺罪。「抱歉，我真的不曉得他現在到底在哪裡。您要不要試試巴黎？或是熱那亞？他一向投宿小旅店，他比較喜歡那種地方。」

「您手邊有他從熱那亞寄給您的那張明信片嗎？」

「沒有。」湯姆用手指耙過頭髮。狄奇不耐煩的時候會做這個動作。專心扮演狄奇‧葛林里夫，學他踱步來回走個幾趟，這讓湯姆感覺好多了。

「您認識湯瑪斯‧里普利的其他朋友嗎？」

湯姆搖頭。「不認識。我連他本人都不怎麼熟，至少我認識他的時間並不久。我不清楚他在歐洲是不是有很多朋友，不過他曾說他在法恩扎有熟人，佛羅倫斯也有。但我不記得他們的名字。」湯姆心想：如果這會讓義大利警官認為他意圖保護湯姆的朋友，不願供出姓名，那就隨他去吧。

「好吧。我們會去查一查。」警官把文件往旁邊推。他至少做了十幾條註記。

「趁您還沒走，」湯姆仍維持緊張但不帶感情的聲調，「我想請教一下：我何時可以出城？我計劃走一趟西西里島。可以的話，我想今天就出發。如果您這邊有事聯繫，我會住在巴勒摩的帕爾瑪飯店，這樣您應該很容易就能找到我了。」

「巴勒摩？」警官說，「這樣啊，應該可以。方便借個電話嗎？」

湯姆點了一根義大利菸，聽警官指名要找安里奇諾隊長，然後不帶情緒地陳述葛林里夫先生不知道里普利先生此刻人在何處，提及他可能已經返美；依葛林里夫先生的說法研判，里普利先生也可能在佛羅倫斯或法恩扎。「法恩扎，」警官一字一字複誦，「離波隆納不遠。」待對方理解後，警官接著表示，葛林里夫先生希望今天就能出發前往巴勒摩。

「Va bene. Benone.（好的。好極了。）」警官轉向湯姆，笑著說：「沒問題。您今天就可以出發去巴勒摩了。」

「Benone. Grazie.（太好了，謝謝您。）」湯姆送兩人到門口。「如果警方找到湯姆．雷普利先生，希望也給我捎個信，讓我知道。」他坦率地說。

「那當然！我們一定會通知您的。先生，再會！」

房裡再度只剩他一人。湯姆吹著口哨，彎腰重新打包從行李箱拿出來的寥寥幾樣東西。對於自己交代西西里而非馬厝卡一事，湯姆滿心得意，因為西西里島仍在義大利境內，馬厝卡則否；如果他人在義大利國土範圍內，警方自然比較放心讓他離開。湯姆之所以冒出這一計，是因為他突然想起「湯姆．雷普利」的護照沒有自聖雷莫－坎城之行結束後再入境法國的紀錄。印象中，他告訴瑪姬「湯姆．雷普利」會先去巴黎，再從巴黎回美國；萬一他們當真找到瑪姬，問她湯姆・雷普利離開聖雷莫之後是否來過蒙吉貝羅，她說不定會順便告訴警方他後來去巴黎了。假使有一天他必須變回湯姆・雷普利，讓警方查看護照，他們肯定會發現他離開坎城後再也沒去過法國。是以他勢必得改變說詞，表示他把計畫告訴狄奇後又改變主意，決定留在義大利。橫豎這事也沒那麼重要。

湯姆忽地站直：這一切會不會是警方的把戲？難不成他們故意讓他毫無顧忌地前往西西里島，純粹是為了放長線釣大魚？那警官真是個狡猾的混蛋。他叫什麼？他好像說過一次……羅瓦尼？洛維里尼？不管怎麼說，那傢伙使出這招到底有什麼好處？湯姆都已經表明他要去哪兒了。他無意逃跑，他就只是想離開羅馬而已。他要離開！他快受不了了！湯姆忿忿把最後幾樣東西扔進行李箱，碰地用力甩上蓋子扣好。

電話又響了！湯姆抄起話筒。「喂！」

「噢！狄奇——」對方感覺上氣不接下氣。

瑪姬。而且她就在樓下。湯姆可以從背景音聽出來。他慌亂切換回自己的聲音：「請問哪位？」

「你是……湯姆？」

「瑪姬？哦！哈囉！你在哪裡？」

「我在樓下。狄奇在嗎？我能不能上去找他？」

「你五分鐘後再上來好嗎？」湯姆笑著說。「我現在有點衣衫不整。」櫃檯職員通常會把訪客請到隔間講電話，應該聽不見他們的對話內容。

「狄奇在嗎？」

「現在不在。他半小時前出門去了，不曉得什麼時候回來。如果你要找他，我知道他去哪裡。」

「哪裡？」

「警局八十三分局。噢，抱歉，是八十七才對。」

「他沒惹上麻煩吧？」

「沒有，只是去回答幾個問題。他差不多十點要到那邊。你知道地址嗎？」早知道他就不要用湯姆的聲音說話：既然只是要告訴她狄奇得出門幾個鐘頭，他大可裝成房務人員或狄奇的朋友，總之什麼人都好。

瑪姬低聲咕噥。「我不知道。那我等他。」

「有了！」湯姆佯裝剛找到地址，「佩魯加街二十一號。你知道在哪兒吧？」湯姆也不清楚這地方到底在哪，但他打算支開她，讓她遠離美國運通辦事處，往反方向去，因為他要去辦事處取信，即刻出城。

「我不想去。」瑪姬說。「我要上樓跟你一起等，沒問題吧？」

「呃，我——」湯姆笑了，而且是瑪姬十分熟悉，一聽就知道是湯姆的笑聲，「我正在等人，對方隨時會到。這是面試，我在找工作。不管你信不信——但你一定不相信——雷普利竟然要振作起來去工作了。」

「噢。」瑪姬對他的說詞完全不感興趣。「狄奇呢？他為什麼要去找警察？」

「唔，因為他那天跟弗雷迪多喝了幾杯。你看過報紙吧？報紙把整件事寫得好嚴重，事實上只是那群蠢蛋找不到線索，沒半點頭緒罷了。」

「狄奇在這裡住多久了？」

「這裡？哦，不過一個晚上。我剛從北邊過來。我一聽到弗雷迪的事就立刻南下羅馬看他。要不是因為有警察，否則我還真找不到他呢！」

「還用你說！我都直接跑到警察局去了。我好擔心他，湯姆。他至少該給我一通電話呀，或是打到喬吉歐或什麼地方都——」

「我實在太太太高興你來了，瑪姬。狄奇見到你肯定高興得不得了。他一直很擔心你看到報紙以後會胡思亂想。」

「噢，真的嗎？」瑪姬似乎不敢置信，但聽起來非常開心。

「你何不去天使酒吧等我？出門後往西班牙廣場階梯的方向走，就在街底的旅館對面。我看能不能溜出來跟你喝杯咖啡什麼的。差不多五分鐘後，好嗎？」

「好。可是飯店也有酒吧呀？」

「我可不想在酒吧撞見我的未來老闆。」

「哦，好吧。你說叫『天使』？」

「你不可能找不到的。在旅館正對面。再見囉！」

湯姆火速打包完畢。其實他就只差衣櫃裡的幾件外套而已。湯姆打電話請櫃檯結帳，順便請人上樓提行李。他把幾個行李箱整齊擺好，讓門僮來領，然後走樓梯下樓；他想看看瑪姬是否還在大廳等他，或者還在大廳打電話。湯姆認為，稍早警察來找他的時候，瑪姬應該還沒到；從警察離開到瑪姬打電話上樓，前後差不多隔了五分鐘。他戴上帽子，遮住稍微漂淡的頭髮，再穿上新買的風雨衣，然後換上湯姆．雷普利靦腆、微微驚恐的表情。

她不在大廳。湯姆先去結帳。前臺職員告知湯姆有留言：凡恩．修斯頓先生十分鐘前來過，便箋是他親手寫的。

等你等了半個鐘頭。你都不出門散步嗎？飯店的人不讓我上去。打給我，我在哈斯勒。

凡恩

搞不好凡恩正巧碰上瑪姬。如果他倆認識，說不定還一起去了天使酒吧。

「如果還有人要找我，麻煩告訴對方我出城去了。」湯姆交代前臺。

「Va bene, signor.（好的，先生。）」

湯姆走出飯店大門，坐上安排好的計程車。他告訴司機：「麻煩先繞到美國運通辦事處。」

司機沒走天使酒吧所在的這條街，湯姆鬆了口氣，在心裡恭賀自己。這回最慶幸的莫過於他昨天因為太焦慮而無法繼續待在公寓，改住飯店——要是他還在公寓，肯定躲不掉瑪姬這一關。瑪姬已從報上得知他的住處地址，若他重施故技，瑪姬一定會堅持上樓進公寓等狄奇。所以他實在太幸運啦！

湯姆拿到三封信。其中一封來自葛林里夫先生。

「今天還好吧？」遞信給他的年輕女孩問道。

想必她也看到報紙了，湯姆心想。他衝著她天真好奇的臉龐微微一笑。女孩名喚瑪麗亞。「你好。謝謝你，我很好。」

湯姆轉身離開，意識到他不能再用羅馬的美國運通辦事處作為湯姆．雷普利的通訊地址，因為這裡有兩、三名職員認得他的臉。從現在起，他要把湯姆．雷普利的通訊地址改到拿坡里的美國運通辦事處；他在那邊沒有取件紀錄，也還沒寫信通知他們轉交郵件（他認為不會有人寄重要文件給湯姆．雷普利，就連葛林里夫先生也應該不會再寫信來臭罵他一頓）。湯姆的盤算是：待風波稍微平息後，他會找一天去美國運通拿坡里辦事處，用湯姆．雷普利的護照領取郵件。

儘管他不能以湯姆．雷普利的名義使用美國運通羅馬辦事處的服務，但他必須保留湯姆．雷普利的身分，留著他的護照和衣服，以防再次出現今早瑪姬突然打給他的這種緊急狀況。瑪姬差一點點就跟他待在同一處空間裡了。只要狄奇．葛林里夫的嫌疑一日未解，他就一日不能以狄奇的身分離開這個國家，否則就是自尋死路；假如哪天事出緊急，他得換回湯姆．雷普利的身分，至少雷普利的護照沒有義大利的出境紀錄。如果他想離開義大利，讓「狄奇．葛林里夫」徹底擺脫警方糾纏，那麼他勢必得以湯姆．雷普利的身分出境，待警方調查結束後再以湯姆．雷普利的身分入境，繼續扮演狄奇。這也不失為一個辦法。

這辦法似乎非常簡單且萬無一失，湯姆只要熬過這幾天就行了。

19

渡輪緩緩駛近巴勒摩港，白色船頭試探地徐徐突入浮在海面上的橘子皮、稻草和水果木箱殘片。湯姆覺得自己就像這艘船。他在拿坡里等了兩天，報紙沒提到任何跟邁爾斯命案或聖雷莫沉船有關的新消息；就他所知，警方也未嘗試聯絡他。不過，湯姆認為警方或許只是不想浪費力氣去拿坡里找他，他們只需要在巴勒摩的飯店守株待兔即可。

然而警察並未在碼頭等他。湯姆左右張望，尋找他們的身影。他買了幾份報紙，提著行李攔了計程車前往帕爾瑪飯店。飯店大廳同樣沒有警察。這座古色古香的大廳風格華麗，花崗岩巨柱和大型棕櫚盆栽左右分列，一字排開。櫃檯職員告知他房號，再把鑰匙交給門僮。湯姆鬆了口氣，大膽走向郵件櫃檯詢問有沒有人留言給理查·葛林里夫先生。職員表示沒有。

湯姆終於放鬆下來。這表示就連瑪姬也沒留言給他。瑪姬想必已找上警察，設法問出狄奇下落。湯姆在船上想像過各種恐怖景象：瑪姬直接搭機到巴勒摩堵他；瑪姬打來帕爾瑪飯店留言給他，說她搭下一班船跟過來。湯姆在拿坡里登船後，甚至還在船上找了一找，看看瑪姬是否也在船上。

現在湯姆覺得，經過這段插曲之後，瑪姬說不定已經放棄狄奇了。說不定她猛然驚覺狄奇其實一直在躲她，這才明白他想與湯姆結伴同行，就他們倆。也許**她**冥頑不靈的腦袋終於想通了。那天晚上，湯姆坐進浴缸泡熱水澡，極其享受地將肥皂泡反覆澆淋在手臂上，糾結著要不要寫信給她。他認為這封信應該由「湯姆．雷普利」來寫。是時候了。他會說，其實他不想說破：在羅馬的時候，他不想在電話上直白地出櫃，但現在，他隱約認為她應該已經察覺到了。他和狄奇很幸福，事情就是這麼簡單。湯姆喜孜孜、咯咯笑出來，越笑越無法控制，最後甚至捏住鼻子，嘩啦嘩啦地往下溜，滑入水中。

親愛的瑪姬——他要這樣寫——我之所以寫這封信，是因為儘管我多次要求狄奇，但我認為狄奇永遠不會告訴你。你這麼善良，人這麼好，實在不該被這樣的事折磨這麼久……

他再次咯咯笑起來，然後逼自己專心思考一個尚待解決的小問題，醒醒腦：瑪姬說不定已經告訴義大利警方，她在英倫飯店跟湯姆．雷普利通過話。警方應該會納悶他究竟跑哪兒去了，也許現在正在羅馬鋪天蓋地地找他。他們鐵定會從狄奇．葛林里夫的身邊追查湯姆．雷普利的下落。假如——比方說——警方根據瑪姬的描述斷定他其實就是湯姆．雷普利，進而剝去他的偽裝，搜他的身，挖出他和狄奇的護照怎麼辦？當初他確實沒料到可能會有這層風險，但他以前是怎麼說的？有風險才有樂趣。湯姆扯開喉嚨，大聲唱起歌來：

爹不疼，娘不愛
要我們怎麼去愛？

他一邊擦乾身體，一邊以狄奇渾厚的男中音大聲唱；湯姆自己都沒聽狄奇這般唱過歌。不過，他敢說狄奇一定會喜歡他唱歌的聲音。

湯姆著裝，換上嶄新、沒有一絲皺痕的旅行裝，優哉游哉地走進巴勒摩的黃昏。廣場對面即是深受諾曼人影響的雄偉主座教堂——他在旅遊書上讀過，這座教堂是英籍大主教沃爾特·奧法米爾蓋的；教堂南面是古城「敘拉古」，當年拉丁人和希臘人的那場大海戰就發生在這裡。然後還有狄奧尼修斯之耳、陶爾米納和埃特納火山！這座島又大又雄偉，對他來說全都很新奇。西西里！黑手黨朱里安諾的大本營！古希臘人在此建立城邦，後來陸續遭到諾曼人和薩拉森人侵略。明天，他要好好走訪、遊覽這座島嶼，但眼前這一刻是如此燦爛輝煌——湯姆駐足凝視聳立眼前的主座教堂，內心激盪不已：看著塵土飛揚的教堂立面，想到他明日將踏進教堂，即將聞到教堂裡帶點霉味，再混合數不清多少蠟燭和數百年燃燒過無數次焚香所形成的甜膩氣味，湯姆光是想像就覺得心情大好，躍躍期盼！湯姆驚覺，對他來說，期盼帶來的快樂遠勝親身體驗。未來是否都將如此刻美好？往後當他獨自消磨夜晚，坐擁狄奇的財富，或單純看著手上的戒指、摸摸羊毛領帶或黑色鱷魚皮夾，這感覺究竟是體驗抑或期盼？

走訪西西里島後就是希臘，他一定要親眼看看那個地方。他想以狄奇．葛林里夫的身分造訪希臘：花狄奇的錢、穿狄奇的衣服、用狄奇的方式與陌生人打交道。但他是否可能無法扮成狄奇．葛林里夫，暢遊希臘？會不會有其他煩心事（譬如謀殺、被警方懷疑、**不速之客**）一件接著一件跳出來阻礙他？他自始至終都不想殺人，但他不得不動手。在他心裡，以美國觀光客湯姆．雷普利的身分，千里迢迢抵達希臘、走訪衛城，毫無魅力可言，他寧可不去。他抬眼凝視教堂鐘樓，突然熱淚盈眶，於是他轉過身，朝另一條沒走過的巷弄行去。

隔天一早，他收到厚厚一封信。瑪姬寄來的。湯姆捏了捏信封，嘴角上揚。他就知道她會這麼做，至少八九不離十，否則不可能這麼厚一包。他一邊看信，一邊吃早餐，細讀紙上每一行字，品嚐剛出爐的鬆軟麵包捲和灑上肉桂粉的熱咖啡。事情完全如他所料，甚至超出預期。

……假如你是真的**不**知道我去過你住的飯店，唯一的解釋只有湯姆沒告訴你，但結論還是不變：顯然你一直在躲我，無法面對我。你為何不敢承認你不能沒有你那位小甜心？我只覺得遺憾，老兄，很遺憾你之前沒辦法**明明白白**地告訴我。你把我當什麼了？不解風情、沒見過世面的鄉巴佬？**你**才是那個扭扭捏捏的俗人！不管怎麼說，雖然你沒勇氣告訴我，希望我此番坦白能讓你的良心稍微好過一點，也讓你能抬頭挺胸好好過日子。以前我倆不是說過：沒有什麼比為你所愛之人感到驕傲更令人驕傲的事。不是嗎？

此次羅馬行的第二件大事是讓警方知道湯姆．雷普利跟你在一起。警方似乎非常急於能找到他。（但為什麼呢？他做了什麼？）我也努力用我的破義語向警方解釋，湯姆和你可謂形影不離，但我怎麼想也想不透他們怎麼會找得到你卻找不到**湯姆**？

我又改了船班，打算先去慕尼黑看看凱特，然後三月底啟程返美。從此以後，我想我們應該是徹底分道揚鑣了。把一切都放下吧，我的好狄奇，只願你往後能更有勇氣。

謝謝你給我的所有美好回憶。此刻它們彷彿已是博物館陳列或以琥珀彌封的珍品，帶著些許不真實，一如我心中的你。祝你擁有最美好的未來。

瑪姬

呿！最後那段還真肉麻，俗氣的女孩！湯姆折起信紙，塞進外套口袋。他瞄了一眼飯店餐廳的兩處入口，下意識看看有沒有警察。湯姆暗忖：如果警方認為湯姆．雷普利和狄奇．葛林里夫結伴旅行，應該已經在查巴勒摩有沒有雷普利的住房紀錄；但他既未發現盯梢的警察，也沒注意到有人跟蹤他。又或者沉船那事已經結案。既然他們已經確定湯姆．雷普利活得好好的，何必費事繼續找人？說不定狄奇．葛林里夫在聖雷莫與邁爾斯兩案的嫌疑皆已釐清。不無可能。

湯姆上樓回房，拿出狄奇的愛馬仕打字機，開始給葛林里夫先生回信。他先清楚、有條理地交代邁爾斯命案的來龍去脈，因為葛林里夫先生此刻說不定非常擔心。他說，警方已找他做完筆錄，現在唯一需要他幫忙的大概只剩協助指認嫌犯（假如他們逮到人），因為嫌犯極可能是他和弗雷迪都認識的人。

電話鈴響時，他還在打字。一名男性表明他是巴勒摩警局某某副中隊長。

「我們正在尋找一位湯姆．雷普利先生。全名是湯瑪斯．菲爾普斯．雷普利。請問他跟您一起住在這間飯店嗎？」副中隊長非常客氣。

「沒有，他不在這裡。」湯姆回答。

「請問您是否知道他在哪裡？」

「應該在羅馬。三、四天前，我跟他才在羅馬見過面。」

「我們在羅馬一直找不到他。請問您知不知道他若離開羅馬，可能會去哪裡？」

「抱歉，完全想不出來。」湯姆說。

「Peccato,（真糟糕，）」對方失望地嘆口氣，「Grazie tante, signor.（非常感謝您，先生。）」

「Di niente.（不客氣。）」湯姆掛上電話，回頭繼續寫信。

狄奇乏味的句子一段段流洩而出，現在湯姆寫得比他自己的口吻還上手。這封信的內容大部分是寫給狄奇的母親看的。他交代衣櫃現況（暫時什麼都不缺）和健康狀況（同樣非常好），問她是否收到他數週前從羅馬古董店寄給她的搪瓷三聯畫。湯姆一邊打字，一邊思索該拿「湯瑪斯・雷普利」怎麼辦。剛才那通電話，警方問得彬彬有禮、不慍不火，但他也沒必要冒不該冒的險。湯姆・雷普利的護照此刻就塞在某個行李箱的內袋裡。雖然他用狄奇的舊稅單層層包好，避開海關檢查，現在想來實在不該那樣做。他應該把它藏起來——譬如藏進羚羊皮行李箱內襯，如此就算箱子空了也不會被發現；若遇上情況緊急，他又能隨手取出護照。說不定哪天他真得這麼做。說不定有一天，假扮狄奇．葛林里夫會比做回湯姆．雷普利更危險。

湯姆大半個早上都在寫信給葛林里夫夫婦。他覺得，葛林里夫先生對狄奇的態度越來越焦躁，逐漸失去耐性——跟湯姆在紐約見到的那種不耐煩不同，而是更為嚴重的不耐。葛林里夫先生認為狄奇從蒙吉貝羅移居羅馬只是一時興起的決定，湯姆苦心營造狄奇正在羅馬認真讀書學畫的努力，看來是失敗了。葛林里夫先生的一句刻薄批評令湯姆前功盡棄：他說他覺得遺憾，因為狄奇竟然還在用畫畫折磨自己。現在狄奇應該已經知道，要成為畫家，不是光有漂亮風景或換地方作畫就能辦到。此外，葛林里夫先生對於狄奇開始對他寄來的公司資料感興趣這件事，似乎沒多大反應。這與湯姆的預期相去甚遠。他原以為到了這個時候，葛林里夫先生早被他牽著鼻子走，而他也成功彌補狄奇一直以來對雙親的漠不關心和不理不睬，然後就能開口向葛林里夫先生要更多的錢，並且如願以償。現在他要怎麼開口向葛林里夫先生要錢？

媽媽，請多保重（湯姆寫道），小心別感冒了（她說她去年冬天反覆得了四次感冒，整個聖誕假期都披著他寄來的粉紅羊毛披肩窩在床上。那披肩是湯姆寄去的耶誕禮物之一）。您寄給我的羊毛襪非常保暖，要是您也穿了那種襪子，一定不會感冒。這個冬天我一次也沒感冒。以歐洲的冬天來說，沒感冒可是相當值得誇口的事。媽媽，我寄些東西給您好不好？我喜歡給您買東西……

20

五天過去了。平靜，孤獨但愜意：他漫步巴勒摩，這裡晃晃，那裡停停，不時在咖啡館或餐館歇腿、讀報或看旅遊書。在某個灰濛濛的陰天，湯姆跳上火車直奔佩萊格里諾山去看一看巴勒摩守護神「聖羅莎莉亞」金碧輝煌的墓地，墓地中有一座著名的雕像。湯姆在羅馬已經看過照片，這座雕像呈現出一種凝結出神的狀態，精神科醫師可能會用其他名詞來描述。湯姆覺得這座墓相當有意思。看著眼前的雕像，他差點笑出來：瞧瞧那斜躺、豐腴的女性軀體，還有扶額搗胸的雙手、茫然失神的雙眼與微啟的唇瓣，眼下只差個喘息聲就什麼都有了——他想到的是瑪姬。另外湯姆也走了一趟前身為拜占庭宮殿的巴勒摩圖書館，細賞玻璃櫃中的畫作和處處龜裂的古老手稿，參照旅遊書詳細的圖解說明研究港口歷史文獻。他以速寫方式臨摹奎多·雷尼的一幅畫（沒什麼特別理由），還背下一段刻在某公共建築外牆上的塔索長篇詩作。他寫信給紐約的巴布·迪蘭西和克蕾歐，給克蕾歐的那封特別長。湯姆述寫旅途見聞、樂事軼事，就像是馬可波羅描述中國那般栩栩如生的字句，提及形形色色、各種各樣的遊人過客。

但他好孤單。這跟他在巴黎時感覺到的孤獨但不孤單截然不同。湯姆想像過，他可以用一套比過去更好、更清晰明確的態度、標準和習慣來展開新生活，認識新朋友，建立全新社交圈。但現在他終於明白，那是不可能的。他得一輩子跟別人保持距離。他或許能養成不同的標準和習慣，但他絕不可能交到一群新朋友——除非他移居伊斯坦堡或錫蘭那樣的地方，但他在那裡結交的朋友對他來說又有何用？他孤身一人，他玩的這場遊戲僅有他一名玩家；不用說，這個身分所能結識的新朋友大多都給他惹來危險。假如他不得不隻身一人，漂蕩世間，這或許是再好不過的結果，因為他被找到、被逮著的可能性小很多。不管怎麼說，這多少算是比較令人心情振奮的一面。想到了這一點，他感覺好多了。

湯姆稍稍調整自己的言行舉止，符合現下這個更疏離、旁觀人生的角色。他依舊謙遜客氣、微笑待人，不論是餐館裡向他借報紙的陌生人，或與他對話的飯店職員，盡皆如此，只是姿態更高，話也更少。現在的他總是帶著一抹淡淡的哀傷，但他喜歡自己的改變。他想像自己看起來像擁有一段不愉快戀情，或心情極差的年輕人，正試著以種種文化活動、參觀一處又一處美麗風景力圖振作，撫平心緒。

湯姆突然想起卡布里島。雖然天氣仍舊很糟，但卡布里島也屬於義大利境內。那次和狄奇登島的驚鴻一瞥反而激發他的想望，令他想再去一次。想想也真是的，**那天**狄奇實在掃興。但他或許該等到夏天再去？湯姆心想。撐到夏天，免得打草驚蛇。比起希臘和衛城，湯姆更想在卡布里島開開心心待一陣子，把文化風雅什麼的都扔一邊去。湯姆研究過卡布里島的冬季資訊，譬如風況、雨量、適不適合獨居等等，但他仍傾心卡布里！那兒有「提庇留之淵」、有「藍洞」；而「翁貝托一世廣場」即使空無一人，廣場依舊是廣場，連一顆鵝卵石也沒換過。說不定他今天就能出發。湯姆加快腳步回飯店。蔚藍海岸就算沒有遊客亦魅力不減。他搞不好還能搭飛機過去。湯姆聽說拿坡里有水上飛機可直飛卡布里島。如果二月沒有定期航班，他大可包機前往。有錢不花，要錢幹嘛？

「Buon giorno! Come sta?（日安，您好？）」湯姆笑著跟櫃檯後頭的人員打招呼。

「先生，您有一封信。特急件。」職員微笑回應。

狄奇在拿坡里的開戶銀行寄來的。信封裡還包著另一封從紐約，也就是狄奇的信託銀行寄來的信。湯姆先讀拿坡里銀行來信。

最尊敬的先生：

紐約溫德爾信託銀行提醒敝行注意，該公司對於您一月提領的五百元信託匯款是否由您本人親自簽署，存有疑慮。為此，敝行於第一時間通知您，以利採取相關必要措施。敝行與紐約溫德爾信託的簽名檢查部門皆認為此事應通知警方為宜，惟須得到您確認同意方可進行。您若方便提供任何資訊或意見，敝行將不勝感激，亦懇請盡快與敝行聯繫。

謹致問候

艾米里歐．狄布拉甘齊　敬上

拿坡里銀行總經理

一九××年二月十日

又及。若匯票確實由您本人親簽，那麼請您無論如何務必盡快蒞臨敝行拿坡里辦公室，重新簽署存查文件。隨信轉交溫德爾信託銀行寄給您的通知信。

湯姆撕開信託銀行的信。

親愛的葛林里夫先生：

日前敝行的簽名檢查部門呈報，您於一月提領的定期匯票（編號八七四七）簽名無效。為避免人為疏忽造成損失，謹此通知您並懇請您撥冗聯繫，確認上開匯票簽名無誤，或確認簽名遭人偽造。敝行亦將此事轉知拿坡里銀行，提醒注意。

隨信附上敝行留檔印鑑卡，請於簽名後擲回。

望您盡速與我們聯繫。

謹致問候

愛德華・卡瓦納　敬上

溫德爾信託銀行祕書

一九××年二月五日

湯姆舔了舔唇。他理當寫信告知兩家銀行，他並未損失一毛錢，但這麼做能拖住他們多久？從去年十二月起，他已簽收過三張匯票，現在銀行會不會回頭檢查所有匯票的簽名？會不會有哪個專家辨明這三次簽名實為造假？

湯姆上樓，立刻坐在打字機前，將飯店信紙捲進滾軸，定神靜坐，盯著白紙出神。他認為銀行不會只聽他片面之詞。假如銀行聘有一群專家，拿著放大鏡一張一張檢查，說不定真能看出最近三次簽名的確是偽造的。但湯姆知道自己仿得有多逼真。印象中，一月那筆他簽得有點快，但絕對不會差太多，否則他哪敢這樣送出去？他肯定會跟銀行說匯票弄丟了，請他們再寄一張給他。偽造簽名案大多都要好幾個月才會東窗事發，這家信託銀行何以不到四週就發現了？難不成是邁爾斯命案和聖雷莫沉船促使他們徹查他的日常瑣事，想逼他現身拿坡里銀行？說不定那家銀行有人認得狄奇。湯姆一陣心慌，強烈的恐懼漫過肩膀，直下雙腿，令他一時六神無主、氣力全無，虛弱得幾乎動也動不了。他彷彿看見自己被十數名義大利和美國警察團團圍住，被逼問狄奇．葛林里夫的下落；而他不但沒辦法變身成狄奇．葛林里夫，也說不出狄奇在哪兒，或證明此人還存在。湯姆想像自己不得不在一群火眼金睛的筆跡專家面前寫下理查．葛林里夫的名字，結果卻突然崩潰，寫不出半個字。湯姆強迫自己把手放上打字機，逼自己動手打字。第一封先寫給紐約溫德爾信託銀行。

敬啟者：

關於日前貴行來信詢問一月匯票簽名一事。

這張有疑問的匯票確實由我本人親簽，亦已收到全額款項。如若未取得匯票，我也會立刻通知貴行處理。

隨信附上貴行要求本人親簽的印鑑卡，供日後查核之用。

謹致問候

理查・葛林里夫 謹啟

一九××年二月十二日

湯姆在信託銀行信封背面反覆練習狄奇的簽名，最後才簽在打好的信和印鑑卡上。接著他又打了一封內容相似的信給拿坡里銀行，承諾近日會致電該行並重簽存查文件。兩封信他都寫上「特急件」，然後下樓向門房買郵票，交寄信件。

寄了信，湯姆出門散步。早先迫不及待想去卡布里島的渴望已煙消雲散。下午四點十五分。他漫無目的地亂走，最後停在一間古董店的櫥窗前，對著一幅灰撲撲的油畫凝神看了好一會兒：月光下，兩名蓄著鬍子的聖人走下幽暗山坡。湯姆進店，店主報價，他二話不說買下來。畫都還沒裱框呢。他捲起畫布，夾在腋下，悶悶地走回飯店。

21

最尊敬的葛林里夫先生：

本局亟需您盡速返回羅馬，回答有關湯瑪斯．雷普利的幾個問題。您的配合將有助並加速本案調查，本局不勝感激。

若您未及於一週內到案回覆，本局將採取必要措施，屆時恐造成雙方不便，尚祈見諒。

恩立柯．法拉拉隊長　敬上

羅馬警察局八十三分局

一九××年二月十四日

看來他們還在找湯姆．雷普利。不過，湯姆心想，這表示邁爾斯一案或許也有進展了。義大利人通常不會如此措辭把美國人叫去警局問話。這封信的最後一段擺明是在威脅他。不用說，現在他們肯定知道偽造簽名的事了。

湯姆站在房裡，手上抓著信，茫然張望。他瞥見鏡中的自己：嘴角下垂，眼神焦慮驚懼，彷彿想透過姿勢、表情傳達內心的恐懼和震驚。此刻的他看起來非常真實不造作，令湯姆忽然覺得更加害怕了。他忙不迭把信折好，塞進口袋，復又從口袋掏出來，撕成碎片。

他快動作打包行李：從浴室門上扯下浴袍和睡衣，將盥洗用具一把掃進瑪姬送的聖誕禮物（有狄奇姓名燙金縮寫的皮革包），下一秒他突然打住：他得扔掉狄奇的東西才行。全部都得扔。但，扔在這裡？現在嗎？他是否得趁搭船返回拿坡里途中，順手拋進海裡？

雖然答案不會自己蹦出來，但湯姆突然知道他這趟回去該怎麼做了。首先，他不回羅馬，甚至不會去羅馬附近的任何地方。他或許會直接北上米蘭，或是杜林或威尼斯附近，然後他要買輛車，二手車，里程數很多的那種。這麼一來，他就可以說過去這兩、三個月他都在義大利境內四處遊歷，壓根沒聽說有人在找湯姆．雷普利。或者說**湯瑪斯．里普利**。

他回頭繼續整理行李。湯姆心裡明白，狄奇．葛林里夫這齣戲就只能唱到這裡了。他討厭再次變回湯姆．雷普利，討厭當個無名小卒，討厭拾回原本的種種習慣，討厭被別人瞧不起的感覺，討厭他不扮小丑作戲就沒人想搭理他，討厭只會自貶娛人幾分鐘，除此之外什麼都不會且一事無成的自己。他討厭做回自己，就跟他討厭穿回寒酸舊西裝和沾了油漬、沒燙過且皺巴巴的襯衫一樣，那些衣服就算是新的，質料也很差。狄奇的藍白條紋襯衫堆在行李箱最上頭，洗好了也漿過了，跟他初次從蒙吉貝羅的抽屜拿出來那時候一樣，看起來還是很新。只可惜口袋上有幾個小小紅色字母——狄奇的姓名縮寫。湯姆的眼淚一滴一滴落在襯衫上。他一邊打包，一邊不認命地盤算還能留下哪些屬於狄奇的東西；有些是因為上頭沒有姓名縮寫，有些則是不會有人記得那原本是狄奇的東西——除了瑪姬。瑪姬記得的事應該不少，譬如那本幾近全新的藍色封皮地址簿（狄奇只寫過幾行地址），而且那極有可能是瑪姬送的。話說回來，湯姆也不打算再見到她就是了。

湯姆結清了飯店的住宿費用，但他得等到明天才有船回義大利本土。他用葛林里夫的名字訂票，心想這是他最後一次用這個名字訂票了，但也說不定。他就是沒辦法死心，不願相信一切就這麼結束了。目前只是有這個可能性，所以現在就開始沮喪實在毫無意義。或者不管怎麼說，他都沒必要為此消沉，即便是湯姆．雷普利也一樣。雖然他經常一臉沮喪，但湯姆．雷普利從來不曾真心氣餒。過去幾個月他難道沒學到半點東西？要想快樂起來、想憂傷惆悵、想心事重重或恭謙有禮，只需要在舉手投足之間把這些元素**演**出來就行了。

在巴勒摩的最後一個早晨，湯姆才剛醒來，腦中便閃過一個頗令他振奮的念頭：他可以用另一個名字，把狄奇的所有行頭先寄放在美國運通威尼斯辦事處，將來等他想要或需要時再領出來，或者永遠不去領也沒關係。想到狄奇那些料子很棒的襯衫和一整盒袖釦、姓名手鍊及腕錶都能好好收存在某個地方，而不是沉入第勒尼安海或埋在西西里的垃圾桶裡，湯姆感覺心情好多了。

於是乎，湯姆刮掉行李箱上狄奇的姓名縮寫，再將這兩個上鎖的箱子連同他在巴勒摩剛動筆的兩幅油畫，以「羅伯特．樊肖」的名義從拿坡里寄至美國運通的威尼斯辦事處存放，等待提領。他唯一帶在身上，也是唯一可能害他暴露身分的是狄奇那兩枚戒指。湯姆把戒指收進一只難看棕色小皮盒的最下層——這盒子屬於湯姆．雷普利。不知為何，這些年來他不論搬家、旅行都帶著它，而他也基於個人興趣，往裡頭塞了不少袖釦、領針、舊鈕釦、一兩只鋼筆筆尖和一捲插了縫針的白縫線。

湯姆從拿坡里搭火車北上，途經羅馬、佛羅倫斯和波隆納，最後在維洛納下車，再搭公車前往約六十四公里外的特倫托。湯姆不想在維洛納這種大城買車，因為買車得申請車牌，警方可能會因此注意到他的名字。在特倫托，他以相當於八百美元的價格購入一輛奶油色二手蘭吉雅，而且是用湯姆．雷普利的護照買的。他還用這個名字入住旅館，等待發照。湯姆認為等個二十四小時應該就夠了。六小時過了，一切風平浪靜，但湯姆擔心就連這間小旅館也認得他的名字，擔心管理汽車牌照申請的單位也注意到他的名字。不過到了隔天中午，他的蘭吉雅順利掛上車牌，什麼事也沒發生。報上不僅沒有尋找湯瑪斯・雷普利的報導，亦不見邁爾斯命案或聖雷莫沉船的消息。湯姆感覺奇怪又安心，甚至開心，彷彿這一切說不定都不是真的。即使必須扮演枯燥乏味的湯姆・雷普利，他依舊開心。湯姆開始享受扮演自己的滋味，作戲幾乎要做過頭了：他不與陌生人交談，每一次點頭致意都帶著自卑感，每一回橫瞥側目都帶著渴望。說到底，有哪個人，到底**有誰**會相信這種貨色能對人痛下毒手？而他唯一可能被當作嫌疑犯的案件只有聖雷莫的狄奇命案，但這案子似乎也沒有太大進展。做回湯姆・雷普利最起碼有一個好處：讓他能暫時從愚蠢地殺害弗雷迪・邁爾斯的罪惡感解脫。邁爾斯明明不需要死的。

湯姆想直接去威尼斯，但他認為，他至少得花一個晚上體驗一次他之後要向警方交代，近月他公路旅行常做的事：把車停在鄉間小路上，並且睡在車裡。他把車開到布雷西亞附近，悲慘地擠在蘭吉雅的後座窩了一夜。翌日清晨，他摀著落枕的脖子爬回前座，痛到幾乎沒辦法好好轉頭開車，但這好歹讓他的說詞有憑有據，得以更生動地描述經歷。他買了一本北義旅遊指南，合理地標上日期，劃線折角，甚至還往封面踩上幾腳，破壞書脊，讓這本小書在「比薩」那頁前後分家。

次夜，他落腳威尼斯。以前湯姆曾孩子氣地刻意不去威尼斯，理由是怕自己失望。他以為只有多愁善感的人和美國觀光客才會瘋狂湧入威尼斯，認為威尼斯頂多是個適合度蜜月的小城，那些人享受除非搭乘時速大約三公里的貢多拉＊，否則哪兒也去不了的不便。結果他發現威尼斯比他想像的還要大上許多，充斥城內的義大利人也跟其他地方的義大利人沒有兩樣。他發現他只要鑽巷過橋就能走遍整座城，根本不需要貢多拉；而幾條主要運河甚至還有堪比地下鐵的汽艇交通系統，便捷又快速，就連運河的氣味也不會太難聞。威尼斯的住宿選擇目不暇給，除了他耳聞已久的格利堤、達涅利等知名飯店，亦不乏隱身後巷，遠離美國觀光客和義大利警察的偏僻旅店和簡陋民家。湯姆想像自己隱姓埋名投宿小旅店，即使住上幾個月也不會有人注意到他。後來他挑了一間非常靠近里亞托橋的「科斯坦薩旅店」，等級介於知名奢華飯店和不起眼的後巷旅店之間。這裡房間乾淨、價格公道，不論去哪兒都很方便——完完全全就是湯姆．雷普利會住的地方。

湯姆花了好幾個鐘頭在房裡磨蹭，處理瑣事，一邊慢條斯理從行李箱取出熟悉的舊衣裳，一邊對著窗外大運河上的落日餘暉出神。他想像再過不久就要跟警方一來一回的對話內容……哦？我不知道呀。我在羅馬見過他。若您懷疑的話，大可聯絡瑪裘莉．雪伍德女士，向她求證……我當然是湯姆．雷普利本人！（說到這裡他會大笑。）我真的不懂各位何以如此大驚小怪，瞎忙一陣？您說聖雷莫？我記得。我們一個小時之後就把船開回來了。是的，我離開蒙吉貝羅之後便去了羅馬，但只待了幾個晚上。我一直在北義大利四處閒晃……恐怕我是真的不知道他人在哪裡，但我三個禮拜前的確見過他……湯姆笑著撐起身子，離開窗臺，換上自己的襯衫再繫上領結，出門尋找能愉快吃頓晚餐的地點。他要找家好餐廳，湯姆心想。就這麼一次，湯姆・雷普利允許自己享受昂貴的好東西。現在他的鈔票夾塞滿面額一萬和兩萬里拉的紙鈔，厚到折不起來，因為在離開巴勒摩之前，他用狄奇的名字兌現了一張一千美元的旅行支票。

他買了兩份晚報，夾在腋下繼續走，越過小拱橋後便鑽進一條不到兩公尺寬的狹長窄巷。窄巷兩側盡是皮革店與男士襯衫鋪，接著是一扇又一扇陳列晶瑩璀璨珠寶盒的美麗櫥窗，裡頭的項鍊、戒指堆到滿出來——湯姆幻想的童話寶藏就是這樣。威尼斯島上沒有車，這點他很喜歡，也讓這座城市更有人味：巷弄猶如血管，人們則是循環各處的血液。湯姆從另一條街往回走，二度穿越聖馬可廣場：廣場上處處是鴿子，有些飛掠空中、有些沐浴在商家燈光下；到了晚上，牠們甚至還會走在遊人腳邊，活像遊覽自家城鎮的觀光客！咖啡館的露天桌椅散布在通往廣場的拱廊上，旅人和遊鴿皆得自己尋找窄道，迂迴通

＊貢多拉（Gondola）為義大利威尼斯特有的傳統划船。

過。廣場兩端，刺耳的留聲機喧囂，不甚協調。湯姆試著想像廣場的夏日光景：豔陽下，人人將手中穀物拋向空中，餵給撲翅低飛的鴿群。他又鑽進另一條如隧道點燈的細小巷弄。餐館櫛比鱗次，湯姆挑了一間體面隆重、鋪著白桌巾、壁面鑲棕色木板的餐廳——經驗告訴他，這種餐廳專注於食物料理，而非服務路過的觀光客。他要了一張桌子，打開買來的第一份報紙。

有了。二版登出一小則新聞：

美國人失蹤，警方請求協尋

狄奇．葛林里夫，謀殺案死者弗雷迪．邁爾斯之友

於西西里島度假後失聯

湯姆傾身低頭，全神貫注，但他在讀報的同時也明確意識到一股煩躁。他覺得這件事莫名的有點蠢：警方竟然這麼笨、這麼沒有效率，而報社則蠢到浪費版面印出這則報導。內文寫道，赫伯特．理查（**狄奇**）．葛林里夫是三週前在羅馬遭人謀殺的美國人弗雷迪．邁爾斯的密友。據推測，葛林里夫日前自巴勒摩乘船至拿坡里後旋即失蹤。巴勒摩與羅馬

警方皆發出警告，要求嚴密監控此人動向。報導最後一段還說，羅馬警方不久前才要求葛林里夫到局說明，回答湯瑪斯・雷普利失蹤案的相關問題。葛林里夫亦為湯姆・雷普利密友。報導指出，雷普利已失聯近三個月。

湯姆放下報紙，不自覺地裝出任何人讀到「自己失蹤」的報導都會出現的反應——沒注意到服務生遞菜單給他，直到菜單碰著他的手才回神。時候到了。湯姆暗忖，該是他找警察報平安的時候了。如果警方對他沒什麼好懷疑的——湯姆・雷普利有什麼可疑之處？那麼警方應該不會細查那輛車是什麼時候買的。這篇報導讓他大大鬆了口氣，因為這代表警方確實沒注意到特倫托車籍註冊處出現過他的名字。

他慢條斯理、心情愉悅地享受餐點，餐後還點了一杯濃縮咖啡，一邊翻讀北義旅遊指南，一邊多抽了幾根菸。湯姆的想法又變了：譬如他為何會看到報紙上這一小小篇報導？而且還只有一家報紙登了它？不對。他得等到報上出現兩、三則這種報導，或者報導篇幅大到足以引起他注意，屆時他才能去找警察。也許報上很快就會出現這麼一大篇報導：數日後，狄奇・葛林里夫依然下落不明，警方開始懷疑他其實是躲起來了——因為他殺了弗雷迪・邁爾斯，說不定湯姆・雷普利也已經遭他毒手。說不定瑪姬已告知警方，兩週前她在羅馬跟湯姆・雷普利通過電話，但警方還沒親眼見過他。湯姆隨興地翻著旅遊指南，視線掃過乏味的介紹文字和統計數字，繼續盤算其他主意。

他想到瑪姬。此刻她應該忙著處理蒙吉貝羅房子的事，打包整理、準備返美。她肯定會看到報載狄奇失蹤的事，湯姆曉得她一定會怪罪他。她也許會寫信給狄奇的父親，至少一定會指責他是卑鄙小人、對狄奇造成惡劣影響。葛林里夫先生說不定會親自來一趟。只可惜他不能先以湯姆·雷普利的身分登場，親自安撫這對夫婦，然後再切換成狄奇·葛林里夫，精神抖擻、神清氣爽地解開這小小謎團！

湯姆心想，他應該會以湯姆·雷普利的身分再繼續多多活動一陣子。他的背可以再駝一點，比以前再害羞一點，甚至戴上粗框眼鏡或時時哀傷地垂下嘴角，以此跟狄奇的緊張做出對比，因為將來他可能會跟見過他扮狄奇的警察說上話。羅馬那個警察叫什麼名字？羅瓦西尼？湯姆決定用濃一點的紅棕色染劑再染一次頭髮，把髮色弄得比他的正常髮色再深一點。

他第三度重讀手上的兩份報紙，尋找任何跟邁爾斯命案有關的文字或報導。什麼都沒有。

22

翌日，全國最重要的早報刊出長篇報導；雖僅有一小段提及湯姆·雷普利失蹤，卻大膽指稱理查·葛林里夫「讓自己深陷邁爾斯命案疑雲」，除非他現身釐清嫌疑，否則應該就是在逃避「問題」。報上也寫了偽造匯票簽名一事，述及理查·葛林里夫最近一次與外界聯絡是他寫信給拿坡里銀行，表明無人偽造其簽名；然而該行的三名專家之中，有兩人認定葛林里夫先生一月與二月的匯票簽名實屬假造，此意見與葛林里夫先生的美國信託銀行見解一致，後者亦將葛林里夫先生的印鑑卡影本寄予拿坡里銀行以供核實。報導最後以一句戲謔評論作結：「有誰會偽造自己的簽名來損害自己的利益？又或者，這位有錢的美國人其實是在保護某位朋友？」

這些人都下地獄去吧！湯姆暗罵。狄奇他自己的簽名就經常變來變去了：保險文件簽的是一個樣，他在蒙吉貝羅、在湯姆面前簽的又是另一個樣。那就讓他們把他這三個月簽過的文件全挖出來，看看最後能撈出什麼吧！顯然他們還沒意識到，他從巴勒摩寄出的那封信，簽名也是假的。

此刻湯姆唯一感興趣的是，警方在弗雷迪．邁爾斯一案中究竟有沒有找到任何真正能將狄奇定罪的證據；不過湯姆個人倒也不是真的那麼在意。他在聖馬可廣場轉角的書報攤買了《今日》和《年代》。這兩份週刊小報以照片為主，報導全國各地的奇珍軼事，從謀殺命案到「坐旗杆」*等等無奇不有。但即便這兩份報刊亦未提及狄奇．葛林里夫失蹤一事。也許下週就有了吧，湯姆心想，但他們無論如何都不可能登出他的照片：瑪姬在蒙吉貝羅幫狄奇拍了不少照片，卻一次也不曾把鏡頭轉向他。

那天早上，湯姆進城遊蕩，在一家販售玩具和惡作劇道具的小店買下幾副沒有度數的平光粗框眼鏡。他走進聖馬可大教堂，仔細逛了一圈卻什麼也看不進去。這跟眼鏡無關。他想著，他得馬上找警方表明身分。不論接下來情勢如何，時間拖得越久對他越不利。湯姆一出教堂，便找了一名警察詢問最近的警察局在哪兒。他語氣哀傷，內心淒涼。湯姆並不害怕。但他認為，表明自己是湯瑪斯．菲爾普斯．雷普利將是他此生做過最悲傷的一件事。

「您是湯瑪斯．里普利？」警察隊長對湯姆毫無興趣，就好像他是一隻曾經走丟又找回來的狗一樣。「方便看一下您的護照嗎？」

湯姆把護照遞給他。「我不曉得出了什麼事，不過當我看見報上登了我被認定失蹤的消息——」溝通過程就如同他預料的枯燥又悲哀。警官面無表情站在他面前，盯著他瞧。

「所以呢？現在該怎麼辦？」湯姆問。

「我得先聯絡羅馬那邊。」警官平靜回答，拿起桌上的電話話筒。

他等了幾分鐘接通羅馬警局，然後以不帶感情的聲音向羅馬方面宣告：美國人湯瑪斯·里普利此刻就在威尼斯。雙方來回幾句，內容大多無關緊要，接著這名警官對湯姆說：「羅馬那邊想見您一面。您方便今天去一趟嗎？」

湯姆蹙眉。「但我沒打算去羅馬呀。」

「好的，我跟他們說。」警官語氣溫和，拿起話筒繼續。

現在警官協調羅馬警方來這裡找他。美國公民或多或少還是享有特別待遇的，湯姆暗忖。

「您住哪間旅館？」警官問他。

＊一九二〇年代由水手兼特技演員 Alvin Kelly 帶起的行動藝術。

「科斯坦薩。」

警官將資訊傳回羅馬那邊，然後掛上電話。警官有禮貌地表示，羅馬警方派來的代表會在今晚八點抵達威尼斯找他談話。

「謝謝您。」說完，湯姆立刻轉身背對警察隊長低頭填表的淒涼身影，結束這乏味又無足輕重的一幕場景。

那天其餘的時間，湯姆都窩在房裡，靜心思考，安靜閱讀，針對自己的外貌做些細微調整。他在想，羅馬那邊說不定會指派那位跟他談過話的洛維里尼或什麼鬼的副中隊長來威尼斯找他。湯姆用鉛筆把眉毛畫得再濃一點，整個下午都穿著他的棕色粗花呢西裝躺倒坐臥，甚至動手扯掉外套上的一顆鈕釦。狄奇給人的感覺比較整潔有序，所以湯姆．雷普利必得格外放鬆懶散，和狄奇形成明顯對比。湯姆沒吃午餐。倒也不是說他想吃或不想吃，純粹是他得再減去為了扮演狄奇．葛林里夫而增加的幾磅體重。他得讓自己比過去的湯姆．雷普利更瘦。護照上的他約莫七十公斤重，狄奇則是七十六公斤，但兩人身高相同，都是一百八十七公分。

當晚八點三十分，客房電話響了，總機表示洛維里尼副中隊長在樓下。

「可以請他上樓來嗎？」湯姆說。

湯姆走向他設定要坐的那張椅子，把它拉得離立燈投射的燈光範圍再遠一點。他把房間布置成過去幾小時都在看書打發時間的狀態：立燈和小桌燈都是亮著的，床罩不甚平整，幾本書反過來封面朝上擱在床上；寫字檯上還有一封寫了開頭的信，收件人是朵媞姑媽。

副中隊長敲了敲門。

湯姆懶洋洋地開了門。「Buona sera.（晚安。）」

「Buona sera. Tenente Roverini della Polizia Romana.（晚安。我是羅馬警局的洛維里尼副中隊長。）」副中隊長醜陋的笑臉看不出一絲驚訝或懷疑，身後跟著一名安靜的高個子警察——湯姆突然意識到，這傢伙是湯姆在羅馬公寓首次見到洛維里尼警官時，跟他一道上門的年輕警察。這名警官依湯姆指引，坐在燈下的椅子上。「您和理查．葛林里夫先生是朋友？」副中隊長發問。

「是的。」湯姆邊回話邊就座。這是一張能讓他舒舒服服窩著的扶手椅。

「您最近一次見到他是什麼時候？在哪裡？」

「我在羅馬跟他短暫見過面，就在他出發去西西里島以前。」

「他在西西里島的時候，跟您有聯絡嗎？」副中隊長把問到的資訊逐一記在稍早從棕色公事包拿出來的筆記本上。

「沒有。我完全沒有他的消息。」

「哦呵——」副中隊長回應。相較於關注湯姆，他似乎把心思都放在眼前的文件資料上。後來他終於抬起頭，露出友善、感興趣的表情。「您不知道，您還在羅馬的時候，羅馬警方也曾試著要找您？」

「是嗎？我不曉得有這件事，也不明白我為什麼被說成失蹤了？」湯姆調整眼鏡，緊瞅副中隊長。

「這個容我稍後解釋。不過，在羅馬的時候，葛林里夫先生沒告訴您警方要找您問話？」

「沒有。」

「這就怪了。」副中隊長靜靜地再多註記一筆。「葛林里夫先生知道我們要找您。看來他不太合作呀。」他對湯姆笑了笑。

湯姆依舊維持專注、嚴肅的表情。

「里普利先生，請問您從十一月底到現在都在哪兒呢？」

「四處旅行。大多時候都在北義大利。」湯姆刻意用蹩腳的發音說義語，不時犯點小錯誤，跟狄奇講義語的流暢節奏截然不同。

「您說您去了哪些地方？」副中隊長再次拿筆準備記錄。

「米蘭、杜林、法恩扎、比薩——」

「我們問過米蘭和法恩扎等地的旅館業者。請問您這一路都與朋友同行嗎？」

「沒有欸。我——其實我滿常睡車上的。」這話一聽就知道他不是非常有錢，湯姆心想，也讓人知道他是那種寧可照著旅遊指南、捧著西洛內或但丁的書一路省吃儉用，也不願入住時髦旅店的年輕人。「很抱歉我忘了更新我的 **permiso** di soggiorno（居留證）」湯姆語帶懊悔，「我不知道事情會變得這麼嚴重。」其實湯姆很清楚，觀光客幾乎不會費事去更新自己的義大利居留證；即使他們在入境時宣稱只會待幾個星期，最後常常一待就是好幾個月。

「**Permeso.**」副中隊長溫和糾正他的發音，像慈父一樣。

「謝謝。」

「方便借您的護照看看？」

湯姆從外套內袋取出護照。副中隊長仔細端詳護照照片，湯姆則做出照片上那種微微焦慮、嘴唇稍稍分開的表情。照片上的他沒戴眼鏡，但頭髮分線方式相同，領帶的三角結也一樣繫得不甚緊實。副中隊長瞄了瞄稀稀落落、僅占護照頭兩頁一小部分的幾枚入境戳章。

「您自十月二日入境後就一直待在義大利，期間只跟葛林里夫先生短暫去了一趟法國？」

「是的。」

副中隊長笑了，相當義式的愉悅笑容；接著他傾身向前：「哎呀，這麼一來，那件很重要的事——也就是聖雷莫沉船之謎——就說得通了。」

湯姆皺起眉頭。「什麼謎？」

「有人在聖雷莫發現一艘沉船，船上有據信是血跡的汙漬。所以呢，由於我們一直以為您離開聖雷莫之後便失蹤了，想當然耳就——」副中隊長兩手一攤，哈哈大笑：「總之，我們以為找葛林里夫先生問問看說不定有用，或許他會知道您的下落。我們當然也這麼做了。是說船失蹤的那一天，您倆碰巧就在聖雷莫！」他又笑了。

湯姆假裝不明白箇中笑點。「難道葛林里夫先生沒告訴警方，我離開聖雷莫之後就去了蒙吉貝羅？我回去——」他思索適當詞彙，「我回去幫他處理幾件小事。」

「可不是嘛！」洛維里尼副中隊長微笑，自在地鬆開大衣黃銅釦，一根指頭悠閒摩搓粗糙、扎人的鬍鬚。「您也認識弗烈德里克·米雷斯嗎？」副中隊長問。

湯姆下意識地嘆口氣，顯然沉船案過關了。「不算認識。我只在蒙吉貝羅見過他一次，當時他正要下公車。後來我就沒再見過他了。」

「喔呵。」副中隊長哼了哼，記下一筆，一兩分鐘沒說話。好似他想問的都問完了。這時他又笑起來，「啊！蒙吉貝羅！漂亮的小鎮，對吧？我太太是那裡人。」

「哦？真的嗎！」湯姆開心回應。

「是呀，我們還去那裡度蜜月呢。」

「那兒是世界上最漂亮的地方。」湯姆說，伸手接過副中隊長遞來的國家牌香菸，「謝謝。」湯姆認為，此刻也許像是夾在兩局賽事間，那種客客氣氣的義式中場休息時間。他們肯定會繼續挖狄奇的私生活和偽造匯票簽名等等的事。湯姆用他蹩腳的義語問道：「我看報上說，警方認為如果葛林里夫先生再不現身，很可能就是弗雷迪．邁爾斯命案的凶手。警方真的認為他有罪嗎？」

「哦？不不不！」副中隊長連聲抗議。「不過當務之急是他得趕快出面。但他為何要躲著我們呢？」

「我不知道。不過就像您剛才說的，他這人很不合作。」湯姆嚴肅批評。「他不合作到連在羅馬都不跟我說警方要找我。但話說回來，我不相信他會殺弗雷迪．邁爾斯。」

「**但是**，您知道嗎，羅馬那邊有人說他看見兩個人站在米雷斯先生的汽車旁邊——車子就停在葛林里夫先生家對街。而且那兩人不是喝醉了，就是——」副中隊長頓了頓，看看湯姆，做足效果，「——就是其中一人已經死了。因為另一個人是扶著他靠在車上的！當然，我們沒辦法確定那個被攙扶的人是米雷斯先生還是葛林里夫先生。」他說。「不過，如果能找到葛林里夫先生，至少我們還能問問當天他是否醉到得讓米雷斯先生架著他！」他大笑起來。

「也是。」

「這可是非常嚴肅的事。」

「是的，我明白。」

「所以您真的不知道葛林里夫先生現在可能在哪裡？」

「是的，我完全想不到。」

副中隊長沉思片刻。「就您所知，葛林里夫先生和米雷斯先生起過什麼爭執沒有？」

「沒有，不過——」

「不過？」

湯姆徐徐陳述，拿捏得當：「就我所知，弗雷迪．邁爾斯邀請狄奇參加他辦的滑雪派對，但狄奇沒去。我還記得我很驚訝狄奇竟然沒去，但他沒跟我說理由。」

「我知道滑雪派對的事，地點在科爾蒂納的安培卓。他倆有沒有為了女人生過什麼嫌隙？」

湯姆的頑皮念頭蠢蠢欲動，但他假裝認真思考這個問題。「我認為沒有。」

「那麼那個女孩——瑪裘莉．雪伍德呢？」

「我的確想過這種**可能性**，」湯姆說，「但我還是覺得沒有。不過，關於葛林里夫先生私生活方面的問題，我想我應該不太適合回答吧。」

「難道葛林里夫先生不曾跟您聊過他的感情生活？」副中隊長露出拉丁民族典型的驚訝表情。

湯姆心想，他大可就此誤導警方，橫豎瑪姬是他的最佳人證：凡是跟狄奇有關的問題，她的回答都很情緒化；而義大利警方也永遠不可能釐清葛林里夫先生的感情關係，因為就連他自己也搞不清楚！「沒有。」湯姆回答。「狄奇不會跟我聊他最最私人的一些事情，但我知道他非常喜歡瑪裘莉。」他立刻補上一句：「而瑪裘莉也認識弗雷迪．邁爾斯。」

「她跟對方很熟嗎？」

「這個嘛——」湯姆一副欲言又止的模樣。

副中隊長傾身湊向他，「既然您和葛林里夫先生在蒙吉貝羅同住過一段時間，或許您可以從一般人的角度分享您對葛林里夫先生感情生活的看法。這些資訊非常重要。」

「您為什麼不直接問雪伍德小姐呢？」湯姆試探。

「我們在羅馬就找過她了，就在葛林里夫先生失去音訊以前。她再過不久就要從熱那亞啟程返回美國，我也安排好那個時候再找她聊一聊。現在她人在慕尼黑。」

湯姆不作聲，按兵不動。副中隊長正等著他貢獻更多內幕消息。現在湯姆感覺更自在了，一切都朝向他認為最樂觀、最有希望的方向走：他毫無涉案嫌疑，警方對他也沒有半分懷疑。湯姆突然覺得自己清白又強大，就像他的舊行李箱一樣，他曾經小心翼翼地偷偷撕掉上頭巴勒摩行李房的「寄放」貼紙，無罪無惡，坦坦蕩蕩。湯姆以他最真誠、最謹慎、最雷普利的方式說道：「我記得，好一陣子以前，瑪裘莉在蒙吉貝羅說過她**不會**去科爾蒂納，可是後來又改變主意。但我不曉得她為何改變心意，如果這件事有任何意義的話──」

「可是她後來還是沒去科爾蒂納。」

「對，但我認為那純粹是因為葛林里夫先生不去的緣故。至少，雪伍德小姐非常喜歡葛林里夫先生，喜歡到她不願獨自前往，因為她原本期待能和他一起去科爾蒂納度假。」

「您認為他們倆——也就是米雷斯先生和葛林里夫先生，這兩人曾經為了雪伍德小姐起過爭執嗎？」

「這很難說，但不無可能。我知道邁爾斯先生也十分鍾情於雪伍德小姐。」

「喔——」副中隊長皺眉，試著釐清關係。副中隊長抬頭瞥了一眼隨行員警——這名年輕人顯然也在認真聆聽，但從他的面無表情看來，他沒能貢獻什麼好意見。

湯姆認為，他的這段話將狄奇塑造成一名「愛生悶氣的情人」：狄奇不想讓瑪姬去科爾蒂納開開心心玩幾天，因為她太喜歡弗雷迪・邁爾斯了。想到有人——尤其是瑪姬——竟會喜歡那頭斜眼公牛更甚狄奇，湯姆笑了；但他把笑容硬轉成疑惑不解的表情，「但您真的認為狄奇是在躲什麼嗎？又或者警方只是剛好找不到他？」

「哦，那可不，事情沒這麼簡單。首先出了匯票那件事——您或許已經看過報紙了？」

「我看了，但還沒完全弄明白。」

副中隊長解釋給他聽。副中隊長知道有問題的匯票日期、知道哪幾個人認為簽名是偽造的。副中隊長說，葛林里夫先生否認簽名偽造，「但銀行方面仍希望能見到他本人，釐清偽簽一事；而羅馬警方也想再約他當面問問他朋友命案的事，結果他就突然不見了——」副中隊長兩手一攤，「這只說明一件事：他確實在躲我們。」

「您不覺得，**他**說不定也可能被殺了？」湯姆輕聲問。

副中隊長聳起肩膀——少說維持了十五秒。「我想應該不至於。目前掌握的事實看起來不像是這樣，至少不完全是。我們一直在用無線電檢查每一艘載客離開義大利的大小船隻，如果他搭小船出境，那麼必得是漁船這種小船，否則按理說他應該還在義大利境內，又或者是歐洲其他地方，因為我們通常不會記錄出境旅客的名字，所以他還有幾天空檔能溜出去。不管怎麼說，他就是在躲；不論從哪方面來看，他的行為就像是個有罪的人。他肯定幹了什麼**壞事**。」

湯姆盯著這位警官，表情嚴肅。

「您是否**親眼看過**葛林里夫先生在匯票上簽名？特別是一月、二月那兩張？」

「我的確看過他簽匯票，」湯姆說，「但那是十二月那張。因為一月和二月我沒跟他在一起。不過，您是認真的嗎？您懷疑他殺了邁爾斯先生？」湯姆又問一遍，感覺難以置信。

「他沒有實際的不在場證明。」副中隊長回答。「他說他在米雷斯先生離開後去散了步，但沒人看見他——」他突然用一根手指比比湯姆，「**再加上**，我們從米雷斯先生的朋友，也就是凡恩．修斯頓那裡得知，米雷斯先生在羅馬費了一番工夫才找到葛林里夫先生，彷彿葛林里夫先生刻意在躲他似的。凡恩．修斯頓先生表示，葛林里夫先生似乎一直在生米雷斯先生的氣，但米雷斯先生對葛林里夫先生完全沒問題呀！」

「是這樣啊。」湯姆說。

「事情就是這樣。」副中隊長結束談話，視線落在湯姆手上。

或者，至少湯姆認為對方盯著他的手。湯姆已戴回自己的戒指，但也許副中隊長注意到兩者的相似之處？湯姆魯莽地把手伸向菸灰缸，捻熄香菸。

「好啦，」副中隊長起身，「非常感謝您協助，里普利先生。您是少數幾位能協助我們了解葛林里夫先生私生活的人。他在蒙吉貝羅那邊的熟人都安靜得跟什麼一樣。哎呀！您也知道，義大利人就這德性！天生怕警察。」他咯咯笑起來。「下回如果我們還有問題想問您，希望您別再這麼難找了。盡可能多待在城市，少花點時間跑到鄉下去吧！但您若是對我們的鄉下地方上癮了，那就另當別論囉。」

「我確實上癮啦！」湯姆誠摯地說。「在我看來，義大利是歐洲最美麗的國家。不過，既然您都這麼說了，我會繼續與您和羅馬方面保持聯絡，讓您隨時知道我在哪兒。我跟您一樣，也非常想找到我的朋友。」湯姆的語氣好似他性情天真，早已忘了狄奇可能涉及謀殺。

副中隊長遞上名片，上頭有他的姓名和他在羅馬的辦公地址。副中隊長欠身致意。

「Grazie tante, Signor Reepley. Buona sera!（非常感謝您，里普利先生。晚安！）」

「Buona sera.（晚安。）」湯姆回答。

年輕員警離去前亦向他敬禮致意。湯姆點頭回禮，關上房門。

他幾乎要飛起來了！像鳥兒一樣飛出窗外，展翅翱翔！這群白痴！事實就在旁邊，卻被他耍得團團轉，什麼也猜不著！他們壓根沒想到，狄奇之所以迴避偽造簽名的問題，是因為打從一開始他就不是狄奇．葛林里夫！他們只有一件事夠聰明，就是推測狄奇．葛林里夫可能殺了弗雷迪．邁爾斯。但狄奇．葛林里夫早就死啦！狄奇死了，死透了！而他——湯姆．雷普利——全身而退！他抄起話筒。

「麻煩幫我接格蘭德大飯店。」然後用湯姆．雷普利的蹩腳義語說：「Il ristorante, per piacere.（請轉餐廳部）——麻煩您，我要訂位。晚上九點半。謝謝。姓名是雷普利，湯姆．雷普利。」

今晚他要飽餐一頓，欣賞大運河的月光。他要看著運河上的貢多拉悠閒載著蜜月愛侶漫漫漂遊，看著船伕和搖槳映在月光照亮的水面上的黑色剪影。他突然覺得肚子好餓。他要點最奢侈、最昂貴的餐點大快朵頤；不管格蘭德大飯店的今日特餐是雉雞胸或雞胸肉，第一道主菜是義大利寬麵條或白醬義大利麵，他都要一邊啜飲瓦爾波利切拉紅酒，一邊幻想他的未來、規劃往後人生。

換衣服的時候，湯姆又想到一個聰明主意：他得準備一只信封，寫上「數月後方得開啟」幾個字。信封裡要裝狄奇簽了名的遺囑——他要把他的錢和他的收入都留給湯姆。就這麼辦。

23

親愛的葛林里夫先生：

我想寫信告訴您一些跟理查個人有關的事，畢竟我好像是最後見到他的人之一。希望在此刻這種情況下不致冒犯您。

我大概是二月二日那天在英倫飯店見到他的。您也知道，弗雷迪．邁爾斯在那日的兩、三天前出了事，所以我感覺狄奇心情很不好，有些焦躁。他說，等警方問話告一段落以後（他們有一些跟弗雷迪喪命有關的事要問他），他要馬上出發去巴勒摩。狄奇似乎急著想走，這不難理解，但我想告訴您的是，比起狄奇明顯表現出來的焦躁不安，我更擔心他似乎藏著某種抑鬱、沮喪的情緒。當時我有種感覺，覺得他可能會做出一些激烈舉動，而對象說不定就是他自己。我也知道，他其實不想再見到他的朋友瑪裘莉．雪伍德小姐。他說，如果她為了邁爾斯的事執意從蒙吉貝羅北上看他，他不會見她。我試著說服他好歹見一面，或許您也知道，瑪姬有一種讓人平靜、安慰的特質。但我不知道最後他倆見面了沒有。

我想告訴您的是，我認為理查很有可能已經自殺了。在我寫信的當下，警方還沒有理查的消息，但我誠摯希望這封信寄達之前，他們已經找到他了。我確信理查跟邁爾斯的死沒有關係，不論直接或間接，這點是毋庸置疑的；但我認為，這件事造成的震撼與隨之而來的訊問，肯定影響他的情緒和心理狀態。很遺憾寄了這麼沮喪沉重的信給您。也許我完全沒必要寫這封信，狄奇說不定只是躲起來了，等待這場不愉快的風波平息；以他平常說變就變的脾氣，其實也不難理解。只不過，隨著時間一分一秒過去，我心裡越來越不安，也覺得我有義務寫信給您，讓您知道……

於威尼斯　一九××年二月二十八日

親愛的湯姆：

收到你的信了。謝謝你寫信來。我已經透過函覆方式回答警方的問題，他們也派人來找過我了。此行我不會經過威尼斯，但還是謝謝你的邀請。狄奇的父親今天搭機飛到羅馬，後天我會去羅馬跟他碰面。我同意你的看法。我也覺得你寫信給他滿好的。

這一連串事件實在太令我震驚，以致最近這陣子我經常反覆發燒；但也有可能是德國山區的焚風害我不舒服，然後病毒趁虛而入。我整整四天沒辦法下床，否則我早就啟程去羅馬了；相較於你條理分明又體貼的來信，我回得雜亂無章，說不定還有點牛頭不對馬嘴，請你見諒。不過有件事我一定要說：你說你認為狄奇可能自殺了，這點我不同意。他不是這種人。我知道你一定會說，想自殺的人不一定會表現想自殺的樣子云云。其他人我不曉得，但狄奇絕不會這樣。他搞不好是在拿坡里暗巷被人捅了，羅馬亦不無可能，畢竟誰知道他離開西西里之後是否又去了羅馬？我可以想像他那種逃避義務逃到**躲起來**的程度。我認為他現在只是躲起來了。

真高興你也認為偽造簽名一事有誤。我的想法跟你一樣，應該是銀行那邊搞錯了。狄奇從去年十一月起改變好多，說不定連字跡也跟著變了。希望在你收到這封信的時候，狄奇的事已經有了好結果。葛林里夫先生發電報問我羅馬行一事，我得為此養好精神才行。

終於知道往後要怎麼聯絡你了。再次謝謝你的信、你的建議與邀請。

祝好 瑪姬

於慕尼黑 一九××年三月三日

對了。我還沒跟你說我的**好**消息吧？有一家出版社對我的《蒙吉貝羅》很感興趣喔！雖然對方說要先看過整本書再考慮簽約，但至少聽起來很有希望吧！現在只求我能快點把這本要命的書寫完囉！

M.

看來她決定與他保持友善關係，湯姆揣測，而且在跟警方說到他這個人的時候，她的態度說不定也變了。

狄奇的失蹤在義大利新聞界掀起軒然大波。有人——也許是瑪姬——提供媒體不少照片：《年代》放上狄奇在蒙吉貝羅駕船的照片，《今日》則刊出狄奇在蒙吉貝羅沙灘，還有他和瑪姬——「失蹤者狄奇、遇害者弗雷迪的共同女性友人」在露臺上的合照；照片中，兩人笑著攬住彼此肩膀。報上甚至還有赫伯特．葛林里夫先生正經八百的半身照，而瑪姬在慕尼黑的地址也是湯姆從報上看到的。最近兩週，《今日》天天報導狄奇的人生故事，說他上學的時候「很叛逆」，穿鑿附會他在美國的社交生活，最後還描述他為了藝術毅然決然移居歐洲，形容他堪稱演員埃羅爾．弗林*和畫家高更的綜合體。幾家畫報週

* 埃羅爾．弗林（Errol Flynn, 1909-1959），好萊塢傳奇動作男星，主演過《俠盜羅賓漢》等多部知名作品。

刊總能掌握警方最新辦案進度，但幾乎是沒有進度，再搪塞一些記者當週異想天開、瞎掰亂寫的推論。目前最受讀者青睞的版本是他和別的女孩跑了，而匯票上的簽名說不定就是出自那女孩之手；兩人隱姓埋名，在大溪地或南美洲或墨西哥過著幸福快樂的生活。警方繼續在羅馬、拿坡里和巴黎進行地毯式搜索，仍一無所獲：既沒有殺害弗雷迪．邁爾斯凶手的線索，也未提及狄奇．葛林里夫遭人目擊在自家門口攙扶弗雷迪．邁爾斯（或者反過來）的證據。湯姆好奇警方為何對媒體隱瞞這件事，但報上之所以隻字未提，也許是如果寫了就可能吃上誹謗狄奇的官司。此外，湯姆對於報上指稱他是目前失蹤的狄奇．葛林里夫的「忠誠友人」頗感欣慰，說他十分配合警方查案，對狄奇的性格、習慣知無不言，毫無隱瞞，但他也跟其他人一樣不明白狄奇何以失聯。「此際正在義大利觀光的雷普利先生，是個年輕有為的美國人，」《今日》描述，「目前暫居可遙望威尼斯聖馬可大教堂的一處豪宅」。這段文字令湯姆開心不已，他甚至剪報保存。

湯姆沒想過這是間「豪宅」，但從當地人的角度想當然耳會如此描述它：這幢超過兩百年歷史的雙層獨棟宅邸形制莊重，開門正對大運河（只能乘貢多拉進出），寬闊的石階一級一級探入水中；鐵門鑰匙長達二十公分，其他屋門鑰匙同樣又大又長。湯姆若想給訪客留下深刻印象，定會讓他們乘貢多拉從主門進屋，除此之外他大多使用較不正式，開在聖斯皮里迪歐涅小巷的「後門」進出。後門足足有四公尺高，猶如包住宅邸、隔開街道的石牆。進門後即通往略為疏於照顧卻仍綠意盎然的花園；園子裡有兩棵粗壯的橄欖樹，還有一尊看起來相當古老的雕像——裸身男孩手捧寬口淺盆，供鳥兒飲水嬉戲。這花園一看就知道是威尼斯宮殿風格，雖略顯破舊，亟需整修打理（應該是不可能了），但仍美得不可思議，因為它兩百年前建好時就已經非常美麗了。至於內屋裝飾風格，湯姆認為正是有文化素養的單身漢（至少在威尼斯）就該有的樣子：黑白大理石鋪成的棋盤格地板從正廳延伸至一樓的每個房間，二樓則改為粉紅與白色相間；傢俱完全不像傢俱，反而像是由雙簧管、豎笛和古提琴呈現的十五世紀音樂會現場。湯姆甚至有自己的僕人——安娜和雨果（這對落腳威尼斯的年輕義大利愛侶曾在美國人家中幫傭，所以他們知道「血腥瑪麗」和「薄荷芙萊蓓」有何不同）。他們會把衣櫥門面、五斗櫃和木椅上的雕刻擦拭得光滑油亮，因此在暈黃燈光下，雕刻上的人物會因為旁邊有人走動而彷彿活了起來，栩栩如生。浴室是屋裡唯一堪稱現代的空間。至於湯姆房裡有一張寬度大於長度的大床，他用他在古董店找到的一系列拿坡里全景照（時間介於一五四〇年至一八八〇年左右）來裝飾房間。湯姆花了一個多星期，全神貫注地妝點他在威尼斯的房子。現在他對自己的品味非常有把握，他在羅馬時還沒有這種感覺，因此他的羅馬公寓也無法呈現如此面貌。湯姆對自己的各方各面可說是越來越有信心了。

這份自信甚至促使他寫了一封沉穩、寬和、充滿感情的信給朵媞姑媽——他以前從來不想，或者也沒有能力以如此態度和措辭寫信給她。湯姆舌燦蓮花地問候她的健康和她在波士頓的幾位惡毒朋友，並解釋他何以喜歡歐洲，並且想在這裡住上一陣子。這一段他寫得實在太有說服力，以致他又動手抄下，收進書桌抽屜。這封文思泉湧、信手捻來的家書是湯姆某天吃完早餐後寫的。他坐在自己的房間裡，穿著新買的絲質晨褸，不時眺望窗外的大運河和對岸聖馬可廣場上的鐘樓。信寫完，他又煮了一杯咖啡，然後用狄奇的愛馬仕打字機一字一句敲下狄奇的遺囑，將狄奇的收入和多個銀行帳戶的存款悉數贈與他，最後再簽上狄奇的全名**赫伯特·理查·葛林里夫二世**。至於遺囑見證人，雖然湯姆想過要捏造一個義大利名字，假裝狄奇曾找這人到他羅馬的家，見證他預立遺囑，但最後湯姆還是覺得不放見證人比較好，以免銀行或葛林里夫先生質問他，堅持要會一會這見證人；如此安排，湯姆只要賭沒有人會對這份未列見證人的遺囑起疑就行了。話說回來，儘管狄奇這臺打字機確實需要好好修一修，不過字鍵留下的特殊印記倒是跟筆跡一樣獨特且具體，而且他還聽說，自書遺囑不需要見證人。最後是簽名。遺囑上的簽名堪稱完美：纖細、糾結的字跡跟狄奇護照的簽名簡直一模一樣。湯姆練字練了半小時，然後他放鬆雙手，先簽在一張碎紙上，立刻接著簽遺囑，一氣呵成、迅速流暢。他敢說，沒人能證明遺囑簽名並非出自狄奇之手。湯姆將一只信封送進打字機，打上「敬啟者」後又加了一條附註：六月後方得啟封。湯姆把遺囑塞進行李箱側袋，彷彿他一直帶著這只信封四處移動好一段時間，即使落腳威尼斯也沒想過要拆開它。接下來，他把愛馬仕打字機放進專屬提箱，拎下樓，扔進小運河口；這條小運河窄得無法行船，從屋宅正面轉角流向花園外牆。湯姆很高興能擺脫這臺打字機，但此刻竟有些依依不捨。他想，他鐵定下意識知道他會用它打遺囑或其他重要文件，所以才一直將打字機留在身邊。

湯姆天天看義文報紙，追蹤巴黎版《先驅論壇報》，恰如其分地扮演狄奇和弗雷迪友人的角色，焦急留意葛林里夫案與邁爾斯案的最新進展。到了三月底，報媒推測狄奇恐怕已遭偽造其簽名的犯案者（一人或多人）殺害身亡。羅馬有一家報紙報導：來自拿坡里的消息指出，那封寄自巴勒摩，聲稱簽名未遭偽造的信件簽名，同樣也是偽造的。惟其他同業並未跟進這條新聞。某警官（此人非洛維里尼副中隊長）認為，作案者極可能是葛林里夫熟識之人，此人或該團體不僅握有葛林里夫與銀行往來信件的接觸管道，甚至大膽越俎代庖，動手回覆這些信件。「但是，」報紙引述該警官說法，「神祕的不只是何人假造簽名，此人如何取得銀行信件亦同樣令人費解，因為飯店櫃檯人員記得掛號信是他親手交給葛林里夫先生的。這名櫃檯人員還說，葛林里夫在巴勒摩幾乎都是一個人，獨來獨往……」

報導繼續繞著謎底打轉，並未正中紅心，但湯姆看過報導之後仍震驚得好一會兒反應不過來。警方只差一步就逮到他了。而這一步會在今天、明天或後天到來？又或者他們其實已經知道答案，而此番作為僅在卸下他的心防（洛維里尼副中隊長每隔幾天就傳訊息給他，讓他掌握尋找狄奇的最新進度），而他們很快就會取得破案所需的每一分證據，將他一舉成擒，緝捕歸案？

湯姆開始覺得有人在跟蹤他。尤其是走過通往後門的長長窄巷時，感覺特別強烈。聖斯皮里迪歐涅小巷與其說有什麼功能，不如說是屋牆之間的小縫，既沒有商家，光線也不夠，害他沒辦法看清前方的路，只有連綿不斷的屋宅立面和高聳上鎖，與牆壁齊平的義式大門。萬一有人攻擊他（如果真有人要攻擊他），他不僅沒地方跑、沒有能縮身躲避的屋門，也不曉得是誰攻擊他。他認為警察不會對他動手，那是一定的；但他害怕那些虛無飄渺、無以名狀，猶如復仇女神在他腦中徘徊不去的東西。除非先灌幾杯雞尾酒，破除恐懼，否則他實在無法安心走過聖斯皮里迪歐涅小巷。只要喝了酒，他就能大搖大擺吹著口哨回家。

現在湯姆可以隨心所欲挑選他想參加的雞尾酒派對，不過，剛搬進宅子的頭兩個星期，他只去了其中兩場。他謹慎挑選往來對象，因為找房子的第一天，湯姆就碰上一段小插曲：一名手握三把大鑰匙的租屋仲介帶他去看聖斯特法諾教堂附近的房子，滿心以為此屋已清空待租；結果屋裡不僅有人，而且正在開派對。女主人堅持要湯姆和仲介喝一杯再走，好彌補她的疏忽以及對他們造成的種種不便。她一個月前就打消出租房子的念頭——她改變心意，不想離開威尼斯了，卻粗心地忘了通知仲介商。湯姆留下來喝酒，擺出他拘謹、謙遜的一面，並且和女主人的每一位賓客都打了招呼。從這群人熱情歡迎他，主動表示要協助他找房子的反應研判，他們應該是來威尼斯過冬的人，亟欲招徠新血加入。這群人想當然耳認得他的名字，他與狄奇．葛林里夫相熟的事實進一步提高他的社交地位，就連湯姆也為此大吃一驚。這群人不管在哪兒都想邀他作客，想從他身上擠出、挖出種種細節，好為他們乏味的日常添些調味料。湯姆表現出他這種社經地位的年輕人應有的含蓄和友善——敏感纖細，不習慣誇張的社交知名度，對狄奇只有滿腹的焦急與擔心，不知對方是否出了什麼意外。

湯姆帶著三處候選屋宅的地址（其中之一就是現在的住處）和另外兩場派對的邀請，離開他在威尼斯的第一場派對。後來他去了某貴族主辦的派對（女伯爵蘿貝塔．拉塔卡恰桂拉閣下，小名「蒂蒂」），但湯姆完全沒有派對的心情。他和身旁其他人似乎總是隔著一層霧，話說得很慢，溝通也有困難。他常常請對方重複一遍剛才說過的話，他這人也無趣到令人受不了。但湯姆想著他可以利用這群人反覆練習：將來有一天，假使他再遇見葛林里夫先生，對方鐵定會問他一些比較具體的問題，而這群人的無腦提問（譬如「狄奇貪杯嗎？」「他跟瑪姬**曾經**在一起對吧？」「您認為他**到底**去哪兒了？」）對他來說都是很好的練習。瑪姬的信寄來約莫十天後，湯姆隱約不安起來，因為已到羅馬的葛林里夫先生並未寫信或打電話給他。有時候，湯姆甚至驚恐地想像警方向葛林里夫先生透露，其實他們正在跟湯姆．雷普利玩遊戲，請葛林里夫先生切莫主動聯絡他。

每天每天，湯姆急切地探看信箱，等待瑪姬或葛林里夫先生的來信；湯姆也把屋子整理妥當，隨時恭候兩人光臨；就連要回答他倆提問的答案，湯姆也都熟記在腦子裡了。這種感覺就像一場永無止境的等待。等待表演開場，等待布幕升起。說不定葛林里夫先生只是太討厭他（更別說對方可能真的懷疑他），以致壓根不想理他；說不定瑪姬也慫恿葛林里夫先生不要理他。但無論如何，他都得耐住性子，按兵不動。他必須等對方先有**動作**才能行動。湯姆想出門旅行，想看看他心心念念的希臘。他買了一本希臘旅遊指南，就連走訪各島的行程都計劃好了。

四月四日那天早上，湯姆接到一通電話。瑪姬打來的，她在威尼斯火車站。

「我去接你！」湯姆興奮地說。「葛林里夫先生也跟你一起來了嗎？」

「沒有，他在羅馬，我一個人來的。你不用特地來接我，我只有一小包過夜行李。」

「胡說什麼！」湯姆巴不得有事做。「光憑你自己是找不到這房子的。」

「誰說的，我一定找得到。你就住在安康聖母教堂旁邊對吧？我會先搭交通船到聖馬可站，再換貢多拉過去。」

她真的知道，好吧。「好吧，如果你堅持自己過來，那就這樣吧。」他想著要在瑪姬抵達前最後一次，好好檢查整棟房子。「吃過午餐了沒？」

「還沒。」

「那好！那我們一起午餐吧。上下交通船時，小心別踩空了！」

通話結束。湯姆緩慢而清醒地在屋裡走看，晃進樓上兩間大房間，再下樓穿過客廳。沒事。沒有一樣東西屬於狄奇。湯姆希望這屋子看起來不會太奢華。他拿起桌上的銀製菸盒（兩天前才買的，上頭還有他的姓名縮寫），塞進餐廳裡五斗櫃的最下層抽屜。

安娜在廚房準備午餐。

「安娜，午餐多做一份。」湯姆說。「有位年輕女士要來。」

安娜笑開，期待客人到來。「年輕的美國小姐？」

「是的，我的一位老朋友。午餐備好之後，下午你和雨果就休假吧。剩下的我們自己來就行了。」

「Va bene.（好呀。）」安娜說。

安娜和雨果通常十點進來，待到兩點。湯姆不想讓他們聽見他和瑪姬談話。這兩人懂一點英語，雖不至完全跟上正常談話的速度，但他知道兩人若是聽見他和瑪姬提起狄奇，耳朵肯定豎得高高的。湯姆不喜歡這樣。

湯姆調了一壺馬丁尼，再把酒杯放上托盤，連同一小碟開胃菜送進客廳。一聽見敲門聲，他立刻來到門口，使勁拉開前門。

「瑪姬！真高興見到你！進來吧！」他接過她手上的行李箱。

「你好嗎？湯姆？我的老天——這房子是你的？」她左顧右望，甚至抬頭看挑高的格子天花板。

「我租的，租金滿便宜。」湯姆客氣地說。「先喝點飲料？跟我說說有什麼最新消息吧。你在羅馬跟警方談過了？」他拎著她的大衣和透明雨衣，擱在一張椅子上。

「對，還有葛林里夫先生。他很傷心——那是當然的。」她落坐在沙發上。

湯姆選了一張她對面的椅子坐下。「他們有沒有查到什麼新事證？有一位警官一直跟我通報情況，但他告訴我的都不是什麼太重要的消息。」

「嗯，他們查出狄奇在前往巴勒摩以前，曾經兌現超過一千美金的旅行支票。時間就在他啟程之前。所以他鐵定是帶著這筆錢去了某個地方，比方說希臘或非洲。總而言之，他不可能才剛換一千多塊錢就跑去自殺吧。」

「也是。」湯姆同意。「這樣聽來就有希望了。但報紙怎麼沒登？」

「我覺得他們應該不會登。」

「是不會，他們只會寫一堆無聊廢話，譬如狄奇在蒙吉貝羅早餐都吃什麼。」湯姆邊說邊倒馬丁尼。

「他們實在很糟糕欸！幸好現在好一點點了。葛林里夫先生剛到的時候，那些記者真的非常差勁。哦，謝謝！」她感激地接過馬丁尼。

「葛林里夫先生還好嗎？」

瑪姬搖頭。「看他那個樣子，我好難過喔。他一直說美國警察會做得更好更仔細之類的，然後他在義大利又人生地不熟的，根本雪上加霜。」

「他在羅馬都忙些什麼？」

「等呀。你說我們還能怎麼辦？我又把船票往後延了——葛林里夫先生和我去了一趟蒙吉貝羅。我問了那裡的每一個人，當然，幾乎都是幫葛林里夫先生問的，可是他們什麼都不知道。狄奇從去年十一月起就沒再回去過了。」

「我想也是。」湯姆若有所思地輕啜馬丁尼。看得出來，瑪姬滿樂觀的；即使是現在，她依舊精力旺盛，令湯姆聯想到女童子軍——看起來很占空間的樣子，粗手粗腳的彷彿隨時都可能撞翻東西，身心強健，稍微不修邊幅。湯姆突然對她感到強烈的惱火，但他大動作起身掩飾，拍拍她的肩膀，充滿感情地往她的臉頰上輕輕一啄。「也許此刻他正坐在坦吉爾或什麼地方，過著無憂無慮的生活，等待混亂過去呢。」

「如果這是真的，那他也太沒良心了！」瑪姬笑開。

「還有，我寫那封信真的不是故意要讓你們緊張的。我只是覺得，我有義務告訴你和葛林里夫先生狄奇很沮喪，以及我是怎麼處理的。」

「我明白，我也認為你選擇告訴我們是正確的。我只是覺得他不會這樣做而已。」她漾起大大的微笑，眼神樂觀、閃亮。湯姆覺得她徹底瘋了。

他開始問她一些敏感、實際的問題，譬如羅馬警方的看法和他們掌握哪些線索（幾乎不值一提），以及她是否聽說邁爾斯命案有何進展。邁爾斯案同樣一籌莫展，但瑪姬曉得有人在狄奇家門口看見狄奇和弗雷迪的事，時間約莫是案發當晚八點左右。瑪姬認為這應該是有人穿鑿附會，加油添醋。

「也許就是弗雷迪喝多了，或者狄奇剛好撐住他吧？黑漆漆的誰看得清楚？乾脆說是狄奇殺了他算了！」

「警方到底有沒有任何具體線索指向是狄奇殺了弗雷迪？」

「當然沒有！」

「那這些傢伙為何不趕緊辦正事，查出誰才是真凶？以及狄奇到底在哪裡？」

「**可不是嘛**！」瑪姬再同意不過。「反正，至少現在警方非常確定，狄奇離開巴勒摩之後去了拿坡里。一名船務人員記得他曾經幫他把行李從艙房提上拿坡里碼頭。」

「是嗎？」湯姆也記得那個笨手笨腳的小男孩。男孩想用胳膊夾住他的帆布行李箱，結果掉在地上。「弗雷迪是不是在離開狄奇家之後幾個鐘頭後遇害的？」湯姆突然問她。

「不是，但法醫也無法斷定他確切的死亡時間。聽說狄奇拿不出明確的不在場證明——那還用說，因為他就一個人嘛。只能說狄奇運氣太差了。」

「警方其實並不完全**相信**狄奇殺了弗雷迪，對吧？」

「他們口頭上沒這麼說，但是沒錯，他們就只是懷疑。當然，警方不能隨便下定論，草率影射美國公民殺人；不過，只要他們釐清疑點，狄奇也現身的話——喔，對了，狄奇在羅馬的門房太太說，弗雷迪曾經下樓問她，住在狄奇公寓裡的人是誰……總之就是那一類的問題。她說弗雷迪看起來很生氣，好像他們剛吵了一架似的。她說，弗雷迪問她狄奇是不是一個人住。」

湯姆蹙眉。「他為什麼這麼問？」

「我也想不出答案。弗雷迪的義大利文不太好，說不定門房太太誤解他的意思了。總而言之，狄奇似乎有什麼事讓弗雷迪看不過去，而這讓狄奇陷入了麻煩。」

湯姆挑挑眉毛，「我看是弗雷迪自己的問題吧。說不定狄奇根本沒生氣。」湯姆內心十分平靜，因為他看得出來，瑪姬並未察覺任何異常之處。「除非警方查到什麼非常明確的證據，否則我不擔心狄奇會有問題。」他又給自己倒了一杯。「說到非洲。他們查過坦吉爾沒有？以前狄奇總說要去坦吉爾的。」

「他們應該已經通知各地警方了。我覺得他們應該找法國警察幫忙，法國人辦這種案件相當厲害。但他們當然不可能插手，畢竟這裡是義大利呀。」瑪姬的聲音頭一次緊張得微微顫抖。

「午餐在我家吃可好？」湯姆問道。「女傭也負責料理午餐，所以我就請她一起準備了。」安娜現身宣布午餐備妥，湯姆順勢說道。

「太好了！」瑪姬說。「反正外頭也在飄雨。」

「Pronta la collazione, signore.（請用餐，先生。）」安娜微笑，直盯著瑪姬瞧。

安娜肯定從報上的照片認出瑪姬了。「安娜，你和雨果先下班吧。謝謝你。」

安娜折回廚房。廚房有扇小門可直通僕人使用的側門小巷，但湯姆聽見她在咖啡機旁閒晃的聲音，顯然想再拖延片刻，多瞄一眼。

「她和雨果？」瑪姬說。「你竟然有兩名僕人？」

「噢，他們是情侶，一起來幫忙。你可能不信，不過這屋子的租金每個月只要五十五美元。不含暖氣。」

「怎麼可能！這個價錢幾乎跟蒙吉貝羅差不多了！」

「是真的。雖然暖氣費用肯定很可觀，但除了我的臥室，其他房間我都不打算開暖氣。」

「哦，住起來想必非常舒適。」

「為了你，我可是把整間屋子的暖爐都打開了唷。」湯姆微微一笑。

「你碰上什麼好事？還是哪個阿姨姑媽過世，留給你一大筆遺產？」瑪姬笑問，繼續假裝讚嘆。

「才不是，是我自己決定這樣過日子。我想盡可能享受我所擁有的，能過多久是多久。上次在羅馬跟你提過的那份工作，後來進行得不太順利；但我既然人在歐洲，身上也還剩兩千塊左右，我決定好好享受這最後一段時光，然後身無分文地回家去，重新開始。」湯姆曾在給瑪姬的信上提過，那份工作是協助美國助聽器公司在歐洲銷售，但他自己拉不下臉來做這份工作，當時那位面試人員也認為他並非合適人選。湯姆在信上解釋，那天在羅馬跟她通過電話之後不到一分鐘，面試他的人就出現了，所以他才失約，沒能去天使酒吧和她見面。

「照你這種花法，兩千塊錢大概沒辦法維持太久。」

湯姆知道她是在試探他，想知道狄奇是否提供任何資助。「至少能撐到夏天吧。」湯姆就事論事，沒什麼情緒：「反正我就是覺得我值得享受一回。這個冬天，我大多時候都像吉普賽人一樣在義大利各處遊蕩，幾乎沒花到什麼錢，但那種日子我過夠了。」

「這個冬天你在**哪裡**？」

「我嗎？至少不是跟湯姆在一起——喔，我是說狄奇啦。」湯姆用大笑掩飾差點說漏嘴的緊張情緒。「我猜你大概會以為我倆結伴同行，但其實我跟他見面的次數就跟你們倆差不多。」

「噢，少來了……」瑪姬拖長尾音，一副品嚐美酒的模樣。

湯姆又調了兩三份馬丁尼，裝進壺裡。「除了坎城那一回，還有二月在羅馬的兩天，基本上我沒見過狄奇。」這跟他先前的說詞稍有出入。因為他曾寫信告訴她，從坎城回來以後，湯姆會繼續待在羅馬，跟狄奇多住幾天；但此刻瑪姬就在他面前，湯姆突然發現他有些難為情，不想讓她知道，或者讓她以為他花很多時間跟狄奇相處，以及狄奇說不定當真做了她在信上指控他的那些事。他咬住舌頭，悶聲不吭為兩人倒酒，討厭自己竟如此怯懦。

湯姆非常後悔主菜選了冷烤牛肉，這在義大利市場上可是相當昂貴的食材。用餐期間，瑪姬逼問狄奇在羅馬時的心理狀態，問得比警方還要更尖銳：他得鉅細靡遺交代兩人自坎城返抵羅馬後那十天的細節，從迪馬西默（狄奇習畫的對象）到狄奇的食慾、狄奇早上幾點起床等等，無所不言。

「你認為他是怎麼看**我**的？說實話！我受得了。」

「我認為他很擔心你。」湯姆真誠回答。「我認為——唔，這種情況其實滿常發生的。一個極度害怕走入婚姻的男人——」

「可是我從來沒說過要他娶我呀！」瑪姬不服。

「我知道，可是——」雖然這個話題讓湯姆難以為繼，他還是逼自己說下去：「這麼說吧，他沒辦法面對你的過度關心和隨之而來的責任。我想他比較想跟你保持隨興、自在一點的關係吧。」這話彷彿什麼都說了，卻什麼也沒說。

瑪姬再度露出她一貫的失落表情，但下一秒即勇敢振作起來。「好吧，反正事情都過去了。現在我只擔心狄奇會不會對他自己做出什麼事來。」

湯姆認為，當初她對他整個冬天顯然都跟狄奇在一起的憤怒情緒，現在也都煙消雲散了；那時她一開始不願相信，現在則是不相信也沒關係。湯姆小心翼翼問她：「他在巴勒摩的時候，該不會寫信給你了吧？」

瑪姬搖搖頭，「沒有。怎麼這麼問？」

「我只是想知道，你認為那時候他的心理狀態如何。你有寫信給他嗎？」

她遲疑了一會，沒有馬上回答。「有——我的確寫給他了。」

「大概是什麼樣的信？喔，我會問是因為，純粹以當時的情況來看，令他感覺有敵意或冷漠的書信也許會對他造成不好的影響。」

「噢——也說不上來是什麼樣的信啦，但我的語氣非常友善喔。我跟他說我要回美國了。」她睜大眼睛望著他。

湯姆看著她的臉，心裡相當痛快。他喜歡看人撒謊時扭捏、尷尬的小動作。瑪姬那封信可惡毒了！她在信上說，她告訴警察他和狄奇總是形影不離。「那我想應該沒什麼關係吧。」湯姆的語氣溫和甜美，一邊坐回椅子上。

兩人好一會兒沒說話。後來，湯姆問起她的書、哪家出版社，以及她還剩多少沒寫完。瑪姬掏心掏肺，熱情回答所有問題。湯姆隱約覺得，要是能追回狄奇，而她的書又能在今年冬天出版，她大概會開心到爆炸吧？極其劇烈，一點也不優雅的「**噗！**」的一聲。這大概就是她的結局了吧。

「你覺得，我是不是該主動聯絡葛林里夫先生，約他見面？」湯姆問道。「我很樂意走一趟羅馬——」他才不樂意呢。羅馬有太多見過他，以為他是狄奇・葛林里夫的人。「又或者，你覺得他會願意來威尼斯？我可以替他安排。他在羅馬住在哪裡？」

「他住在美國朋友家，姓『諾桑普』。那人在十一月四日街有一大間公寓。如果你願意打給他就太好了。我寫地址給你。」

「好主意。不過他不怎麼喜歡我，是吧？」

瑪姬微微一笑。「嗯，坦白說，確實如此。我覺得他對你有點太嚴厲了。他可能覺得你在訛詐狄奇。」

「哦？但我沒有訛詐他喔。我很遺憾那個勸狄奇回家的辦法沒奏效，但這些我都解釋過了。當我聽聞狄奇失蹤，我也寫了一封我自認非常體貼的信，跟他們聊聊狄奇。所以做這些還是沒用嗎？」

「我想或多或少有用吧，但是——噢！抱歉！太抱歉了，湯姆！這麼漂亮的桌巾被我弄髒了！」瑪姬失手打翻馬丁尼，此刻正拿著餐巾，忙亂笨拙地擦拭毛織桌布。

湯姆迅速從廚房取來溼抹布。「沒事的，別在意。」儘管他盡力搶救，卻只能無奈看著羊毛桌布緩緩變白。他在意的不是這塊毛料，而是底下的美麗餐桌。

「對不起，真的很抱歉。」瑪姬還在道歉。

湯姆好討厭她。他突然想起她晾在蒙吉貝羅住處窗臺上的胸罩。如果他邀她留宿，今晚她的內衣褲想必會垂掛在他買的椅子上吧。這個念頭令他強烈反感。隔著餐桌，湯姆對她擠出笑臉：「希望我有這個榮幸能邀你今晚住下來。喔，別誤會，」他大笑，「樓上有兩個房間。非常觀迎你使用其中一間。」

「好呀，謝謝你，那就打擾囉。」瑪姬燦笑。

湯姆讓出自己的房間，因為另一間房的睡床充其量只是大尺寸的沙發，不若他的雙人床舒服。瑪姬關上房門，打個午後小盹兒。湯姆焦躁地在屋裡走動，想著是否該移去臥房裡的哪些物品：狄奇的護照塞在衣櫥內某行李箱內襯，除此之外，他想不出還有什麼東西得處理。可是女人的觀察力很敏銳，湯姆心想，即使是瑪姬這樣的女孩亦不得掉以輕心，她說不定會這裡翻翻、那裡看看。最後——儘管瑪姬還在房裡睡著——湯姆仍走進臥室，從衣櫃取出行李箱。地板嘎吱作響，瑪姬忽地睜開眼睛。

「抱歉，」湯姆輕聲說，「我得拿幾樣東西。」他躡手躡腳離開房間，但他認為瑪姬說不定不會記得這段插曲，因為她似乎睡得迷迷糊糊，還沒完全醒來。

後來，他領著瑪姬參觀整棟房子，帶她去看臥室隔壁那間房裡滿牆的皮革精裝書。他告訴她，這些都是房東的藏書，但實際上是湯姆自己在羅馬、巴勒摩和威尼斯買的。這時他意識到架上大概有十本是從羅馬帶來的。洛維里尼副中隊長帶來的年輕員警湊近細瞧過，顯然在研究書名；但湯姆認為，就算是同一名員警再找上門，這事也沒什麼好擔心的。他帶瑪姬去看大屋正門及門口的寬闊階梯。此時碰巧退潮，露出四級石階，較低的兩級覆滿厚厚一層又溼又滑的苔蘚。這些苔蘚呈長條絲狀，懸垂於梯緣，看起來就像亂糟糟的深綠色頭髮；湯姆完全不想靠近石階，瑪姬卻覺得這一切非常浪漫。她傾身湊向階梯，凝視深不見底的運河水。湯姆萌生一股想把她推下去的衝動。

「今天晚上我們能不能租一艘貢多拉，從這個門進來？」她問。

「喔，當然可以。」晚上兩人勢必得出門用餐。湯姆對接下來這個漫漫長夜感到恐懼，因為義大利人不到晚上十點不吃晚餐，然後瑪姬大概會想在聖馬可廣場喝咖啡，坐到凌晨兩點。

湯姆抬頭仰望威尼斯霧濛濛的陰沉天空，看著一隻海鷗滑翔下行，停在運河對面另一戶人家的門階上。他想著要打給哪一位威尼斯朋友，請對方五點左右過來帶瑪姬去喝一杯。他們想當然耳都會非常樂意認識她。最後湯姆決定找英國人彼得・史密斯－金斯利。彼得有一隻阿富汗獵犬和一架鋼琴，他家的小酒吧酒類齊全，應有盡有。湯姆認為彼得是最佳人選，因為他總會想盡辦法留人，不放人離開。彼得和瑪姬可以作伴打發時間，然後他們再一起吃晚餐。

24

晚間約莫七點左右，湯姆從彼得・史密斯－金斯利家打電話給葛林里夫先生。葛林里夫先生的語氣比湯姆預期的更為友善，他可憐兮兮地渴望湯姆餵給他更多跟狄奇有關的芝麻小事。彼得、瑪姬和法蘭凱帝兄弟（湯姆前陣子才認識這對來自底里雅斯特，個性討喜的年輕人）就在隔壁房間，幾乎能聽見湯姆說的每一句話，因此湯姆覺得，他這通電話的表現應該會比他獨自一人時還要好。

「我把我知道的都跟瑪姬說了，」湯姆說，「所以她應該能補足所有我忘記的細節。我只是覺得很抱歉，我沒辦法提供警方任何真正重要，有助辦案的資訊。」

「那些警察！」葛林里夫先生粗聲粗氣地說。「我開始覺得理查說不定已經死了，但義大利警方不知為何卻不願意承認這件事。他們辦起事來跟一群門外漢沒兩樣，再不然就像一群在玩偵探扮演的老太太。」

葛林里夫先生直言狄奇可能身亡，這讓湯姆嚇了一跳。「葛林里夫先生，**您**真的認為狄奇可能已經自殺了？」湯姆靜靜問道。

葛林里夫先生嘆氣。「我不知道。但，是的，我認為不無可能。湯姆啊，我從來不覺得我兒子性格夠堅強，精神夠穩定。」

「恐怕我得說我同意您的看法。」湯姆說。「您想跟瑪姬說說話嗎？她就在隔壁房間。」

「哦，不了，謝謝你。她什麼時候回來？」

「她好像說過明天回羅馬。葛林里夫先生，如果您考慮來威尼斯，就算只是走走看看、休息一下，也隨時歡迎您來寒舍小住。」

葛林里夫先生仍婉拒湯姆的邀請。湯姆明白，他其實沒必要做到這種程度，好像他一心想自找麻煩，控制不了自己似的。葛林里夫先生感謝湯姆撥電話給他，非常客氣地道了晚安。

湯姆回到另一個房間，沮喪宣布：「羅馬那邊沒有進一步消息。」

「喔。」彼得神情失望。

「彼得，這是打電話的錢。」湯姆放了一千兩百里拉在鋼琴上，「謝了。」

「我有個想法，」皮耶托・法蘭凱帝以字正腔圓的英國腔說道，「狄奇・葛林里夫可能和某個拿坡里漁夫或羅馬香菸小販交換護照，好讓他能過著他一心嚮往的平靜生活；碰巧呢，這個拿到狄奇．葛林里夫護照的傢伙的偽造功夫沒有他自己想像的高明，所以不得不立刻躲起來避風頭。警方要找的應該是拿不出合理身分證明的人，找出這傢伙是誰，然後再循線去找使用這傢伙姓名的人——那人肯定就是狄奇．葛林里夫啦！」

眾人大笑，湯姆的笑聲尤其響亮。

「你這想法有破綻。」湯姆說。「好幾個認識狄奇的人都說，他們曾經在一月或二月見過他——」

「**誰？**」皮耶托端出義大利人抬槓時常用的挑釁語氣，打斷湯姆說話，此刻用英語說出來，更是加倍地惹人厭。

「呃，譬如我就是其中一個。總而言之，我剛才要說的是，銀行認為偽造簽名從十二月就開始了。」

「即便如此，還是有這種可能性吧。」瑪姬快活地插嘴。第三杯雞尾酒下肚，她心情愉快，慵懶斜倚在彼得家的大躺椅上。「這個思路跟狄奇很像。他得先處理偽造簽名的事，所以也許他一離開巴勒摩就這麼做了。我從來都不相信那些簽名是偽造的，一分鐘也沒信過。狄奇這個人總是變來變去，搞得他的簽名也跟著變來變去。」

「我也是這麼想的。」湯姆說。「況且銀行那邊的意見也不一致，他們認為並非所有簽名都是假的：美國銀行意見分歧，拿坡里則完全以美國方面的意見為依歸；要是美國人沒通知他們有這件事，拿坡里根本不可能發現簽名有假。」

「不知今天的晚報會怎麼寫？」彼得爽朗問道，一邊套回稍早可能因為摩擦疼痛而被他半踩在腳下的皮鞋。「要我去買一份回來嗎？」

但那兩兄弟動作更快，其中一位已自告奮勇衝出去了。出門買報的羅倫佐．法蘭凱帝身穿純英國風的粉紅刺繡背心，英式手工西裝和厚底英式皮鞋，他弟弟的穿衣風格也差不多；相反的，彼得則是從頭到腳一身義大利服飾。湯姆之前就注意到了，不論在派對上或劇院裡，穿著偏英國風的大多是義大利人，反之亦然。

羅倫佐帶著報紙進門，另外幾位賓客——兩名義大利人和兩名美國人——也同時抵達。大夥兒傳閱晚報，繼續討論、交換更多愚蠢臆測，興奮地八卦今日最新消息：狄奇在蒙吉貝羅的宅子以購入的兩倍價格賣給一位美國買家。售屋所得的款項將暫扣拿坡里銀行，等待葛林里夫先生親自領回。

同一份報紙還刊了一則諷刺漫畫：男子雙膝跪地，趴在書桌底下摸索；妻子問「找不到領釦？」男子回答「不是，我在找狄奇．葛林里夫」。

湯姆聽說，羅馬的音樂廳也把尋找狄奇放在輕短劇中表演。剛進門的美國賓客魯迪（湯姆忘了他姓什麼）邀請湯姆和瑪姬隔天去他住的旅館參加雞尾酒會。湯姆正要託辭婉拒，瑪姬卻說她非常樂意。湯姆沒料到瑪姬明天傍晚還會在威尼斯，因為她似乎說過午餐前後就要走了。若她去了派對，那就慘了，湯姆心想：魯迪是個大嘴巴，言行粗魯，衣著俗氣花俏，自稱是古董商。湯姆設法在瑪姬接受更多及更久以後的邀請之前，巧妙拉著瑪姬告辭離開。

在長達五道菜式的晚餐期間，瑪姬飄飄然的好心情徹底惹惱湯姆，但他仍極力克制，體貼回應（自覺像遭電擊，無助扭動的青蛙）；她拋出話題，他接住，醞釀一會兒，說一些像是「或許狄奇突然在畫畫中找到自我，結果學高更跑去南太平洋的某座島嶼了」之類的話，湯姆自己聽了都想吐。然後瑪姬就會開始幻想狄奇在南太平洋島嶼的生活，邊說邊懶洋洋地舞動雙手；不過最糟糕的部分還沒來，湯姆暗忖，還有貢多拉。假如待會她伸手撥水，他希望鯊魚一口咬掉她的手。湯姆點了餐後甜點。他的胃已經裝不下了，但瑪姬卻替他大快朵頤地吃完。

瑪姬想包下一艘貢多拉。她不想跟其他十幾個人共乘貢多拉渡船，從聖馬可廣場搖回安康聖母教堂，所以他們招來一艘私人貢多拉。時間已是凌晨一點半，湯姆因為喝了太多濃縮咖啡而滿嘴焦味，心臟也像撲翅小鳥怦怦狂跳；他心裡有數，這一夜大概得熬到清晨才能睡了。湯姆筋疲力竭躺在貢多拉椅座上，慢悠慵懶的程度和瑪姬不相上下，但他仍小心避免自己的大腿與她的相碰。瑪姬依舊精神奕奕、神采飛揚，一個人滔滔不絕講述威尼斯的日出（顯然她在別次的旅行中已經看過了）。小船輕搖慢晃，船伕有節奏地推篙搖櫓令湯姆微微頭暈反胃。聖馬可船棧與他家門階前之間的水域彷彿無比遼闊，永遠也到不了。

門前石階僅露出最上層兩級，水面悠悠掃過第三階表面，擾動溼苔，看起來有點噁心。湯姆呆呆付了錢，站在偌大正門前，忽然意識到他沒帶鑰匙。他左右張望，看看能不能從哪兒爬進去，但他站在臺階連窗臺都搆不著。瑪姬縱聲大笑。

「你竟然沒帶鑰匙！我們好巧不巧被滔滔眾水圍困大門口，而且身上還沒有鑰匙！」

湯姆努力擠出笑容。憑什麼他就該揣著兩支近三十公分長，重量跟兩把左輪手槍差不多的鑰匙出門？他轉身呼喚貢多拉船伕回來。

「哈！」船伕隔著水面咯咯笑，繼續划開：「Mi dispiace, signor! Deb'ritornare a San Marco! Ho un appuntamento!（抱歉！先生！我還有預約，得回聖馬可去了！）」

「我們沒帶鑰匙！」湯姆喊道，說的是義大利語。

「Mi dispiace, signor!（真的抱歉，先生！）」船伕喊，「Mandarò un altro gondoliere!

（我再找人過來！）」

瑪姬再次大笑。「喔！等等會有另一艘貢多拉來載我們耶！今晚是不是很美妙？」她踮起腳尖，興奮不已。

哪裡美妙？夜裡冷得要命，此刻也開始下起綿綿細雨。湯姆想著說不定能直接招渡船過來，卻沒瞧見半艘，運河上只有一艘緩緩駛近聖馬可停船碼頭的交通船。交通船幾乎不可能特地靠過來載人，湯姆還是使勁搖手高呼，只是這艘燈火通明、滿載乘客的大船彷彿視而不見繼續前行，船首緩緩抵靠運河對岸的木造碼頭。瑪姬無所事事、雙手環膝，坐在最頂層石階上。後來，一艘船緣頗低，看起來像漁船的汽艇徐徐減速靠近，船上的人用義大利語喊：「進不去？」

「忘了帶鑰匙！」瑪姬開心說明。

但她無意上船。瑪姬說，她要在門階等湯姆繞回後巷，給她開門；湯姆表示這一趟說不定得花上至少十五分鐘，如果她在這裡等，可能會感冒，所以她只好也跟著上船。義大利人載他倆到最近的泊船點，也就是安康聖母教堂前方階梯；他拒絕接受任何金錢酬謝，倒是收下湯姆還沒抽完的半包美國菸。湯姆和瑪姬相偕走進聖斯皮里迪歐涅小巷，但湯姆沒來由的比獨自走過小巷時更加倍的心驚害怕。瑪姬當然絲毫不受影響，一路上都在說話。

25

隔天一大早，湯姆被門環劇烈的敲擊聲吵醒；他抓起晨褸，快步下樓。原來是電報。湯姆連忙跑回樓上取小費給信差。他站在冷冷的客廳地板展開電文。

改變主意了，想見你一面。
上午十一點四十五分到站。

H．葛林里夫

湯姆打了個冷顫。好吧，雖然他早就料到會有這一天，但又不完全認為這一天真的會來。他好害怕。又或者只是時間太早？天都還沒亮，灰暗的客廳看起來好嚇人。電文中的這個「你」感覺古老，讓人起雞皮疙瘩：義大利電報經常打錯字，鬧出笑話，要是他們不小心把赫伯特的縮寫H打成理查的R或狄奇的D，他該怎麼辦？

湯姆快步上樓，鑽回溫暖被窩，試著補點回籠覺。他好奇瑪姬會不會直接走進來或敲他房門，因為她鐵定也聽見方才樓下劇烈的敲門聲了；但最後他認定她會一直睡到天亮。他想像自己站在門口迎接葛林里夫先生，堅定握住對方的手；湯姆試著想像葛林里夫先生會問他什麼問題，但他疲憊不堪，腦子一團亂，反而更加恐懼不安。他太想睡，是以構思不了具體的問題和答案，卻又緊張得睡不著。他想下樓煮咖啡，叫醒瑪姬，好有個說話對象，但他實在無法走進那間房，面對散落一地的內衣和吊襪帶。他就是**辦不到**。

結果竟是瑪姬來叫他起床。她說她已經下樓煮好咖啡了。

「你猜怎麼著？」湯姆掛上大大的微笑，「早上我收到葛林里夫先生發來的電報，他中午要來。」

「他**要來**？電報什麼時候送來的？」

「一大清早。應該不是我在作夢。」湯姆翻找電報。「在這裡。」

瑪姬打開看。「想見你？」她笑了一下。「滿好的呀。這麼做對他也好，至少我希望啦。你要下樓喝，還是我把咖啡端上來給你？」

「我下去。」湯姆套上晨褸。

瑪姬一身毛衣配休閒褲。這條黑色燈芯絨褲剪裁合身，湯姆猜應該是訂做的，因為褲身完美緊貼她葫蘆形狀的身材。兩人優哉游哉喝咖啡。早上十點，安娜和雨果帶著牛奶、麵包捲和早報抵達，於是兩人又煮了一壺咖啡，熱好牛奶，移至客廳。這天，早報上沒有狄奇或邁爾斯命案的相關報導。有時候早上就這麼平平靜靜過去了，要到晚報才會蹦出幾條他倆的新聞；就算沒有貨真價實的新聞可報，記者也會寫一些像是「狄奇仍不見蹤影」、「邁爾斯命案尚未偵破」的句子，提醒大家。

十一點四十五分，瑪姬和湯姆來火車站迎接葛林里夫先生。天空再度下起雨。冷冽的海風將雨滴打在臉上，像凍雨一樣。兩人站在車站屋簷下，望著乘客魚貫走出閘門，最後才看見神情嚴肅、臉色蒼白的葛林里夫先生。瑪姬奔向他，親親他的臉頰。他微笑地看著她。

「哈囉！湯姆！」葛林里夫先生伸出手，誠摯地說。「你好嗎？」

「我很好，先生。您好嗎？」

葛林里夫先生只帶了一個小行李箱，卻提在腳伕手上；儘管湯姆表示他提得動，但腳伕仍和他們一起上了交通船。湯姆提議大家直接去他家，但葛林里夫先生表示想先找飯店放行李，態度十分堅決。

「手續一辦好我就過來。我想我會先去格利提碰運氣。格利提離你住的地方近嗎？」

葛林里夫先生問道。

「不算近。不過您可以走到聖馬可廣場，再搭貢多拉過來。」湯姆說。「如果您只是要去飯店辦入住手續，不如我們跟您一道吧？然後再一起吃午餐——或者您想單獨先跟瑪姬聊聊？」他再度變回那個極度自抑的雷普利。

「我來這兒就是為了找你談一談的呀！」葛林里夫先生回答。

「有什麼新消息嗎？」瑪姬問。

葛林里夫先生搖頭。他緊張但漫不經心地瞥瞥窗外；儘管沒有什麼特別值得注意的風景，但彷彿是這座城市本身的奇異特質迫使他不得不多看幾眼。他並未回答湯姆提議一起吃午餐的事。湯姆雙臂交叉抱胸，臉上換上愜意愉快的表情，亦無意多言；橫豎有交通船安靜的隆隆聲襯景。葛林里夫先生和瑪姬隨意閒聊，說起他們在羅馬見到的幾個人。瑪姬說她去羅馬之前並不認識葛林里夫先生，但湯姆看得出來，她和葛林里夫先生關係極好。

他們一行人前往格利堤和里亞托橋之間的一家樸素餐館吃午餐。這餐館專賣海鮮料理，還把食材放在店內長櫃上展示；其中一盤盛滿狄奇愛吃的紫色小章魚，三人經過時，湯姆朝那個盤子點點頭，對瑪姬說：「可惜狄奇不在，要不然他就能吃個幾隻了。」

瑪姬一臉燦笑。只要提到吃，她的心情總是很好。

午餐期間，葛林里夫先生比較願意說話，但表情依舊冰冷，講話也不專心，頻頻掃視全場，彷彿他希望狄奇下一秒就會走進來。沒有，葛林里夫先生說，警方該死地沒找到半點稱得上線索的資訊，所以他不久前找了一位美國私家偵探，安排對方過來把事情搞清楚。湯姆若有所思地慢嚼緩嚥。他自己也曾隱約懷疑，或是幻想美國警探說不定比義大利警察更能幹，但義大利警方的明顯無能不只令他大感震驚，瑪姬顯然也嚇了一跳，因為她的臉色突然變得很難看，甚至茫然。

「這也許是個非常好的主意。」湯姆說。

「你覺得義大利警方辦得了這案子嗎？」葛林里夫先生問湯姆。

「嗯——說實話，我覺得沒問題。」湯姆回答。「畢竟他們有語言優勢——他們會講義大利語，可以到處看、到處問、調查所有疑點。我猜您請來的那位先生應該通曉義語吧？」

「坦白說我還真不知道……我不知道。」葛林里夫先生有些心慌，好像這才意識到他應該列出這項要求，卻漏了或忘了。「那位偵探姓麥卡隆，評價非常好。」

湯姆猜這位先生大概不會說義語。「他何時抵達？」

「明天或後天吧。如果他明天到，我就回羅馬去見他。」葛林里夫先生吃飽了。他點帕瑪森小牛肉，但他吃得不多。

「湯姆家很漂亮喔！」瑪姬開始進攻她的蘭姆酒千層蛋糕。

湯姆將怒瞪她的衝動化為一抹淡淡微笑。

湯姆認為，拷問戲碼可能會在他家，並且是他和葛林里夫先生獨處時才會上演。他知道葛林里夫先生想跟他單獨談話，所以他趕在瑪姬提議回家喝咖啡之前（瑪姬喜歡他家的濾過式咖啡），搶先詢問是否在餐館喝完咖啡再走。但即便如此，三人返回湯姆住處後，瑪姬仍繼續跟他倆在客廳耗了半個鐘頭。瑪姬實在很不會看臉色，湯姆心想。最後他不得不擠眉弄眼對她使眼色，瞄了一眼樓梯，她才收到暗示，伸手摀嘴，宣布她得上樓打盹兒。瑪姬的心情仍舊好得不得了。午餐期間，她和葛林里夫先生聊天的語氣彷彿十分**確定**狄奇還在世；她請葛林里夫先生千萬、千萬別太擔心，因為這樣對消化不好。湯姆認為，瑪姬似乎還抱著能做他媳婦的希望。

葛林里夫先生起身，雙手插進外套口袋，像個準備向速記員口述信件的大老闆在屋裡緩緩踱步。葛林里夫先生還未評論這間奢華宅邸，湯姆注意到，他甚至連瞧也沒瞧過一眼。

「唉，湯姆呀，」他一開口就是嘆氣，「這個實在是個不可思議的結局，你說是吧？」

「結局？」

「噢，就是你在歐洲安頓下來，然後理查——」

「他說不定跑回美國了？還是大家都覺得不太可能？」湯姆語氣輕快。

「他沒有，而且也不可能。畢竟美國移民局對這事相當警覺。」葛林里夫先生不看他，繼續踱步。「關於理查的下落，我想聽你真正的想法。」

「呃，先生，我認為他可能躲在義大利某個地方。如果他不住那種必須詳實登記的飯店，要躲起來其實非常簡單。」

「義大利竟然有不用登記就能住的飯店？」

「檯面上說是沒有，但任何一個像狄奇這樣熟悉義大利的人，鐵定都能找到門路。說真的，如果他買通南義某個小旅店老闆，請對方幫忙保密，那麼就算店主知道他叫理查・葛林里夫，狄奇照樣能安安穩穩住下去。」

「所以你覺得他現在可能就是這樣？」葛林里夫先生忽地望向他，神情卑微。湯姆在他倆初識那晚見過這種表情。

「不是，我——我只是覺得有這種可能性。其他的就不好說了。」他頓了頓，然後開口：「跟您提這事我其實也很難受，葛林里夫先生，但我認為狄奇很有可能已經死了。」

葛林里夫先生的表情沒有任何變化。「就因為你在羅馬提過他很沮喪的那件事？他到底跟你說了什麼？」

「他大多時候心情都不太好。」湯姆蹙眉。「邁爾斯的事顯然令他心煩。他是那種——他是真心討厭出名，好的壞的都討厭，也非常痛恨暴力行為。」湯姆舔舔唇，做出盡力想表達卻又痛苦萬分的模樣，簡直天才。「他的確說過，要是再出事，他一定會崩潰——或者他不知道自己會做出什麼事來。還有，那也是我頭一次覺得他無心作畫。說不定只是暫時的，但是在那天以前，我一直以為不論發生什麼事，狄奇還有畫畫能讓他全心投入，屏除干擾。」

「他真的對他的繪畫這麼認真哪？」

「對。他是認真的。」湯姆語氣堅定。

葛林里夫先生再度望向天花板，揹起雙手。「可惜我們沒找到這位迪馬西默先生。他應該知道些什麼。就我所知，他跟理查約好要一起去西西里島。」

「這我就不知道了。」湯姆說。他知道葛林里夫先生是從瑪姬那兒聽來的。

「迪馬西默先生也失蹤了。前提是得真有這個人。我總覺得這人是理查捏造出來的，為的是說服我相信他真的在畫畫。警察在他們的身分登記資料檔——總之就是那一類的名單上也找不到迪馬西默這號人物。」

「我也沒見過這個人。」湯姆說。「狄奇提過他幾次，但我從來沒懷疑過這個人的身分——或者他是不是真的。」他乾笑幾聲。

「你剛才說，狄奇說『要是再出事』，他還惹了什麼其他麻煩？」

「嗯，在羅馬那時候我還不懂他在說什麼；但現在我想我知道他的意思了。警方為了聖雷莫沉船一案找他去問話。他們沒告訴您嗎？」

「沒有。」

「有人在聖雷莫發現一艘沉船，那船似乎是在我跟狄奇在聖雷莫那天，或前後幾天不見的。我們租的也是同一款，就是遊客會租的那種小汽艇。總之船沉了，而且船上還有某種痕跡——警方認為是血跡。這艘船碰巧是在邁爾斯命案發生之後發現的。然後再加上他們當時也找不到**我**——因為我在義大利境內到處旅行——所以他們就去問狄奇我人在哪裡。後來我想了一下，狄奇當時肯定以為警方懷疑是他把我給殺了！」湯姆笑出來。

「我的老天！」

「我之所以知道這些，是因為幾個星期前才有一位警官跑來威尼斯問我這件事。他說他之前也問過狄奇。但奇怪的是，我從頭到尾都不知道有人在找我——雖不是多正式地發通告尋人，反正就是找人——直到我在威尼斯看到報紙才曉得。我連忙趕去警局，表明身分。」湯姆邊說邊笑。幾天前他就決定了：如果他有機會見到葛林里夫先生，不論對方是否聽說過聖雷莫沉船案，他最好把整件事和盤托出，親口告訴對方總比讓對方從警察口中聽來的好；而且湯姆還得告訴葛林里夫先生，照理說他應該要知道警方在找他的那段時間，他和狄奇其實一起在羅馬。如此一來也符合湯姆表示狄奇當時心情沮喪的說法。

「你說的這些我不太明白。」葛林里夫先生坐在沙發上，認真聆聽。

「總之現在都沒事了，狄奇和我都活得好好的。我之所以提起這件事，是因為狄奇知道警方在找我，因為他們問過他我在哪裡。警方頭一次問他的時候，他的確有可能不知道我在哪兒，但他好歹曉得我在義大利；可是即使後來我又去羅馬並且見到他，他還是沒跟警察說他見過我。他就是不想好好配合警方調查，他沒那個心情。我之所以知道這些，是因為瑪姬來羅馬，跟我在飯店通電話那一次，狄奇就是被警方找去問話了。他的態度就是……就讓警察慢慢去找湯姆吧，他是不會告訴他們我在哪裡的。」

葛林里夫先生搖頭——像個老父親一樣，稍微帶點不耐地搖了搖頭，彷彿他馬上就信了這正是狄奇會做的事。

「我想，他好像就是在那晚說出『要是再出事』那句話。其實這事害我滿丟臉的。威尼斯警察大概覺得我是白痴，竟然不曉得有人在找我。不過我是真的不知道呀。」

「嗯。」葛林里夫先生敷衍虛應一聲。

湯姆起身去倒白蘭地。

「但我恐怕還是不同意你的看法，就是你說理查可能已經自殺了。」葛林里夫先生說。

「喔，瑪姬也覺得他不會。但我只是說有這種可能性，我甚至認為應該不會發生這種事。」

「你覺得他不會自殺？那你認為他到底怎麼了？」

「他躲起來了。」湯姆說。「要不要來點白蘭地，先生？這裡應該比美國冷多了吧。」

「這倒是真的。」葛林里夫先生接過白蘭地。

「您也知道，除了義大利，他也可能躲在其他國家。」湯姆說。「從西西里回到拿坡里後，他可以去希臘、法國或其他任何地方，因為警方好幾天以後才開始找他。」

「我知道，我知道。」葛林里夫先生疲憊低語。

26

湯姆原本寄望瑪姬會忘了古董商在達涅利飯店的派對邀請，但她沒忘。葛林里夫先生四點左右就回自己的飯店休息了。他前腳才離開，瑪姬立刻提醒湯姆，派對五點開始。

「你當真想去？」湯姆問她。「我甚至不記得那傢伙叫什麼名字。」

「馬魯夫，魯迪．馬魯夫。」瑪姬回答。「我想去。反正也不用待到很晚嘛。」

於是兩人出門了。今天這場派對最令湯姆反感的是，他倆把自己搞得像某種活動看板——葛林里夫案的主角，不只一人，而是兩個人。他和瑪姬就像是聚光燈下的雜技搭擋一樣引人注目。湯姆認為，也知道他倆不過就是馬魯夫碰巧撈到，結果當真大駕光臨的兩名貴客。因為馬魯夫想必早就跟派對其他客人說，瑪姬．雪伍德和湯姆．雷普利將出席他的派對。湯姆覺得他倆不該來，而瑪姬明顯飄飄然的好心情也不能用「她完全不擔心狄奇失蹤」的藉口簡單帶過。湯姆甚至覺得，瑪姬在派對暢飲馬丁尼，純粹是因為喝酒不用錢，好像她在他家無法隨心所欲，又或者她認為晚一點他們和葛林里夫先生共進晚餐時，他肯定不會付錢讓她多喝幾杯。

湯姆慢條斯理地啜飲雞尾酒，盡可能離瑪姬越遠越好。每個來找他聊天的人剛開始都問他是不是狄奇．葛林里夫先生的朋友；他會說他是，但他和瑪姬只是點頭之交。

「雪伍德小姐來我家作客。」他露出困擾的笑容。

「葛林里夫先生呢？你沒帶他來實在太可惜了。」馬魯夫先生像頭大象朝他走來，手上端著香檳杯裝盛的大杯曼哈頓調酒，身穿英式花呢格紋西裝。湯姆認為，做這身西裝的英國裁縫一定心不甘情不願，不想把這種款式浪費在美國人身上——尤其是魯迪．馬魯夫這種美國人。

「葛林里夫先生應該在休息。」湯姆說。「晚一點我們會去找他，一起晚餐。」

「喔。」馬魯夫先生說。「那麼今天的晚報你看了嗎？」他收起笑臉，彬彬有禮地問道。

「看了。」湯姆回答。

馬魯夫先生點點頭，沒再說話。湯姆好奇，要是他說他沒看晚報，不知馬魯夫又會報上哪條無關緊要的小道消息？晚報上說，葛林里夫先生已抵達威尼斯，目前下榻格利堤飯店。不過報紙沒提到美國偵探也在今日抵達羅馬，或是美國偵探要來羅馬的消息，令湯姆懷疑葛林里夫先生請私家偵探一事到底是不是真的。這種感覺就像他從別人口中聽到一些流言蜚語，或自己莫名憑空想像一些沒有半點事實基礎的擔憂，結果一兩星期後才羞愧地承認他當初**竟然會**相信：譬如瑪姬和狄奇在蒙吉貝羅說不定真有一腿，或是他們差一點就墜入愛河；又或者如果他再繼續假扮狄奇·葛林里夫，那麼二月的偽簽風波終將毀了他、暴露他的身分。好在這場風波已經過去了。最新消息指出，美國聘請的十名專家中有七位認定匯票簽名非屬偽造。若不是這份莫名的恐懼占了上風，湯姆本來打算繼續簽收美國匯款支票，永遠以狄奇·葛林里夫的身分活下去。湯姆神色一凜。此刻他仍分出少許心思聽馬魯夫長篇大論：此人裝模作樣，機敏又嚴肅地滔滔不絕描述那早在穆拉諾島與布拉諾島的探險歷程。湯姆收緊下巴，時而蹙眉，時而傾聽，堅定專注於思索他自己的人生。或許他應該相信葛林里夫先生請私家偵探調查的說詞，待此事證明子虛烏有再說；但他不會讓這件事害他心神不寧，或是聽到一點風吹草動就怕得要命。

湯姆漫不經心地回應馬魯夫先生方才的某句話，後者開心大笑但笑聲空洞，優哉游哉轉移陣地去了。湯姆盯著他四處遊移的寬肩厚背，眼神輕蔑，意識到自己剛才的表現（現在也是）其實相當無禮。他得打起精神來。即便對象是這寥寥幾位專門從事一些不值錢小玩意和菸灰缸買賣的二流古董商人（湯姆在掛放大衣外套的房間，看見床上鋪散著一些陶器樣品），他仍須謙遜以對，因為這也是作為仕紳的基本修養。但這群人頻頻令他想起他好不容易才擺脫的那群紐約人。他們就像鑽進皮膚底下，怎麼搔也搔不到的癢處，逼得他好想逃走。

說到底，他之所以出現在這裡的唯一理由是瑪姬。全得怪**她**。湯姆小啜馬丁尼，望向天花板，心想再過幾個月，他的神經、他的耐性應該就能忍受這樣一群人了（如果他得再次置身這種場合）；離開紐約後，他好歹有些進步，理當還能變得更好。他瞪著天花板，幻想他要從威尼斯駕船南下亞得里亞海，前往希臘，再經愛奧尼亞海航向克里特島。今年夏天他就要這麼做。六月。**六月**。多麼甜美柔軟的兩個字，晴朗、慵懶、充滿陽光！但這份遐想只持續了幾秒鐘，美國人響亮、刺耳的哄鬧聲再度強行突入耳際，像掐住神經那般沉沉壓在他肩頭、他的背上。他下意識離開原本站立的地方，走向瑪姬。除了她，屋裡只有兩位女賓客，她們和她們的商人夫婿同樣令人反感。湯姆不得不承認，瑪姬是比這兩個人漂亮，但她的聲音就跟那兩人一樣難聽，甚至是更糟糕。

差不多該走了。這話已到嘴邊，但催人離開既不體貼也不紳士，所以他一句都不吭，只是自然加入瑪姬的談話圈，得體微笑。有人斟滿他的酒。瑪姬說起蒙吉貝羅的生活，提到她的書，這三名鬢角灰白、長相難看的光頭男子聽得津津有味，十分著迷。

幾分鐘後，瑪姬主動表示該走了，但他們費了好一番工夫，好不容易才擺脫馬魯夫和他的賓客們。馬魯夫有些醉了，堅持**大家**——包括葛林里夫先生——必須留下來共進晚餐。「這才是威尼斯嘛！共度快樂時光！」馬魯夫先生像跳針一樣反覆說著這句話，趁機環住瑪姬，捏了她一把，設法說服她留下。湯姆慶幸自己沒吃多少東西，否則這會兒鐵定全部吐出來。「葛林里夫先生電話幾號？我們打給他！」馬魯夫先生搖搖擺擺迂迴走向電話機。

「我想我們還是快點離開吧！」湯姆對瑪姬咬耳朵。他快撐不下去了。湯姆堅定、明確地握住她的手肘，引導她朝門口移動。兩人一路不斷向賓客點頭致意，微笑道別。

「**怎麼**回事？」來到走廊，瑪姬問道。

「沒事。我只是覺得派對好像快要失控了。」湯姆嘗試一笑帶過。瑪姬的情緒仍有點高漲，卻也沒亢奮到看不出來湯姆不太對勁。他在冒汗。他拭去額頭上的薄汗。「那種場合使我心情低落。」他解釋。「一逕聊著狄奇的事，可是我們甚至不認識這群人。橫豎我也不想認識他們。他們令我噁心想吐。」

「妙了，整晚沒有一個人跟我聊狄奇耶，甚至沒人提到他的名字。我反而覺得今天的派對比昨天在彼得家更有意思呢。」

湯姆昂首邁步，不發一語。其實他鄙視的是那個階級的人。但他何必跟瑪姬說這些？她跟他們都是同一類人。

他們去格利堤飯店接葛林里夫先生。這時間晚餐還太早，所以他們先在飯店旁邊的咖啡館吃點開胃菜。晚餐時，湯姆想彌補方才在派對上的失態，盡全力表現得輕鬆健談。葛林里夫先生心情也不錯，因為他才跟夫人通過電話，得知她精神頗佳，心裡舒坦多了。葛林里夫先生說，過去這十天，夫人的醫師正在嘗試一種新的注射劑組合；跟以往試過的所有治療相比，夫人這回的反應似乎相當不錯。

晚餐氣氛安靜。湯姆講了一個純潔正派、還算有趣的笑話，瑪姬大笑，反應稍顯誇張。葛林里夫先生堅持晚餐由他買單，然後表明他有點累了，想回飯店休息。從葛林里夫先生的晚餐選擇研判——他只點了一份義大利麵，沒吃沙拉——湯姆認為他或許是水土不服，消化不良。湯姆想推薦他一副極有效的藥方，而且每家藥局都拿得到，但葛林里夫先生似乎不屬於能分享這類資訊的對象，就算私下說也不恰當。

葛林里夫先生表示他明天回羅馬，湯姆答應早上九點左右打電話給他，確認他搭乘哪班火車出發。瑪姬決定跟葛林里夫先生一起回去，搭哪班車都行。他們走路回格利堤飯店。頭戴捲邊灰氈帽，繃著一張像是實業家臉的葛林里夫先生猶如走進曲弄窄巷的麥迪遜大道上流仕紳。三人互道晚安。

「沒能多花點時間陪陪您，真的非常抱歉。」湯姆說。

「我也很遺憾，好孩子。也許下回吧。」葛林里夫先生拍拍他肩膀。

湯姆和瑪姬走路回家，他心滿意足，好似全身發光。事情進展太順利了，湯姆心想。他和瑪姬邊走邊聊，瑪姬一路咯咯笑不停；她說她的內衣肩帶斷了一邊，得一路拎著肩帶回家。湯姆想著他下午收到的那封信，巴布・迪蘭西寄來的。除了好久以前寄過一張明信片，這是巴布頭一回寫信來。信上說，幾個月前，警察跑去他家，盤問屋裡每一個人有關所得稅詐欺的事。那名詐欺犯似乎利用巴布家的地址收取支票，且多次利用簡單手法——從信箱邊邊抽走郵差剛投遞的信件——取得支票。負責送信的郵差也被找去問話。巴布說，他甚至記得那幾封信的收件人叫喬治・麥卡爾賓。巴布似乎覺得這件事頗為有趣，還在信上描述幾名房客面對警察盤問時的反應；但神祕的是到底是誰拿走了那幾封署名給喬治・麥卡爾賓的信件？巴布的來信讓湯姆安了心。所得稅這事他隱隱擔心了好一陣子，因為他知道總有一天、總有人會開始調查這件事；現在，他很高興事情發展到這個地步，似乎也走進死胡同了。警方可能永遠、永遠都不會把湯姆・雷普利跟喬治・麥卡爾賓聯想在一起。湯姆想不出任何可能性。再說了，巴布也特別提到，那個詐欺犯似乎也不曾嘗試兌現那些支票。

湯姆一回家就進客廳坐下，重讀巴布的信。瑪姬上樓整理行李，然後便睡了。湯姆也很累，不過，一想到明天他就自由了——瑪姬和葛林里夫先生都要走了——他開心得來勁，即使整夜不睡也沒關係。他踢掉鞋子，把腳擱上沙發，倚著靠枕繼續讀信。「警察認為應該是某個不住在這裡的人偶然路過，拿走信箱的信，因為這屋子的癮君子們看起來都不像作奸犯科的類型……」信上描述的紐約人艾德和蘿蘭他都認識（蘿蘭就是在他啟程那天，試著躲進艙房衣櫃想偷渡離開的無腦女孩），所以這一句讀起來感覺好怪。奇怪又無聊。這些人過的到底是什麼悲慘日子？在紐約底層苟延殘喘地活著，出門靠地鐵，站在第三大道的骯髒酒吧看電視轉播、貪杯享樂；就算他們偶爾有錢去麥迪遜大道的酒吧或上等餐館享受一頓，但是跟威尼斯最不入流的小食堂相比——那一桌桌生菜沙拉、一盤盤美味起司，還有親切服務生為你送上全世界最好喝的紅酒！那些地方何其乏味遜色！「我真的很羨慕你能住進威尼斯的老房子！」巴布寫道。「你常搭貢多拉嗎？義大利女孩怎麼樣？你會不會變得很高尚，以後回紐約就不想跟我們這群人說話了？你還要在那裡待多久啊？」

待到下輩子，湯姆默默回答。說不定他不會再回美國了。原因倒不是歐洲這個地方，而是他在這裡、在羅馬獨自度過的那些夜晚使他萌生一股念頭：一個人躺在沙發上看看地圖、翻翻旅遊指南的夜晚，還有打開衣櫥，看著他（他和狄奇）的衣服，感覺狄奇的戒指扣在掌中，手指拂過他買的 Gucci 羚羊皮行李箱的那些夜晚。湯姆用一款英國特製的皮件保養油將行李箱擦得光滑潔亮。他如此細心保養皮件倒不是因為行李箱需要定期擦拭，而是羚羊皮必須好好保養照顧。他喜歡擁有屬於自己的東西。數量不用多，但都是他精挑細選、不忍割捨的物品。這些物品能賦予男人自尊，重點在質感而非炫耀，以及珍惜品質的那份喜愛。這些所有物讓他自覺並享受自己的存在，意義就是這麼簡單。他在這個世界占有一席之地。所以擁有這一切難道不值得嘛？知道該怎麼做的人不多，即便是擁有大量財富者亦然；「存在」本身並不花錢，或者不用花很多錢，但它需要安全感。湯姆一直走在這條路上，即使當年與馬克．普里明傑為伴，他也努力實踐這個目標。他感謝馬克擁有的房子和諸多物品。最初他也是受此吸引，因而來到馬克家，但這些物品不完全屬於他，況且以他當時週薪四十美元的收入，一開始也很難買下任何屬於自己的東西；即便縮衣節食，他依然得花費他一生中最美好的時光，才能買下他想要的物品。在他追求存在的這條路上，狄奇的錢對他來說不過就是一份額外的動力。這些錢讓他有餘裕能看一看希臘，有興趣的話還能蒐集陶器（前陣子他看了一本介紹『伊特拉斯坎文化』的書，感覺相當有趣，作者是定居羅馬的美國人），或者隨他高興，捐款贊助或加入藝術團體。狄奇的錢讓他今晚——打個比方來說——可以盡情閱讀馬勒侯*，讀到多晚都行，因為明天他不需要早起上班。此刻他正在讀那兩大冊他剛買的馬勒侯《藝術心理學》；雖是法文版，但他邊查字典邊讀，亦讀得津津有味。他在想，待會兒他或許會先打個盹兒，醒來之後再繼續往下讀，才不管天色是明是暗呢。他感覺愜意安適，儘管喝了好幾杯濃縮咖啡，他仍有些昏昏欲睡。沙發拐角的弧線與他的肩膀緊密貼合，猶如臂彎或更甚臂彎。他決定今晚就窩在這裡。這沙發比樓上那張舒服多了。再躺一下。晚點他也許會上樓去拿條毯子。

「湯姆？」

他睜開眼睛。瑪姬赤腳下樓。湯姆坐起來。她手裡拿著他的棕色小皮盒。

「我在裡頭發現狄奇的戒指。」她有些喘不過氣。

「噢。他把戒指給我了，要我替他收好。」湯姆挪下沙發，站起來。

「什麼時候的事？」

「好像是在羅馬吧。」湯姆退一步，踢翻一隻鞋。他彎腰拾起，用盡全身的力氣保持冷靜。

「他到底想做什麼？為什麼會把戒指給你？」

瑪姬剛才大概在找針線縫肩帶吧，湯姆心想。他見鬼的為什麼不把戒指藏在別的地方，譬如行李箱內襯？「我真的不知道。」他說。「一股衝動什麼的？你也曉得他這個人。他說他怕自己會出事，希望我留著他的戒指。」

瑪姬一臉困惑。「那時他打算去哪裡？」

「巴勒摩，西西里島。」湯姆用兩隻手抓住鞋子，隨時準備用木鞋跟當武器；接下來的動作在他腦中一氣呵成：他用鞋跟打她，再從前門拖出去，扔進小運河。他會說她是失足落水，踩到溼苔滑倒了；她明明很會游泳，他以為她能自己游上來的。

瑪姬低頭盯著小皮盒。「所以他**真的**打算尋死？」

「對——如果從這個角度來看這兩枚戒指，他的確很有可能這麼做。」

「你之前為什麼什麼都不說？」

「我一定是忘了戒指這事。我怕把它們弄丟，所以特別收起來，而且從狄奇交給我的那天起我就沒再見過它們了。」

＊安德列・馬勒侯（André Malraux, 1901-1976），法國著名作家，在戴高樂政府時期出任第一任文化部長。

「他若不是自殺就是換了身分，對不對？」

「嗯。」湯姆應聲，語氣悲傷但肯定。

「你最好把這件事告訴葛林里夫先生。」

「好。我會。我會跟葛林里夫先生說，也會告訴警方。」

「事情幾乎**肯定**就是這樣了。」瑪姬說。

湯姆像擰手套一樣扭絞手裡的鞋，仍保持準備姿勢，因為瑪姬看他的眼神很奇怪。她還在動腦筋。她是否在套他的話？她知道真相了嗎？

瑪姬開口了。「狄奇到哪裡都戴著他的戒指。我只是沒辦法想像……」瑪姬還沒猜到答案。她的思路往另一個方向去了。

湯姆整個人放鬆下來，軟綿綿地落坐沙發，佯裝忙著穿鞋。「我也一樣。」他不假思索應道。

「要不是時間太晚，我現在就想打電話給葛林里夫先生。他大概已經上床了。要是我現在告訴他，他肯定整晚睡不著。」

儘管手指還使不上力，湯姆仍試著把另一隻腳套進鞋裡。他絞盡腦汁，設法擠出一句得體回應。「很抱歉我這麼晚才說。」他壓低嗓音。「只是這件事——」

「沒錯。現在看來，葛林里夫先生特地請私家偵探這事就有些多餘了，不是嗎？」她的聲音不太穩。

他看看瑪姬，發現她快要哭了。湯姆意識到，這是瑪姬首度承認狄奇可能會死，而且說不定已經死了。湯姆慢慢走向她。「對不起，瑪姬。沒能早點告訴你戒指的事，我真的很抱歉。」他摟住她。他不得不伸手，因為她已經靠過來了。他聞到她的香水味。也許是那支史特拉底瓦里吧。「我想我之所以滿確定他會尋死──至少有可能尋死──戒指是原因之一。」

「嗯。」她哀聲回答，聽起來很可憐。

其實瑪姬沒哭，她只是低頭抵在他胸前，輕輕靠著他，就像任何一個突然聽聞死訊的人會有的反應。她的確符合這條件，湯姆心想。

「要不要喝點白蘭地？」他柔聲詢問。

「不要。」

「來沙發坐著。」他領她走向沙發。

她溫順落坐，而他走向房間另一頭去拿白蘭地，倒了兩杯。轉過身，瑪姬已經不見了。他剛好看見她的睡袍底邊和光裸的雙腳消失在樓梯頂上。

湯姆猜她可能想靜一靜吧。他考慮把白蘭地端上樓給她，旋即打消念頭。或許就連白蘭地也幫不了她。他明白她的感受。他嚴肅地端著兩杯酒回到酒櫃旁。湯姆本來只想把其中一杯倒回酒瓶，最後兩杯都倒回去了。他隨手將白蘭地酒瓶插在其他酒瓶之間。

湯姆再次窩進沙發，鬆鬆地伸長腿，累得連鞋都懶得脫——跟他剛做掉弗雷迪．邁爾斯，或是在聖雷莫解決狄奇那時候的疲累程度差不多。他突然閃過一個念頭：他差點就要再來一次了！湯姆想起方才萌生的冷血畫面：用鞋跟把她打到失去知覺，但又不致粗暴到留下外傷，關燈，再從前廳把她拖出去，如此就不會有人看見他倆；然後他馬上編出一套故事，說她一定是失足滑落水裡，並以為她會自己游回臺階，所以他才沒有跳下去拉她或叫人幫忙，直到——。湯姆連在事發之後，他和葛林里夫先生的對話內容幾乎都想好了：葛林里夫先生震驚得說不出話，而他自己表面上也明顯深受打擊；內心深處，湯姆冷靜自若，就跟他犯下弗雷迪命案後一樣，因為他的劇本固若金湯、無懈可擊。聖雷莫那套劇本也是。湯姆這兩套都編得很棒，那是因為他集中精神、認真想像，認真到連他自己都要信了。

有那麼一瞬間，他聽見自己在說：「……我站在石階上叫她，以為她隨時會浮上來，甚至還以為她想捉弄我……我不**確定**她有沒有受傷，畢竟她剛才還站在那兒，開心得不得了……」湯姆渾身一緊，彷彿腦中有臺持續播放的留聲機，彷彿客廳正在播放一齣他停不下來的短劇。他甚至能看見自己和警察、葛林里夫先生站在敞開的前廳正門旁，看著並聽著他真摯懇切地說話。而他們也相信他。

然而，這整件事最教他恐懼的似乎不是他幻想的對話內容，抑或他相信自己正在經歷這一切的虛妄幻覺（他明白這些都不是真的），而是他清楚記得自己曾抓著鞋子，站在瑪姬面前，冷酷、有條有理地想像整個過程——以及這件事他已經做過兩次了。那兩次都是事實，不是想像。他可以說他並不想殺人，但他確實殺了人。他發覺自己有時候真能忘記自己殺過人，有時卻辦不到——譬如現在。今天晚上，他肯定一度忘了此事，那時他在思考擁有的意義，以及他何以喜歡在歐洲生活。

湯姆扭身側躺，蜷腿擱上沙發，渾身發抖，冷汗直流。怎麼回事？他怎會變成這副模樣？明天見到葛林里夫先生的時候，他會口無遮攔地胡扯瑪姬掉進小運河，而他大聲呼救跟著跳河卻遍尋不著她身影的一連串鬼話嗎？即使瑪姬就站在他倆身邊，他會當著兩人的面發狂，把心裡想的、編的故事全說出來嗎？

明天他得面對葛林里夫先生，把戒指的事說清楚。他得搬出稍早跟瑪姬解釋的那一套。他必須添補細節，讓整套說詞聽起來更合理。於是，他靜下心來開始虛構、捏造。他想像自己在羅馬，飯店房間，狄奇和他站著說話。狄奇逐一脫下兩枚戒指，交給他。狄奇說：「幫個忙，千萬別跟任何人說……」

27

隔天早上八點半，瑪姬打電話給葛林里夫先生，想知道他最早幾點方便讓他倆過去旅館找他，她已經跟湯姆說過了。但葛林里夫先生想必已察覺她情緒低落。湯姆聽見瑪姬開始向葛林里夫先生敘述戒指的事，幾乎是一五一十轉述湯姆告訴她的版本（顯然瑪姬信了他的說詞），但湯姆無法判斷葛林里夫先生的反應。他害怕這條新消息說不定會掀起波瀾，讓葛林里夫先生看清事件全貌，以致待會兒見面的時候，他會看見葛林里夫先生身邊站著警察，準備逮捕湯姆．雷普利。雖然葛林里夫先生並非從湯姆口中得知戒指一事，但他不在現場的這點優勢卻被東窗事發的可能性給抵銷了。

「他怎麼說？」瑪姬掛上電話，湯姆立即出聲詢問。

瑪姬在房間另一頭，神情疲憊地拉椅子坐下。「他想的好像跟我一樣，他自己說的。看來狄奇確實有意尋死。」

但是在他倆抵達飯店之前，葛林里夫先生還有一點時間琢磨這件事。「我們幾點要到？」湯姆問。

「我跟他說最晚九點半，等我們喝完咖啡就出發。咖啡煮好了。」瑪姬起身走進廚房。她已經換好衣服了，身上是抵達那天穿的休閒裝。

湯姆猶豫數秒才起身，挨坐在沙發邊緣，拉開領帶。昨晚他在沙發上合衣而眠，直到幾分鐘前瑪姬下樓，這才叫醒他。他不懂自己怎麼有辦法在這個冷死人的房間睡一整夜。湯姆好尷尬。發現湯姆睡在客廳，瑪姬亦十分錯愕。湯姆脖子痛、背痛、右肩也痛到抽筋。他覺得很難受。湯姆忽地站起來。「我上樓沖個澡。」他對瑪姬喊道。

來到二樓，他瞄了瞄臥室。瑪姬已經把行李整理好了。行李箱蓋好收攏，豎在地板中央。湯姆希望她和葛林里夫先生能按原定計畫，搭今天早上的火車離開。說不定他們就會這麼做，因為葛林里夫先生跟那位美國偵探約好今天在羅馬見面。

湯姆走進隔壁房間，脫下衣服，走進浴室開水龍頭。他看看鏡中的自己，決定先刮鬍子，便出浴室去拿電鬍刀——那是瑪姬到訪那天，他從自己的浴室拿過來的，沒有特別用意。往回走的時候，他聽見電話響了。瑪姬接起來。湯姆靠在樓梯上，屏息側聽。

「哦，好呀。」她說。「喔。不回去的話也沒關係……好，我會告訴他……好的，我們會快一點。湯姆正在洗澡……哦？那不到一個鐘頭了。掰掰。」

他聽見她朝樓梯走來，連忙退回去。因為他沒穿衣服。

「湯姆？」她朝樓上喊。「美國偵探今天到了！他剛剛打給葛林里夫先生，說他要直接從機場過來！」

「好！」湯姆喊回去，氣嘟嘟走回浴室。他關掉水龍頭，把電鬍刀插頭送進牆上插座。瑪姬大概以為他在沖澡。她這麼喊，大概覺得這樣他就能聽見了。等她走了，湯姆一定會很高興。他希望她今天早上就走。除非她跟葛林里夫先生打算留下來看看美國偵探怎麼對付他。湯姆知道，偵探直奔威尼斯就是為了見他，否則對方大可在羅馬等葛林里夫先生回去。不知瑪姬是否也想到這一點了，說不定還沒。畢竟這需要一點推理能力。

湯姆換上樸素的西裝配領帶，下樓跟瑪姬喝咖啡。剛才沖澡時，他把水溫調到他能忍受的最高極限，所以這會兒感覺好多了。瑪姬只說了幾句話，表示那兩枚戒指應該會大大改變葛林里夫先生和美國偵探的想法，她的意思是，美國偵探應該也會覺得狄奇自殺了。湯姆希望她是對的。但一切取決於那名偵探是什麼樣的人，取決於湯姆給他的第一印象。

又是個灰濛濛的溼冷日子。早上九點，雨下得若有似無，但稍早確實下過雨，也許中午前還會再飄幾滴。湯姆和瑪姬從安康聖母教堂的石階處，搭貢多拉到聖馬可廣場船棧，再步行前往格利堤飯店。兩人在櫃檯撥內線給葛林里夫先生，葛林里夫先生表示麥卡隆先生先到了，請他倆直接上樓。

葛林里夫先生給兩人開門。「早安。」他說。他像慈父一樣輕握瑪姬手臂。「湯姆——」

湯姆跟著瑪姬進門。偵探先生站在窗邊，矮壯結實，約莫三十五歲。他的臉看起來友善又機警，相當聰明，但非絕頂聰明。這是湯姆對他的第一印象。

「這位是亞文．麥卡隆。」葛林里夫先生為雙方介紹。「雪伍德小姐和雷普利先生。」

兩人同時開口：「您好。」

湯姆瞥見床邊有一只嶄新公事包，周圍散落幾紙文件和照片。麥卡隆先生打量湯姆。

「據我所知，您是理查的朋友？」他問。

「我倆都是。」湯姆回答。

對話暫時被葛林里夫先生打斷——他請大家都坐下來。這間房大小適中，布置考究，有幾扇窗正對運河。湯姆選了一張紅椅墊，沒扶手的椅子坐下，麥卡隆先生則一屁股坐上床，翻找他帶來的幾疊文件。湯姆看見好幾份文件都附了照片，看起來像狄奇的匯票。另外還有幾張狄奇的照片。

「兩位把戒指帶來了嗎？」麥卡隆先生看看湯姆，再望向瑪姬。

「帶來了。」瑪姬起身，語氣嚴肅。她從手提包取出兩枚戒指，交給麥卡隆。

麥卡隆把戒指放在手掌上，送到葛林里夫先生面前。「這是他的戒指？」他問。葛林里夫先生只瞄了一眼便點點頭，瑪姬的表情卻彷彿微微受到冒犯，好像她差點就要脫口說「**我**跟葛林里夫先生一樣都很熟悉這些戒指，說不定比他更清楚」。麥卡隆轉向湯姆。

「他什麼時候把戒指交給您的？」他問。

「在羅馬的時候。印象中應該是在二月三號左右，弗雷迪．邁爾斯遇害之後不久。」湯姆回答。

偵探仔細觀察湯姆，淡棕色的眼眸滿是好奇。他抬抬眉毛，皮膚粗厚的額頭因此擠出幾道皺紋。偵探的棕色捲髮在兩鬢修得極短，頭頂則高如波浪，流露一種屬於男大學生的可愛。湯姆覺得，這是一張受過訓練的臉，讀不出任何情緒。「他把戒指交給您的時候，說了什麼？」

「他說，要是他出了什麼事，要我留著他的戒指。我問過他到底會出什麼事，他說他不知道，只是覺得有這種可能。」湯姆刻意停頓。「他跟我說這句話的那天，我並不覺得他的情緒比平常更糟，所以當時壓根沒想到他可能會自殺。我只知道他想離開羅馬，去別的地方。」

「去哪裡？」偵探問。

「巴勒摩。」湯姆看看瑪姬。「他肯定是在你跟我通話那天——在羅馬的英倫飯店——把戒指給我的。那天或前一天。你記得日期嗎？」

「二月二號。」瑪姬輕聲回答。

麥卡隆記下來。「還有呢？」他問湯姆，「大概幾點？當時他有沒有喝酒？」

「沒有。那天他喝得很少。時間大概是下午兩、三點吧。他還要我幫個忙，別跟任何人提戒指的事。我當然就答應了。然後就像之前跟雪伍德小姐說過的，把戒指收好，結果徹底忘了這件事——我想我……我可能是因為腦子裡一直有個印象，就是狄奇希望我不要說出去。」他說得直率坦蕩，不經意有些結巴；任何人在這種情境下都可能有些支支吾吾的，湯姆暗忖。

「您怎麼處理這兩枚戒指？」

「我把它們放進一個盒子裡——就是我放舊鈕釦的一個小盒。」

麥卡隆不發一語，默默打量他好一會兒；湯姆抓住空檔給自己打氣。這個平靜機敏的愛爾蘭裔美國人下一秒會說出什麼話，實在難以預料；對方可能挑釁質問，也可能不帶感情地直言他在說謊。湯姆把心一橫，決心緊咬並誓死捍衛他想好的說詞。寂靜中，湯姆幾乎能聽見瑪姬呼吸的聲音，而葛林里夫先生的咳嗽聲把他嚇了一跳。葛林里夫先生看起來意外平靜，甚至有些無聊；湯姆猜想，葛林里夫先生和麥卡隆是否已先根據戒指一事套好招，聯手準備對付他？

「他是那種沒有理由也會把戒指借給你的人嗎？以前他有沒有過類似舉動？」麥卡隆又問。

「沒有。」湯姆還沒來得及開口，瑪姬便搶著說。

湯姆比較能自在呼吸了。看得出來，麥卡隆還不確定該如何解讀瑪姬的舉動，他還在等湯姆回答。「他以前的確會借我一些東西。」湯姆說。「時不時就跟我說別客氣，儘管拿他的外套、領帶去穿去用。但戒指的意義確實不太一樣。」他覺得他必須交代這件事。因為瑪姬鐵定知道狄奇曾逮到他穿狄奇的衣服。

「我就是沒辦法想像狄奇會跟他的戒指分開。」瑪姬對麥卡隆說。「下水游泳前，他會脫掉綠寶石戒指，但上岸後一定會戴回去。戒指某種程度就像他的衣物一樣。這也是我為什麼會覺得他要不是執意尋死，要不就是決心改變身分。」

麥卡隆點頭。「他有沒有什麼敵人？兩位知道嗎？」

「一個都沒有。」湯姆說。「這我想過了。」

「您想得到任何他必須偽裝或改變身分的理由嗎？」

湯姆扭扭疼痛的脖子，小心翼翼地說：「**也許有吧**——但這在歐洲幾乎是不可能的事。他得弄到另一本護照才行。不論他想去哪個國家，沒有護照是無法入境的，甚至連飯店也沒辦法住。」

「但你跟我說過，他可能不用護照也能找到住的地方。」葛林里夫先生說。

「對，不過我說的是義大利的一些小旅店。當然，這種可能性微乎其微，但他失蹤的事已經被報導到這種程度，他要怎麼繼續隱瞞身分？我覺得不太可能。」湯姆說。「事情見報這麼久，應該早就有人出賣他了。」

「這麼看來，顯然他是帶著護照走的。」麥卡隆說。「因為他去了西西里，還住進一家大飯店。」

「對。」湯姆說。

麥卡隆再度低頭筆記，再抬頭看著湯姆。「您怎麼看這件事？雷普利先生？」

麥卡隆還不打算放過他，湯姆心想，待會兒對方應該會找他單獨聊。「我的想法恐怕也和雪伍德小姐一樣：他若不是一心尋死，就是只想一個人待著。我之前也跟葛林里夫先生這麼說過。」

麥卡隆看看葛林里夫先生，後者未置一詞，只是一臉期待地看著麥卡隆。湯姆覺得，現在麥卡隆應該也傾向相信狄奇死了，他來這一趟不僅浪費錢，也浪費時間。

「我想再確認一遍這些事實資料。」麥卡隆還沒放棄，回頭檢視筆記。「最後一次有人見到理查的日子是二月十五日，他在拿坡里下船的時候。那天他從巴勒摩搭船回來。」

「是的。」葛林里夫先生說。「看見他的是一名客輪乘務員。」

「在那之後，沒有任何跡象顯示他曾登記入住哪間飯店，從此音訊全無。」麥卡隆先看看葛林里夫先生，再看看湯姆。

「對。」湯姆說。

麥卡隆看了看瑪姬。

「嗯。」瑪姬應聲。

「您最後一次見到狄奇是什麼時候？」

「去年十一月二十三號，他要去聖雷莫之前。」瑪姬立刻回答。

「當時您在蒙**奇**貝羅？」麥卡隆問道，他用力發出第二個音，感覺對義語並不熟悉，或至少不懂發音。

「對。」瑪姬回答。「二月在羅馬的時候，我剛好錯過他了。但上一次是在蒙吉貝羅見到他的。」

瑪姬好樣的！湯姆的心幾乎要飛向她了——只是幾乎。雖然她處處惹毛他，但湯姆開始覺得這個早晨其實還滿可愛的。「在羅馬的時候，他無所不用其極地避開所有人，」湯姆插話，「這也是為什麼當初他把戒指交給我的時候，我會覺得他似乎準備離開他認識的每一個人，打算去另一個地方生活，消失一陣子。」

「您認為理由是什麼？」

湯姆詳盡闡述，提及友人弗雷迪·邁爾斯之死，還有該案對狄奇的影響。

「您認為理查知不知道是誰殺了弗雷迪·邁爾斯？」

「不知道。我認為他不知道。」

麥卡隆等待瑪姬回應。

「我也這麼覺得。」瑪姬搖頭。

「請您再想一下。」這話是對湯姆說的。「您是否認為——您覺得我這樣說有沒有可能稍稍解釋他的行為——他是為了躲避警方問話才遲遲不現身？」

湯姆想了一會兒。「他沒給過我任何暗示，讓我朝這方面想。」

「您認為狄奇在害怕什麼嗎？」

「我想不出來他有什麼好害怕的。」湯姆回答。

麥卡隆再問湯姆，以朋友來說，狄奇和弗雷迪．邁爾斯兩人的關係有多親近？還有湯姆是否認識兩人其他的共同朋友？兩人之間有沒有債務、女友等等問題——對此，湯姆回答「我只認識瑪姬」，而瑪姬旋即抗議，澄清她並非弗雷迪的**女友**，所以這兩個人不可能為了她**爭風吃醋**。麥卡隆問湯姆是不是狄奇在歐洲最要好的朋友？

「我不會這麼說。」湯姆回答。「我認為瑪姬．雪伍德小姐才是。我幾乎不認識狄奇在歐洲這邊的朋友。」

麥卡隆再次打量湯姆。「您對偽造簽名一事有何看法？」

「簽名當真是偽造？目前還沒有人能確定吧。」

「我覺得不是偽造的。」瑪姬說。

「銀行那邊的意見似乎有些分歧。」麥卡隆說。「專家認為，狄奇從拿坡里寄給銀行的信是他自己簽的。但這只意味著一件事：在這些簽名中，如果真有哪一份是偽造的，那麼他應該是在掩護某人。倘若真是如此，您能不能想到理查此舉有可能是為了掩護誰？」

湯姆沒有立刻答話，瑪姬倒是說了：「認識他這麼久，我實在沒辦法想像他會幫誰掩蓋什麼。他幹嘛做這種事？」

麥卡隆盯著湯姆瞧。不論麥卡隆是在思量湯姆是否誠實，抑或思索他倆提供的意見，湯姆都看不出來。麥卡隆就像賣車或銷售任何一種商品的典型美國業務員，神采奕奕、能言善道、智力中上；可以跟男人聊棒球，也能對女士獻上一句蹩腳的讚美。湯姆對麥卡隆評價不高，但低估對手無疑更為不智。在湯姆的注視之下，麥卡隆張開他小而柔軟的嘴唇說：「雷普利先生，如果您不趕時間，是否方便隨我下樓幾分鐘？」

「當然好。」湯姆起身。

「我們不會耽擱太久。」麥卡隆對瑪姬和葛林里夫先生說。

湯姆在門口回頭，因為葛林里夫先生也站起來說了幾句話，湯姆沒認真聽。他突然意識到外頭正在下雨。薄薄的灰色雨幕輕拍窗櫺。那一眼的感覺就像模糊、匆匆的最後一瞥：瑪姬站在偌大房間的另一邊，身形看起來好小好扁；至於葛林里夫先生則像個步履蹣跚、心有不甘的垂垂老人；但重點是從這個舒適房間望出去的風景——他家就在運河對面（現在下雨看不到）——這一景恐怕是再也看不到了。

葛林里夫先生問：「你——你們倆很快就會回來吧？」

「喔，是啊。」麥卡隆像個冷淡、不帶個人情緒的劊子手。

兩人走向電梯。私家偵探都這麼玩？湯姆忍不住揣想：先在飯店大廳小聲交代幾句，再把湯姆交給義大利警方，然後上樓回房，一如方才的承諾。麥卡隆帶著幾份從公事包取出的文件。湯姆盯著電梯樓層面板側邊的花俏裝飾：卵形圖樣外圍有四個凸點，卵形、凸點，反覆連續。**設法擠出幾句跟葛林里夫先生有關、明智但普通的評論吧**，湯姆默默對自己說。他咬緊牙根，希望自己別又開始流汗；雖然此刻他還未出半滴汗，但是等電梯抵達一樓大廳時，說不定他已滿臉是汗。麥卡隆的身高還不到他肩膀。湯姆在電梯停止的那一刻轉向麥卡隆，擠出齜牙咧嘴的微笑：「頭一次來威尼斯？」

「對。」麥卡隆舉步穿過大廳，「去那邊聊好嗎？」他指指大廳酒吧，語氣彬彬有禮。

「好呀。」湯姆愉快回應。酒吧人不多，但沒有一張桌位能讓他們放心談話，似乎都有可能被旁人聽見。麥卡隆會在這種地方拆穿他嗎？將事實證據一張一張亮在桌上？麥卡隆為他拉開椅子，湯姆順從坐下。麥卡隆背靠牆壁也跟著坐下。

服務生上前招呼。「兩位先生好。」

「我要咖啡。」麥卡隆說。

「卡布奇諾。」湯姆問麥卡隆，「您要卡布奇諾還是濃縮咖啡？」

「哪個有牛奶？卡布奇諾？」

「對。」

「那我要那個。」

湯姆向服務生點單。

麥卡隆看著湯姆，一邊的嘴角微微上揚。湯姆腦中閃過三、四種開場白：「你殺了理查，對不對？那兩枚戒指害你失算了，對吧？」或是「跟我說說聖雷莫沉船的事，雷普利先生。我要聽細節。」再不然單刀直入、挑明了問：「二月十五號，理查到……到拿坡里的那天，你人在哪裡？……好，你住在哪裡？先說一月吧？一月你住哪兒？你有辦法證明嗎？」

麥卡隆一句話也沒說，一逕低頭看著自己肥肥短短的手指，淡淡笑著，彷彿對他來說，要解開這道謎實在簡單得離譜，湯姆心想，而他連說都懶得說。

隔壁桌的四名義大利男子興致高昂，吵吵鬧鬧亂烘烘，不時爆出大笑。湯姆好想側身閃避，但他坐定不動。

湯姆做好準備，直到全身硬得像塊鐵板，直到心情緊繃到萌生對抗的意志。他聽見自己開口，聲音冷靜得不可思議：「來這裡的路上，您去羅馬找過洛維里尼警官嗎？」問出口的瞬間，湯姆同時意識到：自己就連問問題也是有目的的——他想知道麥卡隆是否已經聽說聖雷莫沉船的事。

「沒有，我沒見到他。」麥卡隆說。「雖然我收到留言，得知葛林里夫先生今天回羅馬，但我的飛機一大早就到羅馬，我想我可以直接飛過來跟他碰面——順便見您一面。」麥卡隆低頭看文件。「理查到底是個怎麼樣的人？您會怎麼描述他、他的性格？」

麥卡隆打算從這點切入？從他描述狄奇的用字遣詞撈出更多小線索？或者，對方只是想得到一些沒辦法從狄奇雙親口中問到的客觀意見？「他想畫畫，」湯姆開口，「但他知道自己永遠不可能成為了不起的畫家。他想假裝不在意，想假裝心滿意足，在歐洲過著他一心嚮往的生活。」湯姆舔舔嘴唇。「但我想，這樣的生活漸漸令他失望了。他得不到父親認同——這您或許已經知道了——然後他跟瑪姬的關係又被他搞得一團糟。」

「此話怎講？」

「瑪姬愛上他了，不過他並不愛她，但他們倆在蒙吉貝羅又一天到晚見面，這讓她始終抱著希望——」湯姆心裡漸漸踏實，不過他仍裝出一副很難說清楚的模樣。「他倒是沒有明白跟我討論過這件事。他總是誇瑪姬有多好多好，說他非常喜歡她，但是大家都看得出來——包括瑪姬在內——他沒有要娶她的意思，可是瑪姬一直沒有完全放棄。我想這應該是狄奇離開蒙吉貝羅的主要原因。」

麥卡隆耐心聆聽，湯姆覺得他似乎也滿有同情心的。「什麼叫『沒有完全放棄』？她做了什麼？」

湯姆等服務生放好兩杯頂著奶泡的卡布奇諾，看著他把帳單壓在兩人中間的糖罐底下。「她持續寫信給他，想來找他，同時又表現得相當世故圓滑，這我非常確定；若是狄奇想獨處，她絕不會冒然闖入他的生活。我在羅馬見到狄奇的時候，他跟我說了很多。他說，邁爾斯過世以後，他實在沒心情跟瑪姬見面，他怕瑪姬一旦聽說他碰上這麼多麻煩，會直接從蒙吉貝羅跑來羅馬找他。」

「您為什麼會覺得，狄奇在邁爾斯出事之後就開始焦慮不安？」麥卡隆小啜一口卡布奇諾，旋即因為太燙或太苦而大皺眉頭，拿起湯匙攪了攪。

湯姆說明理由：因為狄奇和弗雷迪是好朋友，而弗雷迪才離開他家不到幾分鐘就遇害了。

「那您覺得，弗雷迪有沒有可能是狄奇殺的？」麥卡隆靜靜問道。

「不會的。我覺得不可能。」

「為什麼？」

「因為他沒有理由殺對方呀。至少就我所知沒有。」

「一般人都會說『因為某某某不是那種會殺人的人』。」麥卡隆說。「所以您覺得狄奇有可能殺人？」

湯姆猶豫了。他認真思索自己的真心話。「我沒想過這件事。我不知道哪種人屬於會殺人的類型。我見過他生氣的樣子——」

「什麼時候？」

湯姆敘述他在羅馬那兩天，狄奇因為被警方訊問而憤怒沮喪，最後乾脆直接搬出自己的公寓以躲避朋友和陌生人的電話騷擾。狄奇已經因為作畫不如預期進步而有些鬱悶了，湯姆再把這件事跟狄奇心情越來越沮喪連在一起。他描述狄奇是個固執、驕傲的年輕人，敬畏父親，卻也因此決心違抗父親期望——葛林里夫先生是個可以把陌生人當朋友、慷慨大方，卻又相當情緒化的人；上一秒才侃侃而談，下一秒就悶悶不樂。最後湯姆總結，狄奇就是個相當普通但喜歡自命不凡的年輕人。「如果他真的自殺了，」湯姆下結論，「我認為理由應該是他終於明白自己有些地方的確相當失敗，比方說能力不足。要我想像他自殺或殺人，我會覺得前者的可能性比較大。」

「但我無法完全確定他沒殺弗雷迪・邁爾斯。你能嗎？」

麥卡隆是真心的，湯姆非常確定。麥卡隆此刻甚至期待他為狄奇說話，因為他們是朋友。湯姆感覺內心的恐懼逐漸退散，但只有一部分，就像心裡有某種東西正以極緩慢的速度漸漸融化。「我不能。」湯姆說。「但我不相信他會殺人。」

「我也不敢確定。但倘若真是如此，很多事就說得通了，不是嗎？」

「嗯。」湯姆應道，「每一件事。」

「好，反正今天才第一天開工，」麥卡隆展露樂觀的笑臉，「羅馬那邊的資料我還沒看呢。等我回到羅馬，說不定還會再找您聊聊。」

湯姆靜靜看他。看來事情到此結束。「您會說義大利語嗎？」

「不會，說得不好，但閱讀沒問題。我的法文比較好。但我會想辦法解決的。」麥卡隆一派輕鬆，彷彿這不是什麼大事。

但湯姆認為這非常重要。單靠口譯，麥卡隆應該無法從洛維里尼口中搾出太多葛林里夫案的細節，也沒辦法四處打探，或是跟狄奇．葛林里夫在羅馬的門房太太那一類的人閒聊。所以這件事非常重要。「好幾個禮拜前，我在威尼斯跟洛維里尼副中隊長聊過幾句。請代我向他問好。」

「沒問題。」麥卡隆喝光杯裡的咖啡。「你覺得，如果狄奇想躲起來，就你認識的他大概會選哪些地方？」

湯姆扭了扭身體往後退。他這是要打破砂鍋問到底了？湯姆心想。「這個嘛，我知道他最愛義大利。法國不一定。他也喜歡希臘。他以前說過想去馬約卡島看看，至於西班牙全境應該都有可能。這是我的推測。」

「了解。」麥卡隆嘆了口氣。

「您今天就回羅馬？」

麥卡隆抬抬眉毛，「我是這樣想的，前提是能先在這裡睡幾個鐘頭覺。我已經整整兩天沒碰床了。」

那他還滿能撐的，湯姆心想。「葛林里夫先生好像在問火車的時間。今天早上有兩班，下午班次應該多。他打算今天啟程。」

「今天走沒問題。」麥卡隆抓起帳單。「非常感謝您協助，雷普利先生。我有您的地址和電話，萬一有事，我們再聯絡。」

兩人雙雙起身。

「我可以上樓跟葛林里夫先生和瑪姬道別嗎？」

麥卡隆沒意見，於是兩人再度搭電梯上樓。湯姆得壓抑自己吹口哨的慾望。他腦中反覆響起「爹不疼」那首歌的旋律。

一進房間，湯姆便緊盯瑪姬，尋找任何露出敵意的蛛絲馬跡；但瑪姬看起來就只是有點悲傷而已，猶如新寡的婦人。

「雪伍德小姐，」麥卡隆說，「我也想單獨請教您幾個問題。」接著他轉向葛林里夫先生，「您不介意吧？」

「當然。我正好要下樓去大廳買幾份報紙。」葛林里夫先生說。

麥卡隆走向瑪姬。湯姆向瑪姬和葛林里夫先生表示，萬一他倆今日就回羅馬，且三人在離開前沒能再見一面，那麼就此話別。他對麥卡隆說：「如果有任何我能幫上忙的地方，我很樂意隨時走一趟羅馬。理論上我會在這裡待到五月底。」

「在那之前，我們應該多少有點進展了。」麥卡隆露出自信的愛爾蘭微笑。

湯姆陪葛林里夫先生下樓。

「他把同樣的問題從頭到尾再問一遍。」湯姆對葛林里夫先生說。「還有我對理查個性的看法。」

「那，你的看法是？」葛林里夫先生絕望地問道。

湯姆明白，不管他說狄奇是自殺或躲起來，在葛林里夫先生的眼中，這兩種都應該同受譴責。「我把我認為的實話告訴他──」湯姆說，「也就是他有能力躲起來，也有可能自殺。」

葛林里夫先生沒說什麼，只是拍了拍湯姆的肩膀。「再會，湯姆。」

「再會。」湯姆說。「保持聯絡。」

湯姆認為他和葛林里夫先生之間沒留下任何嫌隙，瑪姬那邊也會沒事的。她已接受他解釋狄奇自殺的理由，從今以後，她也會繼續抱持這種想法。他就是知道。

湯姆回家過完整個下午，等待電話響起。麥卡隆好歹打通電話給他吧？就算不是什麼重要事也好；但除了蒂蒂（女伯爵）打來邀他參加傍晚的雞尾酒派對（湯姆答應了），沒人找他。

他幹嘛老想著瑪姬會惹出什麼麻煩？她從來不曾給他帶來任何麻煩。她已認定狄奇會自殺。她會窮盡自己貧乏的想像力去合理化這個答案。

28

翌日，麥卡隆從羅馬打給湯姆，詢問狄奇在蒙吉貝羅認識哪些人。麥卡隆顯然是認真的。他不慌不忙，盡可能蒐集姓名，再和瑪姬提供的名單逐一比對。絕大部分的資料瑪姬都給他了，但湯姆再幫忙過濾一遍，順便檢查那些不太好懂的義大利地址：第一位當然是喬吉歐，然後是顧船的皮耶托，弗士托的阿姨瑪麗亞——湯姆不知道她姓什麼，但他告訴麥卡隆怎麼去她家（路線有點複雜）——雜貨店老闆阿爾多，還有雀基斯一家，就連那位住在村外，跟隱士差不多的老畫家斯蒂文森（湯姆從沒見過此人）也在名單上。湯姆花了幾分鐘把資料補齊，認為麥卡隆大概得花好幾天才可能找到這些人，全部問一遍。這份名單獨漏幫忙處理狄奇的船和房子的普奇先生。普奇先生鐵定會告訴麥卡隆（如果他還沒從瑪姬那兒聽說這件事），湯姆．雷普利先生曾經回到蒙吉貝羅處理狄奇的財產。雖然湯姆不覺得這事有多嚴重，但如果麥卡隆知道狄奇的財產由湯姆經手處理，結果是好是壞很難說。至於阿爾多、斯蒂文森這些人，麥卡隆想問他們什麼都行，儘管問。

「拿坡里那邊呢？有熟人嗎？」麥卡隆問道。

「我都不認識。」

「羅馬呢？」

「抱歉，我在羅馬從沒見過他跟其他朋友在一起。」

「你沒見過那位叫，呃——迪馬西默——的畫家？」

「我見過那人，就一次，」湯姆說，「但我不認識他。」

「他長什麼樣？」

「喔，那次只是在街角匆匆一瞥。我跟狄奇約完，他正好要去找對方，所以彼此有段距離。那人大概一百七十五公分高，五十歲上下，頭髮灰白——我就只記得這些了。喔，那人體格滿結實的，印象中他穿的是淺灰色西裝。」

「嗯嗯，好——」麥卡隆漫不經心回應，感覺正在筆記。「好，我想大概就這樣了。非常感謝您，雷普利先生。」

「不客氣。祝您好運。」

接下來，湯姆繼續靜靜在家等了好幾天，就像任何遭遇友人失蹤，搜尋行動達到最緊鑼密鼓階段的普通人一樣。湯姆回絕了三、四場派對邀請。美國私家偵探受狄奇父親請託來到義大利一事，讓報章雜誌重燃對狄奇失蹤案的興趣。《歐洲》和《今日》攝影記者現身湯姆家門口，想拍湯姆和宅邸的照片，湯姆語氣堅定地請他們離開；有位年輕人不肯放棄，湯姆甚至握住他手肘，推他穿過客廳，一路送出門。但五天下來幾乎沒出過什麼大事——沒有電話，沒有信，就連洛維里尼副中隊長也沒消沒息。有些時候，尤其是一天中湯姆最常感沮喪的黃昏時分，他會想像一些最糟糕的情況：譬如麥卡隆和洛維里尼聯手推導出狄奇可能在十一月便已失蹤，或者麥卡隆查到他買車的時間，又或是麥卡隆發現他們在聖雷莫駕船出遊後狄奇根本沒回來，並因此嗅出不對勁，然後循線查出湯姆有計畫地扔棄狄奇的東西。湯姆反覆思量葛林里夫先生在威尼斯最後那天早上的道別方式，將他的疲倦、冷淡解讀為不友善，想像他回到羅馬之後，因為所有尋找狄奇的努力皆徒勞無果，一怒之下要求麥卡隆徹底調查湯姆．雷普利這個拿了他的錢，被他送來歐洲勸兒子回家的敗類。

但是一到早上，湯姆又樂觀起來。從好的一面來看，瑪姬深信狄奇在羅馬悶悶不樂了好幾個月，對此毫不懷疑；她應該會留著他寄來的每一封信，說不定還會拿給麥卡隆看。這些信寫得真是好，湯姆很高興自己花了工夫好好琢磨；瑪姬不但不是累贅，反而是他的得力助手。那天晚上——就是瑪姬發現戒指那天——他沒用鞋跟敲昏她，反而是放下了鞋子，真是太好了。

每天早晨，他看著臥室窗外的太陽自冬霧中升起，奮力向上越過這座表面平靜的城市，繼而好不容易突破迷霧，在正午前賜給這座城市幾小時實實在在的陽光。在平靜中展開每一天猶如誓言，應允未來安心美好。日子一天比一天暖。白晝漸長，雨越下越少。差不多是春天了。湯姆要在接下來的日子中選一天，一個天氣更好的早晨，走出家門，登船前往希臘。

葛林里夫先生隨麥卡隆前往羅馬的第六天晚上，湯姆致電聯繫。葛林里夫先生沒能提供任何新消息，但湯姆也不指望有事發生。瑪姬回美國了。湯姆心想，只要葛林里夫先生還待在義大利，報紙就會天天報導這件案子，只是報社已經沒有聳動新聞可報了。

「夫人身體還好嗎？」湯姆問道。

「就那樣吧，但我想壓力還是對她造成不小的影響。昨晚我才跟她通過電話。」

「真教人難過。」湯姆說。葛林里夫先生出門，獨留她一人在家，湯姆理當寫封信給她，就算只有幾句友善問候也好。湯姆後悔自己沒有早一點想到。

葛林里夫先生說，他計劃週末去巴黎。法國警方還在找人，麥卡隆會跟他一起去。假如巴黎那邊沒出什麼大事，他倆應該就直接回美國了。「在我看來——或者其他任何人看來，」葛林里夫先生說，「事實很明白，他不是死了就是故意躲起來。全世界沒有一個地方不在找他。也許除了俄國吧。老天，他沒說過他喜歡那地方吧？是吧？」

「俄國？就我所知，沒有。」

葛林里夫先生聽來儼然一副「狄奇若不是死了就下地獄去吧」的態度。在通話過程中，「下地獄」的看法明顯占了上風。

當晚，湯姆去了一趟彼得．史密斯－金斯利家。彼得的朋友寄來幾份英國報紙，有一份還刊出湯姆把《今日》攝影記者轟出他家的照片。湯姆在義大利報紙上看過這張照片。另外，他走在威尼斯街頭和他那宅子的照片甚至飄洋過海來到美國，因為巴布和克蕾歐不約而同剪下紐約報紙專欄的文章和照片郵寄給他。他倆覺得這實在太刺激了。

「我真的是受夠了。」湯姆說。「我來這兒轉轉也只是基於禮貌，看看還有什麼能補充的。假如還有記者想擅闖我家，只要他敢走進我家大門，我一定獵槍伺候。」從他的聲音就能聽出來他是真的被激怒，也十分厭惡這些行為。

「我很能理解你的心情。」彼得說。「你也知道，我五月底就要回去了。如果你想跟我一起去我愛爾蘭的家待一陣子，非常歡迎。那邊安靜到稱得上死寂，我可以保證。」

湯姆看了彼得一眼。彼得提過自己在愛爾蘭有城堡，也給他看過照片。某種近似他與狄奇的關係的感覺猶如噩夢閃過腦海，像一抹蒼白、邪惡的幽魂。因為同樣的事可能再度發生在彼得身上，湯姆心想：彼得為人正直，沒有一絲戒心，天真又慷慨，唯一的差別是他和彼得一點也不像。但曾經，有一天晚上，他為了逗彼得開心而改說英國腔，模仿彼得的言行舉止和動作習慣——譬如在說話時把頭偏向一邊——彼得樂不可支，覺得太有意思了。現在，湯姆覺得當時他不該那麼做的。這個念頭讓湯姆內心苦澀，羞愧得無地自容，只因為他當真這麼想過——就算只是短短一瞬間——認為狄奇的遭遇也可能在彼得身上重演。

「多謝。」湯姆說。「我還是一個人再待一下好了。我想念狄奇，他是我朋友。我很想念他，你知道的。」他的眼淚突然就快掉下來了。湯姆憶起他倆關係變好的第一天，他承認他是狄奇的父親派來的那一刻，狄奇臉上的笑容。他想起兩人臨時起意去羅馬的首次瘋狂旅行，還有在坎城卡爾登飯店酒吧那一次；儘管那天狄奇很無趣又不說話（但這是有理由的：因為是他把狄奇拖去坎城。狄奇對蔚藍海岸沒半點興趣），他依舊感性地回想起那半個小時的時光。湯姆心想：要是他一個人去走觀光行程就好了，要是他不那麼急躁貪婪，要是他不曾如此愚蠢地誤判瑪姬和狄奇的關係，或是耐心等待他倆按自己的心意分道揚鑣，那麼這一切都不會發生；他說不定還**可以**繼續跟狄奇住在一起，四處遊歷、享受生活，盡情度過餘生。要是那天他沒有偷穿狄奇的衣服就好了——

「我懂，湯米老弟。我真的懂。」彼得拍拍他肩膀。

湯姆抬頭看著彼得，淚眼迷濛。他想像自己跟狄奇一起搭客輪回美國過聖誕假期，想像他跟狄奇的雙親關係良好，彷彿他和狄奇是兄弟。「謝謝。」說完，他像個孩子一樣嚎啕大哭。

「要是你沒這樣哭出來，我還真以為你有什麼問題呢。」彼得同情地說。

29

親愛的葛林里夫先生：

今天整理行李的時候，我偶然挖出理查在羅馬交給我的一只信封。不知何故，我把它給忘了，直到現在才想起來。信封上寫著「六月後方得啟封」幾個字，現在正好六月了。信封裡是理查的遺囑，他把他的收入和個人財產都留給我了。此刻您大概非常震驚，我也跟您一樣，然而從遺囑的字句研判（信是用打字機打的），他寫信時腦筋應該非常清楚，思慮清晰。

我真的非常抱歉竟然忘了這封信。有了這封信，我們就能早一些確認狄奇有意結束自己的生命。當時我把信塞進行李箱，然後就忘了這件事。他在羅馬把信給我的那天是我最後一次見到他，當時他的情緒十分低落。

幾經思考，我決定拷貝遺囑內容隨信寄給您，讓您看一下。我這輩子頭一回讀到遺囑，完全不熟悉整個程序。請問現在我該怎麼辦？

請代我向夫人致上最誠摯的問候。我深深理解您和夫人的心情，也請原諒我不得不寫這封信。望能盡快得到您的回音。我的聯絡地址是美國運通雅典辦事處。

誠摯問候

湯姆・雷普利

威尼斯　一九××年六月三日

這封信某種程度算是自找麻煩，湯姆心想，說不定會再次啟動一輪新的調查，驗證遺囑和支票簽名真偽；要想從保險公司的口袋拿錢（說不定信託銀行也是），他們肯定會一絲不苟、鉅細靡遺地檢查。但湯姆有這個心情，而且他五月中就買了希臘船票。看著天氣一日暖過一日，他也漸漸待不住了。他把車子從飛雅特保管場開出來，從威尼斯經布倫內羅到薩爾茲堡和慕尼黑，然後南下底里雅斯特轉往波扎諾。這一路天氣都很好——除了在慕尼黑遇上一場最溫和、最富春天氣息的陣雨：當時他正好在英國花園散步，甚至無意找地方躲雨。他就這麼一步步走在雨中，想著這是他此生淋的第一場「德國雨」，興奮得像個孩子。湯姆名下的戶頭只有兩千美元，那是從狄奇的生活費省下來，再從狄奇的銀行帳戶轉過來的，因為他不敢在三個月這麼短的期間內提領更多錢。拿走狄奇所有的錢，這份機會及其背負的危險都令湯姆躍躍欲試、難以抗拒。在威尼斯的幾個禮拜平靜無波、沉悶無趣，彷彿每度過一天就是確認他又安全了一點、他的存在更模糊了一些，但是他快無聊死了。洛維里尼不再與他聯繫，麥卡隆也回美國去了；臨去前，麥卡隆從羅馬打了一通無關緊要的電話給他，因此湯姆推測，麥卡隆和葛林里夫先生已斷定狄奇不是死了，就是自己決定躲起來，再找下去也是枉然。由於無料可爆，報紙也不再刊登狄奇相關案件的消息。湯姆覺得好空虛，覺得人生停滯不前，這種感覺逼得他快要發瘋，於是才有了這趟慕尼黑公路之旅。待湯姆返回威尼斯整理行李，準備退租前往希臘時，那種感覺又回來了，甚至更糟：雖然他即將踏上希臘，登上一座座屬於古老英雄的島嶼，但是他——湯姆·雷普利——渺小、害羞又內向，戶頭剩不到兩千塊，就連買本希臘藝術書都得反覆斟酌、衡量再三。他忍不下去了。

離開威尼斯前，湯姆便決心要讓這趟希臘行成為一次史詩之旅。他要好好看一看這些島嶼，頭一次像個會呼吸、活生生的勇者般活著，不再是那個來自波士頓、畏首畏尾的無名小卒。假如數日後他終將自投羅網，投入比雷埃夫斯警方懷抱，那麼他好歹嘗過立於船首、御風而行，像傑森*或尤里西斯†穿過酒紅大海，凱旋歸來的滋味。因為如此，湯姆寫了這封信給葛林里夫先生，並且在啟程三天前從威尼斯寄出去。葛林里夫先生至少要四、五天後才能收到信，所以也來不及發電報至威尼斯攔下他，害他錯過船班。再者，不論從哪方面來看，他最好還是隨興、隨意些比較好，因為在他抵達希臘前，至少會有整整兩星期都無法聯絡上他，好像他完全不在意能不能得到那些錢，並且這份遺囑也無法耽擱他原本就計劃好的小旅行。

啟程兩天前，他去參加蒂蒂——也就是他在威尼斯開始找房那天認識的女伯爵「拉塔卡恰桂拉閣下」的茶會。女傭領他走進客廳，蒂蒂問候他，對湯姆吐出一串他已好幾個禮拜不曾聽聞的話題：「哎呀！你好呀，湯姆！你看了報紙嗎？狄奇的行李箱找到了！還有他的畫！就在這兒呢！在威尼斯的美國運通辦事處！」她的金耳環隨著她的興奮情緒猛烈晃動。

「什麼？」湯姆沒看報紙。那天下午他一直在收行李。

「你看！在這裡！他的衣服什麼的，二月才從拿坡里送來寄放的！說不定他此刻就在威尼斯！」

湯姆一字一句地讀。報上說，因為綁油畫的繩子鬆了，辦事員準備重新繫好時意外發現畫布上有R．葛林里夫的簽名。湯姆雙手開始顫抖，他得緊緊扣住報紙邊緣才能抓穩紙頁繼續往下讀。報上還說，警方正在進行嚴密檢查，尋找指紋。

「說不定他還活著！」蒂蒂喊道。

「我不——我看不出來，這事如何能證明他還活著，說不定他在寄出行李箱之後就遇害或自殺了。況且那些東西還是用別的名字『樊肖』——」湯姆突然意識到女伯爵僵硬地坐在沙發上瞪著他，對他的緊張似乎十分驚訝，因此他趕緊打住，重新振作，凝聚全身上下的勇氣繼續說：「您瞧，他們還在找指紋。如果警方確定行李箱是狄奇本人寄的，他們就不會多此一舉了。如果狄奇打算有朝一日親自來取，他又何苦用樊肖的名字寄放行李？他連護照都收進去了。報上說他沒帶走護照。」

「說不定他用『樊肖』的名字躲起來了！噢！caro mio（我親愛的），你得喝點茶！」蒂蒂起身叫人：「Giustina! Il te, per piacere, subitissimo!（茱斯汀娜！請你送茶過來，快！）」

---

* 希臘神話中率領阿爾戈英雄奪取金羊毛的英雄。

† 荷馬史詩《奧德賽》中的英雄，古希臘語為「奧德修斯」，拉丁文作「尤里西斯」。

湯姆渾身無力，陷進沙發，手上仍握著報紙。那麼狄奇屍體上的結呢？難不成是因為他運氣好，所以畫上的結到現在才鬆開？

「噢，親愛的，你太悲觀了。」蒂蒂拍拍他的膝頭。「這是好消息呀！如果指紋全都是他的呢？到時你不就開心啦？說不定明天你不經意轉進威尼斯哪條小巷弄，迎面走來的正是狄奇．葛林里夫——哎呀，這不是『樊肖先生』嘛！」她發出高亢愉快的笑聲，跟她的呼吸一樣自然。

「這裡說，那些箱子裡什麼都有——刮鬍用具、牙刷、鞋子、大衣和各種成套用具。」湯姆唸出來，用陰鬱的語調掩蓋內心恐懼。「如果他還活著，怎麼會連這些東西都不帶走？殺死他的人一定是把他剝個精光，再把他的衣服全部塞進行李箱，因為這是擺脫這些東西最簡單的方法。」

這話就連蒂蒂也無法反駁。於是她開口：「你可不可以先不要那麼悲觀，等指紋結果出來再說嘛！你明天就要出門了呢，開心點嘛！Ecco il te!（茶給你，快喝！）」

不是明天，是後天，湯姆在心裡嘀咕。這讓洛維里尼有足夠的時間拿到他的指紋去比對油畫及行李箱上的指紋。湯姆努力回想畫框和箱裡的東西有沒有任何足以沾上指紋的平面。似乎不多，除了皮革包裡的那些刮鬍用具；但警方肯定能採到足夠的斷痕和抹痕，夠努力的話，他們肯定能湊出十枚完整指紋。此刻唯一讓湯姆稍稍樂觀的是，警方手上還沒有他的指紋——而且他們應該也不會來找他要，因為他還沒有嫌疑。話說回來，要是警方已經從別處取得狄奇的指紋了呢？葛林里夫先生會不會第一時間就從美國把狄奇的指紋寄給義大利警方，供其比對確認？其實還有好多地方都能拿到狄奇的指紋，譬如他留在美國的一些個人物品，他在蒙吉貝羅住過的房子，他——

「湯姆！快喝茶！」蒂蒂溫柔地輕拍他膝蓋。

「謝謝您。」

「你看著好了。至少我們又朝真相——**到底**發生了什麼事——跨進了一步。既然這件事讓你這麼不開心，那我們聊聊別的吧？看完雅典，接下來你打算去哪兒？」

湯姆努力將思緒轉回希臘。對他來說，那地方彷彿鍍了一層金，既有戰士的黃金盔甲，還有希臘最出名的金色陽光。他看著客廳幾尊石雕像冷靜、堅毅的臉龐，猶如刻在厄瑞克忒翁神廟門廊上的女神像。他不要帶著威尼斯指紋事件的陰霾出遊，他會為此瞧不起自己的；他會覺得自己像雅典陰溝裡的老鼠一樣低賤，比薩洛尼卡街上唐突乞討的骯髒遊民更加不堪。湯姆掩面低頭，輕聲哭了起來。希臘行沒了，像一顆金色氣球爆炸了。

蒂蒂豐腴的手臂堅定摟著他。「湯姆，打起精神來！等你真正有了悲傷的理由，到時候再哭也不遲呀！」

「我就是不明白，您為何還看不出來這不是個好兆頭！」湯姆絕望地說。「我樂觀不起來呀！」

30

最糟糕的跡象莫過於洛維里尼毫無消息。以往他總是相當友善，態度明確、毫不含糊，但這回他對於警方在威尼斯找到的行李箱和油畫，卻一聲不吭、沒消沒息。湯姆徹夜未眠。翌日，他在家忙東忙西，試著了結無數行前必須處理的細碎瑣事，支付安娜和雨果薪水，付清各種帳款。湯姆預期警察隨時會來敲門，可能是白天，也可能在晚上。五天前他冷靜自持，現在卻憂心忡忡，這種反差令他痛苦得不得了。他吃不好、睡不好、心神不寧、坐立不安。安娜和雨果的同情與友人的電話問候（再加上詢問他對狄奇的行李箱被找到一事有何看法，以及他認為狄奇可能出了什麼事等等），猶如諷刺鞭笞，他快要承受不住了。同樣諷刺的是，雖然他可以盡情表露難過、悲觀，甚至絕望，旁人卻不以為意。大家之所以覺得他反應正常，是因為他們認為狄奇確實可能遭人殺害，因為狄奇的所有個人物品都裝在威尼斯的行李箱裡——包括刮鬍刀、梳子等貼身用品。

再來就是遺囑。葛林里夫先生應該後天就會收到信了。屆時，他們大概也會查出信上的指紋與狄奇不符；接下來，他們可能會攔下「希臘人號」，登船取得他的指紋。如果警方發現遺囑也是偽造的，他們絕不可能放過他，兩宗命案亦將水落石出，跟呼吸一樣自然。

登船時刻到來，湯姆覺得自己宛如行屍走肉。他連日無眠、食不下嚥，一肚子濃縮咖啡，僅靠抽搐的神經拖著步伐前進。他想問船上有沒有無線電，但他也知道答案百分之百是肯定的。這艘客輪大小適中，共有三層甲板，載送四十八名旅客。乘務員幫忙把行李提進艙房後五分鐘，湯姆再也撐不住了。他記得自己面朝下倒在單層鋪上（彎著一隻胳膊，壓在身下），累得連姿勢都懶得調整；再醒來時，船已經開了：不是剛啟動，而是以令人愉悅的韻律徐徐移動，彷彿蘊含極大的力量，承諾將以源源不絕、無從阻攔之力勇往直前，破除所有障礙。湯姆感覺好多了（除了被他壓住的那條手臂）。湯姆出門來到艙房走廊，手臂軟綿綿地垂在身側，毫無知覺，甚至頻頻往他身上撞，逼得湯姆不得不用另一手抓住它，讓它別再亂晃。手錶顯示時間是十點十五分，窗外異常漆黑。

左方極遠處似乎有陸地，也許是南斯拉夫吧；除了五、六處微弱白光，其餘盡是空無一物的黑色海洋與黑色天空——黑得看不見一絲地平線，讓湯姆謬想他們襯著黑幕航行。船身穩定前行，他感受不到任何阻力；海風無拘無束地吹在臉上，彷彿來自無垠的宇宙深處。甲板上沒有半個人。大概都在客艙層享用遲來的晚餐吧，湯姆心想。他很高興沒人打擾他。手臂恢復知覺了。他抓住船首岔開的狹窄尖端，深深吸一口氣。一股打不倒的勇氣湧入胸臆。萬一就在這一刻，無線電員收到逮捕湯姆．雷普利的通知呢？他會像此刻一樣勇敢地昂首而立，還是奮力越過船舷跳船——這不僅是逃跑，對湯姆來說也是壯舉。好吧，萬一萬一，那又如何？光是從此刻他所站的位置，就能聽見船艛頂無線電室依稀傳來**嗶嗶啵啵**的訊號聲。他不再害怕。這就對了。這是他想要的感覺，他希望能以這種心情航向希臘，遠眺環繞四周的漆黑大海，無所畏懼，這幾乎就跟看著希臘小島逐漸映入眼簾一樣的心情愉悅。望著眼前溫和輕柔的六月夜，他終於能在想像中構築出那一座座島嶼，看見雅典山坡上密密麻麻的建築物，看見衛城。

船上有位英國老婦，她與四十來歲、未婚的女兒結伴同遊。這位女兒緊張兮兮，就連安安靜靜享受十五分鐘日落也辦不到——她不時跳下甲板椅，大聲宣布她要去「散散步」；做母親的則完全相反。老婦人非常安靜且動作緩慢，她的右腳不良於行：明顯比左腳短，穿著某種厚底鞋，故得拄拐杖才能行動。以前在紐約，這種動作慢到極點卻依然堅持優雅的老人常常逼得湯姆快要發瘋，但現在湯姆卻被鼓舞了，願意花上數小時在甲板上陪伴老婦人，陪她閒聊，聽她講講她在英國的生活，聽她說說希臘。她上一次來希臘是一九二六年的事了。他扶著她繞著甲板慢慢散步。她倚著他臂膀，頻頻為自己造成的麻煩致歉，但她顯然十分開心獲得他的關注。婦人的女兒也非常開心，終於有人從她手中接下照顧母親的任務了。

年輕時的卡特萊特夫人想必脾氣暴躁，湯姆心想，也許她女兒的神經兮兮全得歸咎於她，也許是她緊抓女兒不放，導致女兒無法擁有正常人生、結婚生子；也許她活該被踢下船，而不是有人陪她在甲板上散步、聽她講好幾個鐘頭的話，但這又怎樣？好人就一定有好報？那麼他呢？他得到報應了嗎？湯姆覺得自己幸運得沒道理，竟一連躲過兩樁命案偵查；從他借用狄奇身分的那一刻起，好運始終跟著他。湯姆認為，他的第一段人生極不公平，但是與狄奇相伴的時光和從此以後的際遇，已遠遠超過了補償的程度。不過他覺得接下來應該會出事，在希臘，而且不是好事。他的好運氣持續太久了。話說回來，假設他們當真藉由指紋逮到他，遺囑也採到他的指紋，並因此送他上電椅，那麼被電死跟痛苦而死——兩者能夠相提並論嗎？又或者死亡本身就是悲劇（而且是二十五歲就死了），以致他沒有資格說從十一月到現在的每一天都過得很不值得？話也不能這麼說。

湯姆唯一後悔的是他還沒見識過整個世界。他想看看澳洲，還有印度。也想去日本。再來就是南美洲。湯姆心想，光是去看一看這些國家的藝術品就是一項愉悅、充滿意義的人生志業。他在畫畫這方面已學了不少東西，甚至還嘗試模仿狄奇那些平庸作品。在巴黎和羅馬逛畫廊時，湯姆發現自己也對畫畫感興趣——過去他從未意識到這件事，又或者以前他根本不感興趣。雖然他無意當畫家，但假如他是個有錢人，蒐集喜愛的畫作必將成為他最鍾情的消遣，甚至還能資助一些有天賦又需要錢的年輕畫家。

每當陪著卡特萊特夫人繞甲板散步，或聽她說一些不一定有趣的單調故事時，湯姆的心思就會飄走，神遊他處。卡特萊特夫人認為他迷人、有魅力。就在他們抵達希臘的前幾天，老婦人告訴他好幾次，因為有他，她十分享受這趟旅程；兩人甚至計劃七月二日在克里特島某間飯店碰面（克里特島是他倆行程的唯一交集）。卡特萊特夫人參加旅行團，乘巴士遊覽；湯姆默默聽著老婦人建議，但他認為，下船後他應該就不會再見到她了。他想像自己一下船就被帶走，登上另一艘船或飛機，返回義大利。就他所知，客輪截至目前為止還沒收到跟他有關的電文；但如果他們真要跑這一趟，那也沒必要通知他吧。客輪報紙就那麼一小張（單面，滾筒油印），每晚、每張餐桌都會擺一份，但上頭全是國際政治新聞，所以就算葛林里夫案真有什麼重大進展，客輪報紙也不會刊出來。在為期十天的航程中，湯姆處在一種厄運與英勇無私交織而成的奇特氛圍裡，幻想也越來越奇特：譬如卡特萊特夫人的女兒不慎落海，他跳船救她回來；又或是他奮力穿過船艙裂縫湧入的海水，用自己的身體堵住破口。他感覺自己擁有超自然力量，無所畏懼。

客輪緩緩駛近希臘半島，湯姆和卡特萊特夫人並肩倚欄眺望；她說，跟上次相比，比雷埃夫斯港的模樣改變好多。但湯姆壓根不在意港口變化——對他而言，存在本身就是意義。矗立在他眼前的不是海市蜃樓，而是能一步步登上的山丘、一幢幢摸得到的建築。前提是他得撐得到那一步才行。

警察等在碼頭上。一共四位。他們雙手抱胸，抬頭看著客輪進港。湯姆陪著卡特萊特夫人直到最後一刻。他輕輕架起她越過鋪板邊緣，笑著和她及她的女兒道別。乘客按姓氏字母排隊領取行李，湯姆排R列，兩位卡特萊特排C列；母女倆準備乘坐旅行團安排的巴士，前往雅典。

帶著卡特萊特夫人輕吻並留在臉頰上的微溼與餘溫，湯姆轉身朝那四名警察緩緩走去。輕鬆一點，他在心裡告誡自己，只要表明身分就行了。警察後方有一座大型書報攤，他想著是否該買份報紙。說不定他們會讓他買。他一步步走向警察，四人抱著手臂回瞪他。這四位警察身著黑色制服，頭戴大盤帽，湯姆虛弱地對他們微笑。其中一人捻捻帽緣，往旁邊跨了一步，另外三人亦未上前。這會兒湯姆已來到書報攤前——實際上是站在兩名警察中間——但他們四人仍直視前方，完全不在意他。

湯姆低頭看著眼前成排的報紙，頭暈目眩，有些茫然。他的手自動伸向一份孰悉的羅馬報紙。三天前的。他從口袋掏出一些里拉，這才意識到他身上沒有希臘貨幣；攤主理所當然接過他遞出的紙幣（甚至還用里拉找零給他），彷彿這裡是義大利。

「我還要這些。」湯姆說義語，又拿了三份義文報紙和一份巴黎版《先驅論壇報》。他瞄了一眼警察，他們仍未注意他。

於是湯姆回到碼頭上排隊領行李的遮陽棚。途經卡特萊特夫人等待的隊伍，他聽見她雀躍地說哈囉，但他假裝沒聽到。湯姆一直走到R列才停下來，打開日期最早的一份義大利報紙。四天前的。

警方仍未找到寄放葛林里夫行李箱的羅伯特·樊肖

二版下了這道尷尬標題。湯姆細讀底下的長篇報導，但只有第五段的內容稍稍令他感興趣：

警方已於數日前確認，行李箱與畫框上的指紋和於葛林里夫棄置公寓內取得的指紋相符，因此警方推測行李箱與畫作應為葛林里夫本人所寄放……

湯姆慌亂打開另一份報紙。這份也差不多：

……鑑於行李箱物品上的指紋與葛林里夫先生於羅馬公寓留下的指紋一致，警方已做出結論，認為這兩個行李箱應為葛林里夫先生本人親自整理後寄至威尼斯，並推測當事人可能寸縷未著、投水自盡，抑或當事人並未尋死，而是化名羅伯特．樊肖或使用其他假名生活。另一推測為葛林里夫先生於自願或非自願整理行李後，即遭人殺害——或許是凶手為了阻撓警方循指紋追查，刻意為之……

不論真相為何，繼續尋找「理查．葛林里夫」已無實際意義，因為此人即使尚在人間，所持護照名稱亦非「理查．葛林里夫」……

湯姆感覺搖搖欲墜，頭重腳輕。屋簷下的眩光刺得眼睛好痛。他下意識跟著提行李的腳伕走向海關櫃檯，一邊低頭望著官員草率檢查敞開的行李箱，一邊試著搞清楚報上新聞究竟是什麼意思。這表示他完全沒有嫌疑了。那些指紋竟然成為他無辜的保證。這代表他不僅不必坐牢，不用上電椅，甚至連一丁點嫌疑都沒有。他自由了。問題只剩那份遺囑。

湯姆登上前往雅典的巴士。客輪的一名晚餐桌友碰巧坐他旁邊，但湯姆無意招呼，就算對方有意攀談他也無法好好回話。湯姆非常確定，此刻應該有一封談及遺囑的信躺在美國運通雅典辦事處等著他。葛林里夫先生有充裕的時間回覆此事。說不定對方一收到信即指派律師處理，那麼等在雅典的就會是婉轉但表示否定的律師函，接下來他說不定會收到美國警方的消息，指控他偽造文書。說不定這兩封信都在雅典的美國運通等著他。遺囑可能害他全盤皆輸。湯姆望著窗外乾枯荒涼的大地。他不會拿到任何遺產。說不定希臘警方已經在美國運通辦事處等他了。說不定剛才那四個人不是警察，而是特種兵什麼的。

巴士靠站。湯姆下車，拿好行李，招了一輛計程車。

「麻煩你，到美國運通辦事處。」他說義語，但司機顯然至少聽得懂「美國運通」幾個字，旋即上路。湯姆想起他啟程要去巴勒摩那天，他對羅馬的計程車司機也說過同一句話。那天，他在英倫飯店放瑪姬鴿子，偷偷溜走，當時的他又是多麼篤定自信呀！

一看見美國運通招牌，他立刻坐直，瞧瞧附近有沒有警察。也許警察在裡頭。他以義語交代司機稍候，司機似乎也能聽懂，拈拈帽緣。每一件事都異常順利，好似暴風雨前夕的寧靜。走進美國運通辦事處，湯姆環視大廳。一切正常。也許在他報出姓名的下一秒——

「請問有沒有寄給湯姆．雷普利的信？」他壓低音量，以英語詢問。

「雷普利？請問怎麼寫？」

湯姆如實敘述。

服務員轉身，從小隔間取出一疊信。

什麼事也沒發生。

「有三封信。」她以英語回答，臉上掛著微笑。

一封寄自葛林里夫先生，一封來自威尼斯的蒂蒂，還有一封是從別處轉過來的——克蕾歐的信。他拆開葛林里夫先生的來信。

親愛的湯姆：

你六月三日寄出的信，昨天到了。

你或許想過——但事實也真是如此，那就是我的妻子和我其實並不意外。我們都體認到理查有多喜歡你，雖然他依然故我，始終不曾在任何一封信上親口提及此事。如你所言，這份遺囑似乎不幸暗示理查已結束自己的性命。我們終於接受這個結論——另一種唯一可能是理查換了姓名，為了他自己的理由選擇拋棄家人。

我的妻子和我都同意，不論理查如何對待他自己，我們都應該遵照他的願望和意志。因此，就這份遺囑的內容而言，我個人是支持你的。我已經把遺囑副本交給我的律師，他們會著手將理查的信託基金及其他財產過戶給你，並且隨時向你說明進度。

我要再一次謝謝你在歐洲對我的照顧。記得捎信來。

致上滿心祝福

赫伯特．葛林里夫

一九××年六月九日

開玩笑吧？但他手中這張柏克－葛林船舶公司的信紙感覺很真實——略厚、紙面微帶凹凸，有鋼印的信頭；況且葛林里夫先生也不會拿這種事開玩笑，再過一百萬年也不可能。湯姆走向等待他的計程車。這不是玩笑。到手了！狄奇的錢和他的自由！而這份自由跟其他所有事情一樣，彷彿是兩者的結合——狄奇和他。如果他想，他可以在歐洲買間房子，在美國也可以。他突然想到：賣掉蒙吉貝羅那幢宅子的錢還等著他去領，不過他認為他應該把這筆錢匯給葛林里夫先生，因為狄奇立遺囑之前就決定把房子賣了。湯姆笑起來，想起卡特萊特夫人。過幾天在克里特島見面時，他要買一大盒蘭花給她。如果那地方有蘭花的話。

湯姆試著想像自己登上克里特島，乾燥、邊緣崎嶇的火山坑壁在這座狹長島嶼上綿延聳立：渡船緩緩入港，碼頭上細微、熱鬧的喧囂徐入耳際；搬行李的小僮熱情地拿行李、討小費，而他則掏出大把大把的小費犒賞大家——通通都有，來者不拒。想像中，他看見四名面無表情的男子站在碼頭邊。他們是克里特警察，曲起雙臂環抱胸口，好整以暇等著他。他突然緊張起來，視野一片模糊。難不成他每到一個地方就會看見警察在碼頭上等他？亞歷山大城？伊斯坦堡？孟買？里約熱內盧？現在想這些又有何用。湯姆再度挺起胸膛。沒必要讓這些想像出來的警察壞了他的旅行。就算碼頭上**真的**有警察在等他，那也不代表——

「A donda, a donda?（去哪裡，去哪裡？）」司機擠出蹩腳的義語問他。

「麻煩您，去飯店！」湯姆說。「Il meglio albergo. Il meglio, il meglio!（最好的飯店！最好的，最好的！）」

譯者跋

身為讀者的後知後覺

※溫馨提醒：本文涉及關鍵轉折的劇情討論，建議讀完小說正文後再行翻閱。

當年翻讀雷普利的時候，隱約有種「霧裡看花」的感覺。即使我讀著湯姆獨白，以為自己從第一人稱角度，依附他的思維從美國來到歐洲，陪他訛詐錢財、動手殺人、提心吊膽，最後終獲解脫與自由，我始終抹不去那麼一絲絲懷疑：懷疑與獨白輪流發聲的全知旁觀者是否漏看了什麼細節、誤判了哪些舉動？又或者，這正是海史密斯最高明也最算計的一著棋——利用這種界線不明、隨時切換敘事角度的鋪陳方式，細心營造故事朦朧曖昧、主人翁優柔寡斷的整體印象，一字一句，不知不覺滲透讀者心防？於是不只小說裡的人物被雷普利耍得團團轉，就連知曉全局的讀者（我）也無法踏踏實實闔上書本、揮別故事，每隔一段時間便陷入自我懷疑的惱人境地。

說到底，整篇故事最微妙，也最令我感興趣的是：雷普利從何時開始「轉念」，漸生殺意？

關於雷普利失去金主（老葛林里夫）支持、與狄奇鬧翻並漸漸起了殺人歹念，以至動腦籌劃殺人棄屍的每一個時間點，作者交代得還算明確，但兩人關係破裂的起點——應該也是故事轉捩點——更值得玩味。照故事陳述，若無意外，雷普利似乎打算一輩子抓著狄奇這張長期飯票不放；縱使最後可能分道揚鑣，我也讀不出雷普利有意殺人。然而從什麼時候，或從哪一刻起，雷普利的心境風雲變色、起了變化？海史密斯寫得明白：（我認為）正是雷普利在瑪姬家窗外撞見兩人親密行為的那一刻。

雷普利接下來的行為反應惹怒狄奇。故事／劇情自此急轉直下。

當年，我只看見雷普利如何瞞天過海、化險為夷。多年後再讀重譯（或許是這些年又看了幾本海史密斯，以及電影版《鹽的代價》選角成功的驚豔震撼），小說文句流露的曖昧情愫令我訝異自問：海史密斯／雷普利當真隱晦得如此坦然？

海史密斯早年因為自己的性傾向和小說人物的性傾向，在生活與工作方面都吃了不少苦頭。不知是否因為如此，她對「人性」、「隱晦」的掌握縝密如鋪天蓋地，一切的一切皆如此自然合理；她不用露骨顯眼的字彙，卻能讓讀者在某個瞬間瞭然於心：雷普利的震驚失望，雷普利的企盼幻想，雷普利異常的抗拒憤怒，雷普利不自覺的目光流連（更別提芒通、巴黎露天小便斗……），如此種種既是暗示，也是表白。這雖是一部以「智慧犯罪、謀財害命」為主軸的故事，海史密斯寫實且份量適中的人物描寫讓每一處不可思議的情節讀來合情合理，每一處巧合亦彷彿精心設計。於成書後七十年的今日來讀，不得不佩服海史密斯的心思和勇氣。

然而這終究是一部女性作家描寫男性心理的驚悚小說。對於可能存在的理解與闡釋差異，我不盡信也不刻意懷疑。或許正因為如此，海史密斯的隱晦反而成就一種你知我知的不證自明。

偷偷說。

整本小說最令我嘴角上揚的文化遺產暨時代眼淚是「巴黎露天小便斗」（public

pisser）和「坐旗杆」（pole sitting）。建議各位上網找照片資料來讀，太有意思。

黎湛平 2025.05

雷普利系列延伸解說

海史密斯筆下的「天才」角色——謎樣的雷普利

李信瑩（清華大學人社院學士班性別學程兼任講師）

※溫馨提醒：本文涉及其他集數內容，請斟酌閱讀。

一九五五年，美國作家派翠西亞·海史密斯出版了她的第四本小說《天才雷普利》。這本小說將海史密斯最膾炙人口的角色——湯姆·雷普利，介紹給世人。雷普利的故事從一九五五年問世以來，數次被改編成電影和電視劇，小說也不斷再版，讓不同世代的讀者有機會「認識」這世界上最迷人卻也最危險的罪犯。

海史密斯的犯罪小說：從角色出發

為什麼海史密斯能成為犯罪小說史上難以取代的名字？而她的作品又為何使人一讀再讀？答案或許要從她的「角色」出發。以小說《控制》聞名的美國犯罪作家吉莉安・弗琳在過去訪談中便提到，海史密斯為什麼是頂尖的犯罪小說家？弗琳解釋：「海史密斯很能信任自己的角色。她在塑造角色上投注了相當的信心，她了解這些角色，讓他們承擔起小說中最艱困的工作。」

在海史密斯筆下，角色不是因為劇情需要而執行某些任務。她的犯罪（或稱為「懸疑」）小說有別於常見的系列作品，和那種讓人忍不住一口氣讀完，想接著看下一個謎底，但容易對主角以外的角色毫無印象，或在知道「犯罪的真相」後就提不起勁重讀的故事不同。她筆下的故事發展來自這個角色的個性、人格與情緒，使得恐懼和欲望「自然」發生。換句話說，這些犯罪小說披著懸疑小說的皮，包裹著真實人性的血肉，以角色的心靈感受與成長作為故事的骨架。

她從角色的個性、成長經驗、周遭環境與往來對象，甚至是性別出發，看著角色在面臨不同人生處境下會做出怎樣的選擇。海史密斯不是要讓讀者感到意外或驚嚇，也不是像古典黃金時期的推理小說，讓讀者和書中的偵探比賽誰可以先找到「謎底」；在她的小說世界裡，讀者都拿著一張VIP的門票，透過全知的第三人稱敘事，聚焦在主角的觀點，讓讀者深入作品中「反英雄主角」那不為人知的內心世界。可以說，她的讀者比主角外的其他角色都還要早知道犯罪者的身分與手法，那麼，在讀者已經知道小說的「謎底」下，要如何避免他們感到無趣，甚至還能覺得有趣呢？開場沒有驚悚的犯罪或屍體來引誘大家，靠的就是「讓讀者對主角產生興趣，想了解他想法，進而同理或同情主角的行為和選擇」。

像這樣的主人公，在海史密斯筆下最好的入門例子便是——「湯姆・雷普利」，雷普利自己就擁有五本系列小說，是她寫過最危險，但也最令人難以抗拒的經典角色。

「模仿」的天才

雷普利系列的出版年代從一九五五年到一九九一年，橫跨了三十六年，是海史密斯最受歡迎的作品，也是少數以加害者為主角的系列犯罪小說。

以加害者為系列小說的主角會產生一個往常犯罪小說不會出現的道德難題：加害者在

每本的結尾都逃脫法網，而且讀者不但鬆了口氣，還希望讀到更多加害者的故事。此外，讀者因為知道主角已經是殺人凶手，因此會期待他在下一本書的表現「更刺激、更難以預料」，如此一來，讀者從無辜的旁觀者搖身一變成了參與犯罪的共謀。雷普利系列便是如此讓讀者毫無戒心地從第一集開始，默默地以雷普利的觀點來思考和感受，因此，就算我們心裡和他一樣清楚，不管是殺人或者欺騙都是不對的，但多數讀者應該不會希望雷普利被抓到，甚至到了第二集以後，還希望他能繼續住在那座法國的美麗莊園，與妻子埃露意絲「在庭院種花、學大鍵琴，閒來無事就練練法文德文」。

全系列的開場來自一場「巧合」。本來居無定所、沒有工作，靠著小聰明詐騙的美國青年湯姆，某天在曼哈頓的酒吧被美國造船大亨葛林里夫找上，認定他是兒子狄奇的好朋友，出錢請他到歐洲說服狄奇回國接班。這個「巧合」讓極力想擺脫自己身世與階級的雷普利，開啟了一連串所有人都無法預料的旅程。

這段旅程不只是從「新大陸」到「舊大陸」的觀光之行，還是讓雷普利發現自己愛上歐洲的起始，尤其是愛上狄奇這樣「有錢有閒」的生活方式，在當地享用美食、美酒，欣賞藝術與美景；同時，他也發現自己似乎只想獨自與狄奇共處、旅行。當他察覺狄奇開始有意無意地疏遠，並在撞見對方和女性好友瑪姬接吻時，雷普利馬上衝到狄奇的房間，穿上對方的衣服和鞋子，用狄奇的聲音與姿態講出他「想像」的狄奇會對瑪姬說出的真心話：「瑪姬，請你得明白我並不愛你。」

雷普利的這段「表演」充分展現出他的模仿天份，但也顯示出他對旁人的理解很多時候來自自己的猜想；此外，透過「穿上狄奇的服裝，用他的聲音、口氣和表情說話」，我們具體地看見雷普利身上那股轉換階級的欲望，他想透過「模仿他人外表」來改變自己的身分。這股欲望是推動《天才雷普利》劇情發展的關鍵機制，成為重要的行凶動機之一；並且，這份「模仿能力」也是他行走歐洲的手段，躲避警察與各方的追逐，甚至獲得財富。

作為系列第一集的《天才雷普利》，雷普利透過幻想、扮裝和虛構的身分來掩蓋他的殺人罪行，埋藏殺害喜歡之人的罪惡感。在故事的結尾，因為雷普利沒有落網，並未「完結」，因此在接下來的其他四集中，我們能持續看見海史密斯以多元的主題、精準的語言，以及對人性的犀利洞見，讓這套高度娛樂性的犯罪小說在不流於說教的同時，將人性哲學與藝術美學的辯證融入雷普利的每一趟驚悚旅程中。

幻想與真實的交織辯證

距離出版第一集將近十三年後，海史密斯終於完成續集《地下雷普利》。故事裡的時間過了六年，得到狄奇「遺產」的雷普利，在距離巴黎約一小時車程的鄉間小鎮定居。他與法國富商的獨生女埃露意絲結婚，並在岳父的餽贈下，住進城堡般，坐擁美酒和多件頂尖畫作的別墅，用自己的本名，過著田園般的悠閒生活。

然而，要支撐這樣的日常，除了狄奇的遺產和岳父的錢財外，他還有兩項「地下」的收入：持續販售假冒已逝畫家德瓦特的作品，以及幫助從事藝術品贓物交易的朋友，從中獲得一些小利。這些遊走在法律邊緣的經濟來源既不穩定，又隨時可能被揭發，「安穩的生活因為有人要揭穿自己的身分而即將消失」，這份潛藏的威脅成了此次雷普利行凶的動機。

在這樣的危機下，海史密斯得以討論「真實與虛構的辯證」。這是藝術史上有名的討論，有些偽作是不是已經好到其實不用假裝是他人的作品，自身也具有藝術價值呢？還是「模仿」本身就是次等的？這些藝術哲學的思考，在海史密斯的手中一點也不晦澀和遙遠。在她建立的雷普利世界裡，角色內心的想法和行動，還有小說本身，就是虛構與真實的交織。

小說中，雷普利在各地旅行、逃亡所到的城市和旅館多半真有其地，跟著他四處移動、欣賞美景，以及吃喝當地的名菜和美酒時，其實有種觀看 vlog 等旅遊記錄的臨場感。但是，在雷普利系列中最有名的兩個雷普利的「居住地」——義大利的蒙吉貝羅和法國的塞納河畔維勒佩斯是海史密斯虛構的地點。蒙吉貝羅的原型來自義大利中世紀詩人但丁的《神曲》，是〈地獄篇〉中第十四首詩所描述的埃特納山（Etna），而塞納河畔維勒佩斯則是以距離巴黎不遠的法蘭西島大區（Ile-de-France）為藍本，由此建構的寧靜法國小鎮。

回到故事裡，雷普利從事的贗品交易受到美國收藏家莫奇森的質疑，對方懷疑自己買的畫作不是出自畫家德瓦特本人。為了澄清疑慮，雷普利只好假扮「對外宣稱還活著，但其實早就過世」的德瓦特來說服對方。然而，問題不但沒有解決，反而暴露了他的「假扮」，因此雷普利只好再次痛下殺手。協助雷普利製作仿畫的畫家伯納德，則陷入因為模仿而喪失自身藝術的痛苦。

莫奇森跟伯納德都相信「藝術有真實與虛假」之分，而「真實」的價值永遠高於「虛假」，善於模仿的雷普利卻不這麼認為。他在這集和第五集的《水魅雷普利》都爭論道

「若是模仿久了，仿作是否也具有真畫的精神，進而發展出真實的自我？」在雷普利的家中，偽作和真作不但沒有高下之分，還被放在家中最顯眼的位子。就像雷普利這個角色一樣，他可以透過「扮演」跟「模仿」，產生藝術上的自我轉變，進而得到「新生」機會，最終成為「真實」。《地下雷普利》透過這些辯證，使得小說作為一種「虛構」的藝術形式，特別是犯罪、懸疑小說這類長期被視為僅供普羅大眾閱讀的「次等」作品，也獲得進入文學殿堂的契機。

雷普利的性別拼圖

雷普利本身就是一個難以參透的謎團，而他那捉摸不定的性傾向，不僅牽動劇情發展，更是構成角色魅力的關鍵。第一集開場，他在酒吧裡惶惶不安地自問：跟蹤他的人究竟是警察，還是「變態」？他寧可是後者。這短短的細節不僅鋪陳了整個系列的基調：主角就是個「謎」，讀者立刻便想追問：「你做了什麼？為什麼會擔心被抓？」同時，它也折射出五〇年代美國社會將同性戀視為「變態」的恐懼氛圍。與錢德勒筆下冷硬派偵探馬羅滿口粗話、手持大槍的硬漢形象相比，雷普利因瘦弱、愛哭，從小被姑姑譏為「娘娘腔」。即使日後結婚，他的異性婚姻形同虛設，真正推動劇情與心理張力的火花，反而來自他與狄奇、伯納德、法蘭克等男性角色之間的緊密連結。而雷普利對女性始終保持距離。他能與第一集登場的女性好友克蕾歐相處融洽，正因她不要求傳統的異性互動；相對地，他厭惡狄奇與瑪姬的親密舉動，甚至說服自己狄奇對瑪姬並非真心，對方只是為了維繫和瑪姬的友誼罷了。

從第二集開始，他雖然住進明媚的莊園，擁有夢寐以求的「家」，卻依然過著雙重生活。除了戴著婚戒，他仍保留著狄奇的戒指；相較之下，與妻子的互動遠不及他對男性角色的思索與關心。這樣的安排延續了犯罪小說中「男性搭檔」的傳統，如愛倫坡筆下杜邦與同居好友，或福爾摩斯與華生，但海史密斯卻將其推往更曖昧的方向。她在小說中埋入許多性別暗號：從引用王爾德*書信、提及亨利．詹姆士†的作品，到讓雷普利讀伊雪

* 奧斯卡．王爾德（Oscar Wilde, 1854-1900），出身愛爾蘭都柏林的詩人和劇作家，曾因「同性戀行為」被迫入獄。

† 亨利．詹姆斯（Henry James, 1843-1916），美國文壇巨匠，著有《奉使記》、《波士頓人》等，因其終生未婚等事跡，後世對其性傾向一直有諸多討論。

伍德的回憶錄*，並在第四集《跟蹤雷普利》中帶著法蘭克前往冷戰下的柏林同志酒吧與舞廳「朝聖」，甚至在第五集中，以王爾德傳記作為睡前讀物。這些細節讓「雷普利的性別拼圖」不斷延伸，不僅映照出他所處時代多元性別的樣貌和處境，也使他陰柔的性別氣質、曖昧游移的性傾向在陽剛至上的犯罪小說領域中撐開了新的空間。

這些雙面生活與彩蛋的暗示，同時也反映了海史密斯自身的掙扎。她曾在日記裡寫下：「這所有的問題，當然，是因為我目前內在的自我掙扎引起的。我到底要追隨我覺得受到戕害的本性，還是從我身邊的世界，其他人身上，借幾把拐杖來支持自己。」

厭女與謀殺

除了多元性別的議題之外，「厭女」在海史密斯的作品中一直是讀者與評論者爭論不休的問題。海史密斯筆下的厭女並非單獨的現象，從哈姆雷特對母親與小叔再婚的怨懟，到奧賽羅†因流言而殺妻，甚至美國二十世紀的冷硬派與黑色小說裡，常見「私生活混亂的女性」成為「該死的爛女人」的受害者，這些都是英美文學中根深蒂固的模式。

海史密斯本人對作品中「厭女」的指控並非無感。在第一集中，雷普利眼裡那些擅自跑到船艙吃喝的「厚臉皮」女孩，或是他對瑪姬的嫌惡，都讓讀者難以對女性角色產生好感。然而，在整個系列中，雷普利從未對女性動過手。他可能因為要和女性相處而感到不自在，或是因為妻子不會對他有過多的性需求而感到放鬆，甚至知道有些女性角色厭惡他，但他始終維持「紳士」的態度。第四集的法蘭克曾問雷普利「你有殺過女人嗎？」這其實是海史密斯對「厭女」議題的某種回應，與其說作品裡的女性角色平面、不討喜，不如說我們的認知受限於雷普利的內心世界。對於瑪姬或埃露意絲的描繪，其實是讀者從雷普利的視角接受而來的「二手訊息」。同樣地，在現實生活中，我們對於他人的感受，也可能是透過我們認識的人所傳遞，不是那個人的「真實」樣貌。

現實生活中的海史密斯，正處在那個滿是對性別與性傾向壓抑的年代。冷戰時期，共和黨內甚至有女性參議員公開反同，主張「同性戀與其他性變態」會危害國家安全；許多

---

* 克里斯多福・伊雪伍德（Christopher Isherwood, 1904-1986），著名英美小說家，其回憶錄 *Christopher and his Kind* (1976) 描寫了他在威瑪時期於柏林的男同志生活。

† 《奧賽羅》（*Othello*），為英國劇作家莎士比亞所創作的一齣悲劇。

郊區的白人家庭主婦也成為「捍衛家庭價值」的反同道德尖兵。在這樣的環境下，海史密斯的創作自然無法迴避性別政治的張力。

雷普利系列的特殊之處在於，它不僅僅重現了傳統犯罪小說中對女性的偏見，還揭露了讀者自身的偏見，並透過雷普利的「游移性」提供新的觀看角度。雷普利既無法被簡單地定義為「厭女者」，也拒絕在性別與性傾向上被單一定義。就像是德瓦特的畫作那樣具備多重線條，雷普利的存在隨著觀看角度不同而呈現多焦點的性別觀。這樣的模糊與游移，其實正映照了二十世紀中後葉，歐美社會對性別與身分的拉鋸。當多元性別成為政治角力的犧牲品，人們透過變裝、偽裝或性別角色的遊戲來抵抗單一模板。雷普利的「不確定」與「多元」，正是這樣的時代精神在文學中的折射。

因此，若說海史密斯的作品存在厭女，那也是文學史長河中普遍有的現實映照。但她小說的重要之處在於，她沒有僅僅重複既有的性別偏見，而是讓讀者意識到這種偏見本身，並在雷普利的模糊身分中開拓出另一種可能。對這位無法被單一性別或性傾向框定的角色而言，「厭女」或許並不是終點，而是通向一種更複雜、更具批判性的文學境界。

水的恐懼：埋藏的記憶與創傷

在雷普利對自己的描述裡，最自相矛盾的莫過於他對深水的恐懼。從第一集開始他就告訴讀者他害怕水，因為父母都是在波士頓港溺死的。因此深水，特別是海水，對他來說充滿危險，會帶走他最親近的人，也造成他的創傷。但諷刺的是，深水也是他第一次殺人的場景，兩次埋藏屍體的地方，甚至第一集剛到蒙吉貝羅時，他還走向海邊，只為了接近狄奇。

在第五集，也是雷普利系列的最終章《水魅雷普利》中，「水」的意象再次浮現。一對來自美國的普里奇夫婦開始追查雷普利的過往，他們甚至將莫奇森的屍骨挖出，丟到雷普利家門口，而當年莫奇森被棄屍的地點，正是在運河裡。若說雷普利將屍體「埋葬」於深水之中象徵著他想掩蓋與逃避的過去，那麼「水」就像是雷普利的潛意識；而能映照地上景物的水面，則如同一道「屏障」（screen），用來保護他的自我。

系列的尾聲，海史密斯安排雷普利重返第二集「沉」屍莫奇森的那座橋。在轉身離去前，他順手將口袋裡的莫奇森戒指拋入河中——這枚能揭露他罪行的最後證據，就此「石沉大海」。或許，對這位在文學史上身分與性別「流動」最自如的角色而言，「水」不僅是他選擇性隱匿過去罪行的憑藉，更代表了「創生」，成為他得以站穩腳步，通向自由的泉源。

雷普利代表了出身平凡的人如何翻轉階級的美國夢故事，這個角色從第一集到第五集，像是暗黑版的美國夢成功代表，既化身社會中每個都想要從所屬階級「翻身」的年輕讀者；也象徵中年以後，事業與家庭有成的「家庭社區守護者」，會為了維護這個小小世界的運作，而「除掉」對它產生威脅的存在。此外，當過去的錯誤（在小說中幾乎都是殺人）以各種具體或幽微的方式浮現在眼前與腦海時，我們會像雷普利一樣感到恐慌，但為了「自我保存」，我們會「隔離」（screen）讓自己不舒適的記憶，使它們永遠沉入無意識的深水中。

不過，海史密斯安排給讀者的VIP位子，讓讀者能成為雷普利外，還可以窺伺他內心世界的暗潮洶湧，成為雷普利無話不談的知心密友，但「窺伺者」與「好友」也是方便的身分，習慣當「好人」的我們，在必要的時刻，可以輕鬆地把所有的錯都推到雷普利身上。

海史密斯創造的世界如同英國作家格雷安．葛林*所說，那是自成一格「讓人窒息且毫無道理」的世界，而弗琳也提到，海史密斯有個「奇怪的能力，可以讓完全不合理的情緒與行為感覺合理，而且讀者會發現自己完全同理一個反社會人格者和殺人凶手」。若是想一探這令人不安，充滿懸念的異色世界，海史密斯的出道作《火車怪客》與雷普利系列絕對是最不容錯過的經典。

＊格雷安・葛林（Graham Greene, 1904-1991），二十世紀英國文壇大師，著有《愛情的盡頭》、《沉靜的美國人》等小說。

派翠西亞・海史密斯年表

一九二一年　一月十九日生於美國德州，出生前父母離異，自幼在外婆家長大。

一九二四年　母親再婚，對象為設計師史丹利・海史密斯（Stanley Highsmith），在幼時的海史密斯眼裡繼父如同「入侵者」。

一九二七年　隨母親與繼父搬到紐約。

一九三〇年代　九歲開始讀狄更斯，反覆閱讀《罪與罰》。青少女時期已撰寫大量日記、短篇故事等。當時喜愛的作家有愛倫坡、康拉德、杜斯妥也夫斯基等。一度被母親送回德州，這段如同遭到拋棄的時光，加上後來作為女同性戀者不被母親接受，成為她對母親患得患失的關係中，不斷衝突、產生裂痕的關鍵。

一九三八年　就讀紐約巴納德學院（Barnard College），開始在學校的雜誌上發表短篇小說。一度加入左翼青年組織，後為專心創作而退出。

一九四三年　開始撰寫小說《那聲關門》（*The Click of the Shutting*，暫譯）。任職漫畫出版社，透過繪製、撰寫漫畫故事等，賺得人生第一份薪水，並租下屬於自己的公寓。

一九四五年　二十四歲生日當天，放棄小說《那聲關門》。

一九四七年　結識了許多文藝圈好友，進入紐約文學界。同年開始撰寫《火車怪客》。

一九四八年　結識某位作家的兒子，嘗試與身為男性的對方交往，進而訂婚，甚至在當時的社會氛圍下一度接受心理治療，試圖「矯正」自己。兩年後，選擇結束這段關係。

一九五〇年　《火車怪客》出版，隔年由驚悚大師希區考克改編為電影，成就影史經典《追魂記》。

一九五二年　以化名克蕾兒．摩根（Claire Morgan）出版《鹽的代價》，這是首度有「圓滿結局」的女同志愛情小說，成了轟動一時的暢銷書。直至過世前她才以本名重新出版，並將書名改為《卡蘿》（*Carol*）。

一九五五年　出版生涯代表作《天才雷普利》，開啟往後犯罪小說史上的重要經典雷普利系列，該書榮獲美國推理作家學會愛倫坡獎、法國偵探文學獎等多項殊榮。

一九五七年　《深水》（*Deep Water*，暫譯）出版，其後陸續發表如《貓頭鷹的哭泣》（*The Cry of the Owl*，暫譯）等犯罪小說，以心理驚悚，探索犯罪心理、內在掙扎等一貫風格，持續精進她的創作。

一九六〇年　《天才雷普利》首次改編成電影，由法國傳奇影星亞蘭德倫主演，電影名為《陽光普照》（*Plein Soleil*）。

一九六〇年代初　隨著經濟獨立後，她開始過上游牧般的生活，直至徹底離開美國，遷居歐洲生活。同時，飼養了許多蝸牛、貓咪等，這些動物是她一生重要的夥伴。

一九六三年　遷往義大利南部波西塔諾（Positano）居住，在此處她遇見湯姆·雷普利的原型人物。

一九六六年　與一名英國已婚女子結束近三年的戀情，這位女子被她視作「一生的摯愛」，因而這次分手的經歷成了她「此生最糟糕的一刻」。

一九七〇年　雷普利系列第二集《地下雷普利》出版。

一九七四年　雷普利系列第三集《雷普利遊戲》出版。三年後由德國當代電影大師

一九八〇年　文．溫德斯改編為電影《美國朋友》。同年，母親透過書信與她斷絕關係，直至母親過世，雙方再也沒有過任何聯繫。

一九八二年　雷普利系列第四集《跟蹤雷普利》出版。移居瑞士，一九八七年在泰尼亞（Tegna）建屋，直到過世前都在此生活。

一九九一年　雷普利系列最終作《水魅雷普利》出版。

一九九五年　因肺癌與再生不良性貧血於二月四日在瑞士逝世，享年七十四歲。一生創作超過二十部作品，手稿悉數典藏於瑞士伯恩。最後一本小說《小g酒吧：夏日浮生錄》（*Small g: A Summer Idyll*，暫譯）在離世後一個多月出版，是一部酷兒小說。

逝世後

一九九五年　她的插畫作品集《繪畫》（*Drawings*，暫譯）在十一月出版，其後二〇〇五年也出版了《貓之書：三則故事、六首詩與八幅畫》（*Cats: Three Stories, Six Poems, and Eight Drawings*，暫譯）。除了大眾熟悉的寫作，她也喜愛且擅長繪畫，日記與速寫本中留下許多對友人、貓咪和蝸牛精心繪製的素描與插圖，早年一度萌生成為畫家的念頭，當時她對於自己要成為一位作家或是畫家感到猶豫。

一九九九年　《天才雷普利》再度改編為電影，由好萊塢著名演員麥特戴蒙與裘德洛主演，是目前最廣為人知的版本。

二〇二一年　她的日記與筆記等公開出版為《派翠西亞·海史密斯：日記與筆記（1941-1995）》（*Patricia Highsmith: Her Diaries and Notebooks: 1941-1995*，暫譯）一書。

二〇二二年　她的人生與創作被改編為紀錄片《尋愛小說家：海史密斯》，片中透過她的日記、作品、生前訪談，以及導演對其家人與前愛人的訪問，細膩刻劃了她的一生。此片隔年於臺灣上映。

天才雷普利【雷普利系列 01】（海史密斯逝世 30 週年紀念版）：犯罪小說史上最令人不安的經典

作　　者　派翠西亞・海史密斯（Patricia Highsmith）
譯　　者　黎湛平
選 書 人　梁嘉真
責任編輯　梁嘉真
協力編輯　曾時君
校　　對　童霈文
版面構成　張靜怡
封面設計　蕭旭芳
版權專員　陳柏全
數位發展副總編輯　李季鴻
行銷總監兼副總編輯　張瑞芳
總 編 輯　謝宜英
出 版 者　貓頭鷹出版 OWL PUBLISHING HOUSE

事業群總經理　謝至平
發 行 人　何飛鵬
發　　行　英屬蓋曼群島商家庭傳媒股份有限公司城邦分公司
115 台北市南港區昆陽街 16 號 8 樓
劃撥帳號：19863813；戶名：書虫股份有限公司
城邦讀書花園：www.cite.com.tw ／購書服務信箱：service@readingclub.com.tw
購書服務專線：02-25007718~9 ／ 24 小時傳真專線：02-25001990~1
香港發行所　城邦（香港）出版集團有限公司／電話：852-25086231 ／ hkcite@biznetvigator.com
馬新發行所　城邦（馬新）出版集團／電話：603-9056-3833 ／傳真：603-9057-6622
印 製 廠　中原造像股份有限公司
初　　版　2025 年 9 月
定　　價　新台幣 480 元／港幣 160 元（紙本書）
新台幣 336 元（電子書）
總 字 數　約 17 萬字
I S B N　978-986-262-781-5（紙本平裝）／ 978-986-262-779-2（電子書 EPUB）

讀者意見信箱　owl@cph.com.tw
投稿信箱　owl.book@gmail.com
貓頭鷹臉書　facebook.com/owlpublishing

國家圖書館出版品預行編目資料

天才雷普利：犯罪小說史上最令人不安的經典／派翠西亞・海史密斯著；黎湛平譯 . -- 初版 . -- 臺北市：貓頭鷹出版：英屬蓋曼群島商家庭傳媒股份有限公司城邦分公司發行 , 2025.09
面；　公分 .
海史密斯逝世 30 週年紀念版
譯自：The Talented Mr. Ripley
ISBN 978-986-262-781-5（平裝）

874.57　　114009519

本書採用品質穩定的紙張與無毒環保油墨印刷，以利讀者閱讀與典藏。